Lasse Blom

Opfer ohne Wahl

Ein Schweden-Krimi

MAXIMUM

Casper Munk in seinem gefährlichsten Fall

Politiker und Bürger sind schockiert, als der schwedische König Sultan Daix nach Stockholm einlädt. Der unumschränkte Herrscher eines Ölstaates lässt Oppositionelle ins Gefängnis sperren und foltern. Der schwedische König ist jedoch seit seinem Besuch im Sultanat begeistert von Daix' riesigem Fuhrpark, dem Harem des Herrschers und dessen skurrilen Humor. Zwei Wochen vor dem angekündigten Besuch geht eine Morddrohung gegen den Sultan bei der Stockholmer Polizei ein. Kommt sie von Menschenrechtlern? Von Exilanten aus dem Sultanat? Oder hat sich der Sultan bei seinen zwielichtigen Ölgeschäften Feinde gemacht? Den seit seinem letzten Fall suspendierten Casper Munk interessieren die brisanten Entwicklungen wenig. Er sitzt mit seinem Freund Pontus im Café und denkt darüber nach, einen Humor-Ratgeber zu schreiben, als der Polizeipräsident ihm vorschlägt, er dürfe seine Arbeit wieder aufnehmen, wenn er den Sultan schütze. Dann geschieht etwas völlig Überraschendes: Casper Munk wird angeschossen und liegt im Koma. Sein altes Team um Hauptkommissar Halldor Selander und die Polizisten Per Henrik Grip, Kajsa Tapper, Achatz Larsson und Leila Andersson tut alles, um die Fälle aufzuklären. Wer will Munk und den Sultan tot sehen?

LASSE BLOM

OPFER OHNE WAHL

Ein Schweden-Krimi

MAXIMUM

Hauptstraße 33
27299 Langwedel
www.maximum-verlag.de

1. Auflage 2021

Lektorat: Cathérine Fischer
Korrektorat: Angelika Wiedmaier
Satz/Layout: Alin Mattfeldt
Covergestaltung: Alin Mattfeldt
E-Book: Mirjam Hecht

Druck: Booksfactory
Made in Germany
ISBN 978-3-948346-31-7

„Wann wirst du damit aufhören,
immer noch mehr vom Leben zu verlangen?“

Casper Munk und sein Freund Pontus Mattsson wankten durch den Vergnügungspark Gröna Lund in Stockholm. Munk war bei der Polizei hinausgeflogen, weil er bei der Lösung eines Falles ein paar Fußballer für tot erklären ließ, obwohl sie gar nicht tot waren. Und Mattsson hatte gerade die Hypochonder-Klinik in Bergen in Norwegen verlassen. Er galt als geheilt, aber er wusste nicht, was er draußen mit seinem Leben anfangen sollte.

Munk und Mattsson hatten auf Gröna Lund hastig ein paar Bier getrunken und waren danach Achterbahn gefahren. Mattsson hatte die ganze Fahrt über gelacht und mehrmals gesagt, er würde nach der Runde gleich noch einmal einsteigen. Munk war furchtbar schlecht gewesen. In jeder Kurve hatte er das Gefühl gehabt, sein Gleichgewichtsorgan habe ihn und den Wagen, in dem sie fuhren, fluchtartig verlassen – alles hatte sich gedreht. Bei jeder Steigung hatte er das Gefühl gehabt, er würde hinauskatapultiert in den Himmel, bei jedem Sturzflug nach unten hatte sich sein Magen bis hoch in den Hals gehoben. Mattsson hatte das nicht wahrgenommen. Als sie ausgestiegen waren, hatte er Munk auf den Rücken gehauen und gerufen: „Auf ein Neues!“ Als sich Munk zu ihm umgedreht hatte, war Mattsson erschrocken. „Du bist ja richtig grün im Gesicht!“, hatte er gerufen. Und dann hatte er gelacht und gesagt: „Kannst du auch eine andere Farbe annehmen – blau oder gelb?“

Jetzt lehnte Munk am Kassenhäuschen. Er atmete tief durch. Neben ihm stand Mattsson, der sich nicht mehr einkriegte. Irgendwann lachte Munk auch. Beide konnten gar nicht mehr aufhören. Dann sah Munk das Spiegelkabinett auf der anderen Seite der Straße und sagte zu Mattsson: „Da gehen wir jetzt rein!“

Die beiden wankten hinüber und lasen ein Schild: „Nicht für Schwangere!"

„Sind wir nicht!", rief Mattsson.

„Nicht für Behinderte!", las Munk vor.

„Sind wir nicht!", brüllte Mattsson.

„Nicht für Betrunkene!", las Munk.

Mattsson zögerte.

„Sind wir auch nicht!", lallte er schließlich.

Das Personal des Spiegelkabinetts sah das anders. Ein kräftiger Mann versperrte Munk und Mattsson den Weg. Mattsson wollte gerade protestieren, da fiel ihm Munk, der sich mittlerweile gefangen hatte, ins Wort. Er fragte den kräftigen Mann, warum es denn nicht möglich sei, sich „in angetrunkenem Zustand" – er betonte die drei Worte – im Spiegel zu betrachten? Das mache man zu Hause doch auch. Es sei grundsätzlich schon möglich, sagte der Mann, ohne eine Miene zu verziehen, aber es befänden sich außer den Spiegeln auch noch rotierende Röhren in dem Spiegelkabinett. Durch diese Röhren müsse man balancieren, um zu den Spiegeln zu gelangen.

Munk und Mattsson sahen sich an.

„Kein Problem", sagte Mattsson, zog einen Fünfziger aus der Hosentasche und legte ihn der Dame im Kassenhäuschen hin. Die Frau zögerte und schaute zum kräftigen Mann hinüber. Dieser nickte. Munk schob ebenfalls einen Fünfziger ins Kassenhäuschen und folgte Mattsson. Er fragte sich, ob sein Gleichgewichtsorgan, das in der Achterbahn arg gelitten hatte, mittlerweile wieder stabil geworden war. Mehr Gedanken machte er sich nicht, es war keine Zeit dafür, denn Mattsson stürzte sich sofort in die erste rotierende Röhre, die einen Durchmesser von etwa zwei

Metern hatte und mit einer Art Teppichboden ausgelegt war. Man musste ungefähr zehn Meter zurücklegen, um zu den Spiegeln zu gelangen. Munk traute seinen Augen nicht, was dann geschah: Wie eine Gazelle rannte Mattsson durch die halbe Röhre, ehe er nach gut fünf Metern plötzlich das Gleichgewicht verlor und auf die Nase fiel. Er versuchte nicht, sich aufzurappeln, vermutlich war er zu betrunken; er blieb stattdessen reglos liegen und machte eine halbe Umdrehung mit der Röhre mit, ehe er von oben nach unten fiel. In diesem Moment sprang ein junger Mann, der gerade ebenfalls in der Röhre war, herbei, packte Mattsson und zog ihn ins Innere des Spiegelkabinetts. Gleichzeitig hörte Munk von hinten eine Anweisung.

„Bleiben Sie stehen!", rief der kräftige Mann, „sonst passiert Ihnen das Gleiche!"

Aber Munk rief nur „Ich muss zu den Spiegeln!" und rannte wie ein junger Hase durch die rotierende Röhre. Als er auf der anderen Seite ankam, setzte er sich neben Mattsson, der ihn mit rot unterlaufenen Augen ansah, auf den Boden. Dann lachten beide.

„Bitte verlassen Sie das Spiegelkabinett", rief der kräftige Mann von der anderen Seite der Röhre aus.

„Yes, Sire, yes!", antwortete Munk, „aber zuvor möchten wir uns noch im Spiegel betrachten, ob wir auch gut genug aussehen, um wieder an die Öffentlichkeit zu treten."

Um seine Worte zu unterstreichen, drapierte er dem derangierten Mattsson die Haare. Mattsson hatte seinen Sturz offenbar unverletzt überstanden.

Der kräftige Mann schüttelte den Kopf, machte eine wegwerfende Handbewegung und sagte: „Meinetwegen, aber schnell!"

Munk und Mattsson standen auf und gingen zum ersten Spiegel. Sie waren darin klein und dick, im nächsten Spiegel waren sie dünn und lang, im übernächsten hatten sie kurze Beine und einen langen Oberkörper. Beide lachten unentwegt. Und immer wieder zeigten sie auf die Spiegel, um sicherzugehen, dass der andere auch sah, was der eine gesehen hatte. Als sie das Spiegelkabinett wieder verließen, schlug Munk vor, in ein Café in der Innenstadt zu gehen.

„Ein Kaffee wird uns jetzt guttun", sagte er.

Die vier Männer, die im Regierungssitz Rosenbad in Stockholm zusammensaßen, sahen aus, als hätte man ihnen einen Schubkarren voll Mist vor die Füße gekippt. Schwedens Premierminister spielte mit den Unterlagen, die vor ihm auf dem Tisch lagen. Der Innenminister, der danebensaß, sah dem Premierminister dabei zu. Der Leiter der Stockholmer Mordkommission stand am Fenster und blickte hinaus. Er sah direkt auf das pompöse Reichstagsgebäude, das die kleine Insel Helgeandsholmen zur Hälfte bedeckte. Und der Polizeipräsident spielte mit seiner gelb-blauen Krawatte, die er dem Anlass gemäß angelegt hatte. Es ging hier ja um eine Angelegenheit von nationaler Bedeutung: Sultan Daix aus dem ölreichen Emirat Daixistan, das natürlich nach dem Sultan benannt war, stand kurz vor einem Besuch in Stockholm. Und es hatte Morddrohungen gegen ihn gegeben. Der Sultan, hieß es darin, sei ein rücksichtsloser Alleinherrscher, der nicht nur politische Gegner in Gefängnissen foltern lasse, sondern auch Homosexuelle. Frauen durften keine öffentlichen Ämter bekleiden und mussten tun, was die Männer sagten.

Die vier Männer im Regierungssitz Rosenbad wussten das. Die meisten Schweden wussten das. Nur der König wusste es offenbar nicht. Oder es war ihm egal. Er hatte den Sultan eingeladen.

„Warum eigentlich?“, fragte der Leiter der Mordkommission, Halldor Selander, vom Fenster herüber.

„Warum was?“, fragte der Premierminister zurück.

„Warum hat der König diesen komischen Sultan eingeladen?“

Der Premierminister seufzte. „Sie können sich doch sicher daran erinnern, dass unser König vor Jahren im Sultanat Daixistan zu Besuch gewesen ist“, sagte er dann.

Jetzt stöhnten die drei anderen Männer auf. Sie erinnerten sich offenbar, welche diplomatischen Verwerfungen es damals gegeben hatte. Der schwedische König war auf Einladung des Sultans nach Daixistan geflogen, hatte fürstlich gespeist und sich dann den Fuhrpark des Herrschers angesehen. Der König, bekanntlich ein Autonarr, war sehr beeindruckt gewesen von den 100 Ferraris des Sultans in allen Farben, die man sich vorstellen kann, und er hatte im Anschluss daran auf einer Pressekonferenz gesagt, das Sultanat sei eine vorbildliche Demokratie, der Sultan sei ein großzügiger Mann und „einen Sklaven" habe er während seines Aufenthalts nirgendwo sehen können.

Schwedens Politiker hatten die Welt nach der Pressekonferenz des Königs damit beruhigt, dass dieser nicht im Sinne seines Landes sprach. Er müsse da etwas durcheinandergebracht haben. Schweden sei stolz auf seine demokratischen Werte und immer schon ein Vorreiter für Freiheit und Gleichberechtigung gewesen. Der König hatte dazu nie mehr etwas gesagt. Stattdessen lud er nun den Sultan zu einem Gegenbesuch ein.

„Wie viele Ferraris hat der König?", fragte der Innenminister.

„Nur zwei", antwortete der Premierminister, „aber er versucht, sich von schwedischen Bürgern welche zu leihen, damit er dem Sultan auch einen ordentlichen Wagenpark präsentieren kann."

„Mich hat er auch gefragt", sagte Polizeipräsident Lasse Bosse Ström, der seine Eitelkeit nur selten verbergen konnte.

Als die anderen drei konsterniert auf ihn blickten, sagte er schnell: „Ich habe meinen nicht verliehen."

„Wann kommt der Sultan?", fragte Selander, um das Thema wieder in die richtigen Bahnen zu lenken.

„Übernächste Woche“, antwortete der Premierminister. „Er will eine ganze Woche bleiben. Und Sie müssen ihn schützen, meine Herren.“

Er meinte Ström und Selander, die beiden Polizisten.

„Wo wird er wohnen und wie sieht sein Programm aus?“, fragte Selander.

„Er wohnt auf dem Gut Harpsund in Sörmland“, sagte der Premierminister, „er wird dort zusammen mit seiner Entourage der einzige Gast sein. Der König wird ihm ein Bankett mit viel Pomp im Rådhuset ausrichten, sie werden zusammen auf Elchjagd gehen, die Autosammlung des Königs besichtigen, einige Herrenabende mit Damenbegleitung verbringen ...“

„Ohne uns!“, sagte Selander.

„Mit Ihnen!“, erwiderte der Premierminister, „aber Sie bleiben vor der Tür. Und der Sultan wünscht sich, dass die besten Komiker Schwedens für ihn auftreten.“

„Die versteht er doch gar nicht“, warf Selander ein. „Der kann doch kein Schwedisch.“

Der Premierminister blätterte in seinen Unterlagen. „Die besten Pantomimen Schwedens“, verbesserte er sich. „Aber es sollen komische Nummern sein.“

„Komische Nummern“, wiederholte Selander und schüttelte den Kopf.

„Ja, der Sultan hat sehr viel Humor, heißt es, wenn auch einen sehr eigenartigen“, sagte der Premierminister.

Selander sah sehr unglücklich aus.

„Wir schaffen das schon“, sagte Ström eilfertig.

Nachdem der Premierminister weitere Programmpunkte genannt hatte, sagte er am Ende: „Ich erwarte, dass Sie den Sultan schützen. Passiert ihm etwas, dann gnade uns Gott.

Ich will an die internationalen Verwerfungen gar nicht denken, wenn der Sultan eines der ölreichsten Länder der Erde ausgerechnet in Schweden getötet wird. Suchen Sie die Leute, die diese Morddrohungen ausgestoßen haben. Und schützen Sie den Sultan, wenn er da ist." Der Premierminister stand auf, schlug Ström auf die Schulter und sagte: „Ich will dafür die besten Polizisten!"

Munk und Mattsson standen in einer Espressobar am Sveavägen. Der Weg dorthin war lustig gewesen, weil sie an Gröna Lund und an die Spiegel denken mussten, auf denen sie mal groß, mal klein, mal dick, mal dünn gewesen waren.

„Stell dir vor, wenn jeder mit ganz viel Humor durchs Leben gehen würde", sagte Munk, der Glück gehabt hatte. Er war nicht nass geworden, im Gegensatz zu Mattsson. Ein Schauer hatte diesen auf den letzten Metern erwischt. Munk war schneller gewesen.

„Ah, ware Sie ssonn Swimmbad ...?", fragte der Barkeeper mit seinem italienischen Akzent.

„Einen Milchkaffee bitte", antwortete Mattsson etwas genervt.

„Latte macchiato?", fragte der Kellner.

„Nein, Milchkaffee bitte, in der großen Tasse!", knurrte Mattsson und ging, Munk ein Zeichen gebend, zur Toilette, um sich abzutrocknen. Munk sah sich um. Es gab hier keine Sitzplätze – getrunken wurde an der Bar. *Ein Stück Italien mitten in Stockholm.* Diesen Satz hatte er einmal über dieses Lokal gelesen. In der Zeitung? In einem Touristenführer? Er wusste es nicht mehr.

„Ich glaube, es wäre ganz schrecklich – das mit dem Humor", sagte Mattsson beim Zurückkommen. Die Hosenbeine waren immer noch feucht. „Stell dir vor, es gäbe überall nur diese heiter gelassene Stimmung!"

„Sagst du das jetzt, weil du nass geworden bist?", zog Munk ihn auf.

Mattsson stellte sich neben Munk, ohne richtig zu antworten. Er grummelte nur ein „ist doch wahr".

Munk schwieg. Was hatte er zuvor genau gesagt? Wie es wäre, wenn alle Menschen mit ganz viel Humor durchs

Leben gehen würden? Der Gedanke gefiel ihm. Könnte man daraus ein Buch oder ein Bühnenstück machen? Er hatte gerade keinen Job. Und Mattsson auch nicht. Warum nicht andere Wege gehen?

„Man muss doch manchmal in unpassenden Situationen lachen“, sagte er zu Mattsson. „Und manchmal bringt man kein Lachen zustande, wenn man es dringend brauchen könnte, etwa in beklemmenden Situationen.“

„Da fehlt halt dann die Distanz“, erwiderte Mattsson und strich sich über die nassen Hosenbeine.

„Kann man Humor in diesen Situationen lernen?“, fragte Munk.

„Wenn es in dir angelegt ist“, antwortete Mattsson. „Aus einem Misanthropen wirst du nie einen heiteren Lebenskünstler machen.“

„Vielleicht geht es doch“, sagte Munk. „Was hältst du von einer Versuchsanordnung, eine Art Labor? Wir bauen uns einfach einen Dummy, einen komplett humorlosen Misanthropen.”

„Und dem bringen wir dann das Lachen bei?”, fragte Mattsson.

„Genau! Wir erfinden Klas-Ingmar, einen nörgelnden, jammernden Mittvierziger, der dem Verkäufer die Schuld gibt, wenn die Hosen zu eng sind; und der den Filmvorführer maßregelt, wenn im Kino angeblich der Ton zu leise ist oder das Bild zu unscharf“, sagte Munk.

„Den Ton im Kino regelt schon lange nicht mehr der Filmvorführer“, sagte Mattsson. „Passt zu dir, dass du das nicht weißt.“

Munk hatte nicht mal ein Smartphone.

„Außerdem: Klas-Ingmar – so heißt mein Vetter“, sagte Mattsson.

Munk zögerte, etwas zu sagen. Er wartete auf eine Fortführung, die nicht kam. Er nahm einen Schluck von seinem Espresso.

„Ach so, du meinst Vetter!", rief er plötzlich. „Ich dachte, du sagst: So heißt mein fetter … und dann kommt Freund oder Bruder oder Hausmeister. Ich habe auf die Ergänzung zu fetter gewartet."

Mattsson schüttelte lachend den Kopf. „Meinetwegen kann der Misanthrop Klas-Ingmar heißen", sagte er dann.

„Mit vollem Namen Klas-Ingmar Sodbrenner", sagte Munk.

„Meinetwegen auch Klas-Ingmar Sodbrenner", sagte Mattsson.

„Wir schicken Klas-Ingmar auf eine Reise mit zehn Stationen", sagte Munk, „in den Urlaub, in die Klinik oder auf eine Beerdigung …"

„Es wird eine beschwerliche Reise", sagte Mattsson, der nun doch Gefallen an der Idee fand und sie weiterspann. „Über diese Reise können zunächst nur diejenigen lachen, die Klas-Ingmar dabei zusehen. Aber irgendwann fängt er vorsichtig an, über sich selbst zu lachen und merkt mit zunehmender Übung, dass es im Leben meistens zwei Möglichkeiten gibt: die Dinge mit Humor zu nehmen, oder eben verbiestert zu sein."

„Das klingt jetzt wie ein banaler Humor-Ratgeber mit der Überschrift: Sorge dich nicht, lache", sagte Munk.

„Wir müssen es eben witzig hinkriegen, nicht belehrend oder pathetisch", erwiderte Mattsson. „Klas-Ingmar muss da reinwachsen, eher beiläufig."

„Okay, und am Ende sind die anderen Touristen für Klas-Ingmar im Urlaub nicht mehr laut, sondern gesellig", fuhr Munk fort. „Die Karte für das Konzert ist nicht überteuert, sondern das Erlebnis einmalig; und der Winter ist zwar kalt und nass und trüb, aber nichts ist so schön, wie in der überheizten Stube einen Schokoladen-Nikolaus zu essen."

Munk nahm die Serviette, holte einen Kugelschreiber aus der Innentasche seiner Lederjacke und zeichnete mit ein paar einfachen Strichen einen leicht übergewichtigen Spießer. Brille. Strickjacke. Stoffhose. Schnürschuhe. Herunterhängende Mundwinkel. Die Haare konnte man nicht sehen. Denn Klas-Ingmar trug einen Helm.

„Warum das denn?", fragte Mattsson und zeigte auf den Helm.

„Für Klas-Ingmar ist das Leben ein Kampf", antwortete Munk. „Immer hat sich alles gegen ihn verschworen. Jeden Tag, jede Minute, jede Sekunde zieht er in eine Schlacht, um das Widrige abzuwehren. Deshalb trägt er einen Helm, symbolisch sozusagen."

„Aber ein bisschen schöner hättest du ihn schon zeichnen können", sagte Mattsson. Er hatte mittlerweile vergessen, dass er nass geworden war.

„Schöner? Wie George Clooney?"

„Nein, ich meinte nicht die Figur – ich meine die Zeichnung."

Beide lachten.

„Also, machen wir ein Bühnenstück?", fragte Munk. „Oder besser einen Film? Oder ein Buch?"

„Können wir das überhaupt?" fragte Mattsson. „Und Humor ist doch Geschmackssache. Haben wir da auf dem Buchmarkt eine Chance?"

„Auf dem Buchmarkt, auf dem Heiratsmarkt und auf

dem Weihnachtsmarkt – uns stehen alle Märkte offen", sagte Munk überzeugt. Er wollte das machen. Es reizte ihn. Und wenn ihn etwas reizte, wurde er übermütig.

„Ich bin für ein Bühnenstück", sagte Mattsson. „Humor funktioniert auf der Bühne besser als in einem Buch. Und ein Film ist zu langatmig. Außerdem kriegen wir einen Film eh nicht hin."

Munk überlegte kurz. „Stimmt", sagte er dann. „Ein Film ist ein paar Nummern zu groß. Und ein Bühnenstück ist besser als ein Buch. Man hat auf der Bühne mehr Werkzeuge als im Buch. Mimik, Gestik, solche Sachen."

„Und wir lassen den Humor auftreten!"

Munk stutzte. „Wie meinst du das?"

„Der Humor ist eine Person", sagte Mattsson. „Eine Figur. Er kann eingreifen, helfen und mahnen, wenn Klas-Ingmar seine Reise macht. Er kann angezogen sein wie ein Narr mit einer Schelmenkappe. Oder wie ein Joker beim Kartenspiel. So was Mittelalterliches."

„Das ist gut!", rief Munk und schlug mit der Faust auf den Tresen.

„Besssahlen?", fragte der Barkeeper.

Munk wollte gerade antworten, als sein Handy klingelte. „Munk."

Es war Halldor Selander, sein alter Chef, den Munk vor seiner Suspendierung vertreten hatte, weil Selanders Frau schwer erkrankt war. Mittlerweile war sie gestorben und Selander als Leiter der Mordkommission zurückgekehrt.

Munk hörte Selander einige Minuten zu, dann sagte er, er brauche Bedenkzeit und beendete das Gespräch.

„Was ist?", fragte Mattsson, der sah, dass Munk etwas verstört wirkte.

„Sie wollen mir eine Chance geben, in den Polizeidienst zurückzukehren“, sagte Munk. „Aber dazu müsste ich das Leben von jemandem schützen, der einen sehr seltsamen Humor hat.“

Casper Munk fühlte sich eigenartig, als er sich dem Polizeipräsidium auf Kungsholmen näherte. Munk war den Weg von seiner Wohnung zum Präsidium zu Fuß gegangen, um in Ruhe seine Gedanken und Gefühle ordnen zu können. Es war jetzt drei Monate her, seit er suspendiert worden war. Er hatte eigentlich damit abgeschlossen gehabt, Polizist zu sein. Er wollte zu seiner Freundin Tove nach Norwegen ziehen. Er hatte sich sogar schon in einem Bettengeschäft nach einem großen Doppelbett umgesehen, das er kaufen wollte. Der Verkäufer hatte sich dabei um Kopf und Kragen geredet, als er ständig seine Frau ins Spiel brachte. Der Verkäufer hatte Munk geraten, ein „sehr breites Bett" zu kaufen, so wie er eines habe; er habe nämlich eine Frau mit „sehr breiten Hüften". Und ein Gästebett empfahl er Munk auch; denn seine Frau schnarche oft und sehr laut, da habe es sich bewährt, das „Schlafzimmer mal verlassen zu können". Munk hatte das Bettengeschäft sehr rasch verlassen.

Sein Wunsch, zu Tove nach Bergen zu ziehen und ein neues Leben zu beginnen, hatte sich ohnehin schnell zerschlagen. Tove hatte gemeint, es sei keine gute Idee, wenn Munk, so aufgewühlt wie er nach der Suspendierung war, sofort nach Norwegen kommen würde, ohne Plan, ohne innere Ruhe. Sie hatte ihm vorgeschlagen, dass er sie öfter besuchen könne als früher, aber dass er erst mal in Stockholm bleiben und sich darüber klarwerden solle, was er mit seiner Zukunft anfangen wolle. Munk wusste, dass Tove irgendwie recht hatte, aber ihre Sichtweise war ihm zu vernünftig. Er hätte sich gewünscht, dass sie ihn auffange, irgendwie. Munk war deshalb etwas beleidigt gewesen und hatte zu Tove gesagt, er sei für eine Beziehungspause, bis er sein Leben wieder geordnet habe. Tove war darüber erstaunt gewesen, hatte aber eingewilligt.

Munk hatte sich danach treiben lassen, er war meistens mit seiner besten Freundin Luna unterwegs gewesen oder mit Pontus Mattsson. Er hatte viel getrunken und in den Tag hineingelebt, was eine Zeit lang Spaß gemacht hatte, ihn aber nicht erfüllte. Er war nicht mehr 20, sondern Ende 40. Er wusste aber immer noch nicht recht, was er künftig tun sollte. Ein Bühnenstück über den Humor, zusammen mit Mattsson. Das war bisher alles, was ihm eingefallen war.

Und dann war der Anruf von Halldor Selander gekommen.

Noch mal zurück zur Polizei? Munk wusste nicht recht, ob ihm der Gedanke gefiel. Wahrscheinlich war er ein sehr guter Polizist, und für alles andere im Leben reichte es nur zu Mittelmaß. Sollte er also wieder das tun, was er am besten konnte?

Munk kam an der Pforte an. Er hatte seinen Polizeiausweis abgeben müssen und musste sich nun anmelden wie jeder andere Besucher auch. Eine junge Frau saß an der Pforte. Munk kannte sie nicht. Sie musste neu sein. Sie kannte ihn auch nicht, obwohl Casper Munk über Jahre hinweg Schwedens herausragender Ermittler gewesen war. Munk sagte, dass der Polizeipräsident ihn erwarte. Und auch Halldor Selander, der Leiter der Mordkommission. Die junge Frau schaute kurz in ihren Computer und sagte dann, er sei angemeldet und müsse den Aufzug rechts nehm…

„… ich weiß, wo ich hinmuss“, unterbrach Munk und dachte plötzlich darüber nach, wie vergänglich das Leben war. Und wie wenig Spuren man hinterlässt.

Er sah auf die Uhr. Es war Viertel vor zehn. Um zehn

Uhr hatte er den Termin bei Ström und Selander. Munk beschloss, bei Grip vorbeizuschauen. Sie hatten sich ein paar Mal privat getroffen, immerhin waren sie befreundet, aber die letzte Begegnung lag bestimmt drei Wochen zurück.

Munk klopfte an Grips Bürotür und trat ein, als er ein helles „Herein" hörte. Grip saß hinter seinem Schreibtisch und lächelte, als Munk den Raum betrat. Aber was hatte er da an? Ein Hawaiihemd, blau, gelb, rot, grün, pink und türkis gepunktet. Munk konnte nicht anders, als laut zu lachen und auf das Hemd zu deuten.

„Was ist das denn?!", rief er und lachte weiter.

Grip hätte empört sein können, aber er war nie beleidigt. Auch diesmal protestierte er nur kurz mit den Worten „Was ist denn? Du solltest auch mal was Neues ausprobieren", aber dann lachte er mit. „Findest du es wirklich so schlimm?", fragte er schließlich.

„Ja!", antwortete Munk, der das Lachen nun ebenfalls eingestellt hatte, aber immer noch grinste.

Grip stand auf, zog das Hawaiihemd aus, zerknüllte es und warf es in den Mülleimer. Dann ging er mit nacktem Oberkörper zum Schrank, holte ein taubenblaues T-Shirt heraus und streifte es sich über. „Besser?", fragte er.

„Viel besser", antwortete Munk. „Aber ich will eigentlich nicht dein Typberater sein. Wenn es dir gefallen hat …"

Grip machte eine wegwerfende Handbewegung. „Leila und Kajsa haben mich heute auch schon ausgelacht", sagte er dann.

„Wo ist Kajsa denn?", fragte Munk und schaute auf den leeren Bürostuhl, auf dem sie gewöhnlich saß.

„Sie ist in dein altes Zimmer gezogen", sagte Grip,

„Halldor meinte, es sei besser, Kajsa und ich würden nicht mehr im selben Raum sitzen."

Grip war in die sportliche, gut aussehende Kajsa Tapper verliebt gewesen; er hatte ihr Blumen geschickt, sie sehr oft angerufen und vergeblich versucht, sie einzuladen. Kajsa hatte bereits Munk gebeten, Grip zurechtzuweisen. Munk hatte das zwar in aller Deutlichkeit getan, aber mit wenig Erfolg. Offenbar hatte Halldor Selander dann zu härteren Maßnahmen gegriffen.

„Ist vielleicht besser so", sagte Grip und blickte zu Boden. „Vielleicht war ich zu übergriffig."

Endlich hatte er es eingesehen, dachte Munk.

„Wie geht es dir?", fragte er.

„Passt schon, ich schlage sie mir gerade aus dem Kopf", erwiderte Grip, hieb sich gegen den Schädel und lachte. „Und ja, ich sage mir jeden Tag, dass ich trotzdem schön bin. Wenn ich vor dem Spiegel stehe, würde ich am liebsten sofort mit mir vögeln."

Munk schüttelte amüsiert den Kopf. Grip hatte sich nicht verändert.

„Und wie geht es dir?", fragte Grip. „Lass mich raten: Du wanderst in die hintere Slowakei aus und wirst dort Schleusenwärter?"

Hatte man ihm nichts gesagt?

„Weißt du nicht, warum ich heute da bin?", fragte Munk.

„Nein, ich dachte, du wolltest mir helfen, mich neu einzukleiden", sagte Grip. „Vielleicht sollte ich mir ein Westernhemd mit Fransen kaufen. Marshall Grip!" Dann wurde er ernst. „Warum bist du hier, Casper?"

Munk erzählte Grip von dem Anruf des Polizeipräsidenten, aber bevor Grip, der konzentriert zugehört hatte, darauf reagieren konnte, verschwand er mit einem kurzen Gruß aus dessen Büro.

„Sorry, es ist schon zehn“, rief er ihm über die Schulter zu. „Ich komme danach noch mal bei dir vorbei.“

Munk fuhr mit dem Fahrstuhl in das oberste Stockwerk. Natürlich hatte Polizeipräsident Lasse Bosse Ström sein Büro nicht im Erdgeschoss. Ström war eitel, profilneurotisch, machtgeil und schlicht. Munk verachtete ihn. Aber er dachte auch daran, dass er in Ströms Büro Halldor Selander treffen würde, seinen früheren Chef. Munk mochte Selander, der für die alten Werte stand: Zuverlässigkeit, Loyalität, Pflichtbewusstsein, Pünktlichkeit, Fairness. Bei Halldor Selander wusste man, was man hatte.

Munk kam im obersten Stockwerk an. Er musste sich bei Ströms Vorzimmerdame anmelden. Es war vier Minuten nach zehn. Die Dame guckte verstohlen auf die Uhr, als sich Munk ihrem Schreibtisch näherte.

„Herr Ström schätzt keine Verspätungen“, sagte sie knapp und musterte Munk. Er trug eine Jeansjacke, was die Dame wohl als nicht standesgemäß beurteilte.

Munk überlegte, wie er reagieren sollte. Er war kein Polizist mehr, er war ein freier Mensch, der dieser in seinen Augen überheblichen Tippse gleich in knapper Form mitteilen würde, dass sie …

„Casper!“

Es war Halldor Selander, der die Tür des Polizeipräsidenten von innen geöffnet hatte und Munk entgegenkam. Selander schien sich zu freuen, Munk zu sehen. Munk ging es genauso.

„Hej, Halldor“, sagte er und lächelte. „Schön, dich zu sehen!“

„Komm rein, Casper“, sagte Selander und deutete mit der rechten Hand auf die geöffnete Tür. Dann sagte er zur Vorzimmerdame: „Bringen Sie Herrn Munk eine Cola. Du trinkst doch noch Cola, Casper?“

„Tagsüber nur Cola. Abends Rotwein und Cola“, erwiderte Munk und sah die Vorzimmerdame an. „Manche meinen, das sei stillos. Aber ich liebe es.“

Selander lächelte. „Rotwein gibt es nicht. Nur eine Cola, Frau …“

Die Vorzimmerdame stand wortlos auf und ging den Flur hinunter Richtung Küche. Munk und Selander betraten das Büro des Polizeipräsidenten. Als Munk zum letzten Mal hier gewesen war, lag ein roter Teppich im Raum, und dieser Teppich führte zu einem riesigen Mahagoni-Schreibtisch, hinter dem Ström residierte. Er saß dort auf einem großen Sessel und blickte auf seine Besucher herab, die für gewöhnlich auf einem kleinen Stuhl vor dem Schreibtisch Platz nehmen mussten.

Den Teppich und den Mahagoni-Schreibtisch gab es noch, aber Ström saß nicht erhöht auf seinem Sessel, sondern er befand sich mitten im Raum. Er bemerkte nicht, dass Munk und Selander eingetreten waren und lief im Stechschritt hin und her. Er sah aus wie ein Spielzeugsoldat, den man aufgezogen und der sich nun selbstständig gemacht hatte. Den Eindruck vom Soldaten unterstrich Ströms Kleidung: Er trug eine Uniformjacke, deren rechte Brustseite mit Orden geschmückt war.

Selander räusperte sich, um sich bemerkbar zu machen.

Ström erschrak und drehte sich ruckartig zu den beiden Eingetretenen um. Munk sah, wie durch die schnelle Bewegung die Orden auf der Uniform wackelten. Er grinste.

„Ich kann mir vorstellen, weshalb Sie lachen, Herr Munk“, sagte Ström. „Ich kenne Sie und Ihren, sagen wir, ungewöhnlichen Humor. Aber die Lage ist so ernst, dass ich angemessen gekleidet sein muss.“ Ström bemühte sich, ein wichtiges Gesicht aufzusetzen. „Wir sind kurz vor dem nationalen Notstand!“, rief er. „Und wir, die Polizei, müssen unser Land vor der Katastrophe bewahren.“ Er ging auf Munk zu, schüttelte ihm die Hand und sagte: „Wir brauchen Sie, und ich bin deshalb bereit, sowohl über Ihren Spott hinwegzusehen, mit dem Sie mir entgegentreten, als auch über Ihre unglaubliche, eigentlich unentschuldbare Entgleisung im Fall dieses Torwarts … wie hieß er noch mal?“

„Rune Katt“, antwortete Munk ruhig. Der frühere Nationaltorwart war ermordet worden, und Munk hatte den Mörder mit, nun ja, ungewöhnlichen Methoden gesucht.

Ström bekam ein rotes Gesicht. „Wie konnten Sie nur diese anderen Fußballer, die gar nicht tot waren, für tot erklären“, brüllte er. „Und wie konnten Sie es wagen, mich davon nicht in Kenntnis zu setzen …“

Selander ging auf Ström zu und bewegte seine Hände von oben nach unten. Er wollte ihn beruhigen. „Herr Ström, wir brauchen Casper …“

Ström straffte sich, strich die Uniform mit beiden Händen glatt, schürzte die Lippen und sagte: „Ich will nicht kleinlich sein, Herr Munk, Sie sind ein … nun ja … ganz … guter … Polizist …“ Ström hüstelte. „… gewesen … und ich hoffe, dass Sie das auch wieder werden. Wir brauchen Sie, um Sultan Daix davor zu bewahren, dass er von Verrückten hier in Stockholm getötet wird. Die Welt würde darüber reden, Schweden wäre blamiert, die Polizei wäre blamiert. Ich wäre blamiert.“

„Dazu kämen die internationalen Irritationen, die verheerenden Auswirkungen auf den Ölmarkt und die geopolitsche Balance in der Region, aus der der Sultan kommt, die Wut der Schutzmacht China …“, warf Selander ein.

Ström sah ihn von der Seite an, als würde Selander nach seiner, des Polizeipräsidenten, großen Rede Kochrezepte vorlesen. „Ja, gut, auch das“, sagte er.

Es klopfte. Die Vorzimmerdame brachte die Cola herein und stellte sie auf den runden Mahagoni-Tisch, um den drei Mahagoni-Stühle gruppiert waren.

„Setzen wir uns“, sagte Ström und nahm als Erster Platz.

Selander ließ Munk den Vortritt.

Warum tue ich mir das an, dachte Munk. Ström und das Ganze. Warum soll ich diesem irren Polizeipräsidenten helfen, diesen irren Sultan zu schützen?

Munk wusste, dass die Antwort sehr einfach war: Er wollte sich rehabilitieren. Aber Munk war in seinem Leben mit einfachen Antworten selten zufrieden.

„Sultan Daix“, sagte Ström in Munks Gedanken hinein. „Sultan Daix mag nicht alle Standards westlicher Demokratien erfüllen …“

Keinen, dachte Munk. Keinen einzigen erfüllt er.

„… aber es ist unsere Pflicht und Schuldigkeit, sein Leben zu schützen.“

Ström drückte auf einen Knopf, der auf dem Mahagoni-Schreibtisch angebracht war. Wenige Sekunden später stand ein schüchterner, junger, blasser, Anzug tragender Mann im Zimmer und übergab Ström einen schmalen Aktenordner.

Ström wedelte mit den Fingern der rechten Hand in Richtung des blassen Jünglings, der wortlos und mit leicht gebückter Haltung den Raum verließ.

Das ist hier ja alles noch schlimmer geworden, dachte Munk.

„Das ist ein Dossier über Sultan Daix", sagte Ström. „Und in diesem Ordner ist auch eine Handlungsanweisung, wie wir – wie Sie, Herr Munk – ihn schützen werden."

„Casper hat noch nicht Ja gesagt", warf Selander ein, er wusste um Munks Stolz und seine Impulsivität. Würde das Gespräch nicht gut verlaufen, Munk würde aufstehen und gehen.

„Jaja", sagte Ström und starrte auf den Deckel des Aktenordners.

„Lassen Sie hören", sagte Munk. Es war der zweite Satz, den er sprach, seit er den Raum betreten hatte.

Ström holte tief Luft. „Sultan Daix wird auf Einladung des Königs nach Schweden kommen", sagte er dann. „Die Politiker wollen nicht, dass er kommt, die Bürger wollen es nicht, wir wollen es nicht. Aber der König, der seit fast 50 Jahren in Schweden auf dem Thron sitzt, der unser Land immer gut repräsentiert hat, dieses Land, das, was Antirassismus, Laizismus …"

Halldor Selander räusperte sich.

„… Antimilitarismus, Egalität, Antiimperialismus …", fuhr Ström fort.

„Herr Polizeipräsident", sagte Selander nun, „es geht nicht um unser Land, sondern um den Sultan."

„Danke, Selander", sagte Ström, „das weiß ich doch. Der Sultan. Er kommt aus … woher noch mal, Selander?"

„Asien, grob gesagt, aber ich glaube, Casper weiß das, vielleicht sollten wir …"

„Der Sultan kommt also aus Asien und er unterdrückt die Opposition. Folter und so. Was noch, Selander?"

Das „Folter und so“ hatte Ström gesagt, als ginge es um Aufbissschienen für Leute, die nachts mit den Zähnen knirschen. Empathie war nicht herauszuhören.

„Sultan Daix lässt keine freie Presse zu, keine freie Justiz, keine Parteien, keine Frauen in öffentlichen Ämtern – aber ich glaube, auch das weiß Casper. Wollen wir nicht über den, nun ja, kuriosen Humor des Sultans reden und wie wir den Sultan beschützen könnten? Und was Casper dabei tun soll?“

„Dann übernehmen Sie das, Selander“, sagte Ström.

Er wollte großzügig wirken, in Wahrheit war er hilflos. Etwas zu erklären, das komplexer war als das Bestellen eines Mittagessens, war zu schwierig für den Polizeipräsidenten. Munk fragte sich immer wieder, wie Ström an diese Position gelangen konnte.

„Also, Casper“, sagte Selander und wandte sich zu Munk, der rechts von ihm am Mahagonitisch saß. „Sultan Daix ist ein, nun ja, brutaler Spaßvogel.“

Selander hatte das schon am Telefon angedeutet. Und Munk hatte ein großes Interesse an Menschen mit abseitigem Humor.

„Daix verkleidet sich gerne, als Buffalo Bill, als Hitler, als Eisbär, als Robin Hood, als Dschingis Khan – was ihm gerade einfällt“, fuhr Selander fort, „und er lädt gerne Gäste zu sich ein, an eine lange Tafel. Wenn sie sich gesetzt und etwas getrunken haben, betätigt er einen Knopf, und über versteckte Düsen, die mit den Stühlen der Gäste verbunden sind, werden diese von unten nass gespritzt.“

Wie albern. Aber noch nicht brutal.

„Manchmal mischt er dem Wasser aber etwas Gefährliches bei“, sagte Selander. „Säuren, die den Hintern der Gäste verätzen, sodass sie monatelang nicht sitzen können.

Oder das Gift einer südamerikanischen Spinnenart, das zur Dauererektion bei den männlichen Gästen führt."

Munk musste an seinen Kollegen Achatz Larsson denken. Hatte er nicht mal einem Zuhälter etwas in den Tee gekippt, und dieser hatte dann tagelang eine Dauererektion gehabt?

„Manchmal lässt er die Gäste auch mit einem Gift bespritzen, das tödlich ist", sagte Selander. „Töten lässt er nur seine Gegner. Das mit dem Wasser und der Dauererektion macht er auch mit seinen Freunden."

„Macht er das nur zu Hause in seinem Sultanat oder müssen wir auch in Stockholm mit seinen befremdlichen Scherzen rechnen?", fragte Munk.

„Als er in Tokio zu Gast war, wünschte er sich, dass der berühmteste japanische Gitarrenspieler für ihn spiele", sagte Selander. „Allerdings scheint ihm das Konzert nicht gefallen zu haben – man fand den Musiker am nächsten Tag übel zugerichtet in seiner Wohnung. Und die beiden Shibas des Gitarrenspielers waren tot. Man hatte sie mit zwei Saiten seiner Gitarre aufgehängt."

„Was sind Shibas?", fragte Munk, der Angst hatte, es könnten Frauen sein.

„Hunde", sagte Selander.

Das ist schlimm genug, dachte Munk.

„Und das lassen die mit sich machen, der japanische Regierungschef, der Gitarrenspieler, wer auch immer?", fragte er.

„Der Sultan hat sehr viel Öl und sehr viel Erdgas", sagte Selander. „Außerdem hat sein Land ein Vetorecht im UN-Sicherheitsrat. Man braucht ihn. So funktioniert manchmal internationale Politik."

Munk stand auf. „Ohne mich“, sagte er. „Ich schütze keinen Sadisten. Sorry, Halldor.“

„Ich wusste, dass du so reagieren würdest, Casper“, antwortete Selander ruhig. „Aber ich bitte dich, wenigstens darüber nachzudenken. Es geht nicht um mich und nicht um dich. Um dich vielleicht ein wenig, weil du deinen Job zurückbekommen kannst. Aber vor allem geht es …“

„Na, worum?“, fragte Munk ein wenig zu scharf.

„Um unser Land und um die internationale Sicherheit“, sagte Selander. „Wird Sultan Daix getötet, kann das einen Flächenbrand im Nahen Osten auslösen.“

„Flächenbrand, Flächenbrand“, rief Munk. „Also schützen wir einen Despoten, weil er für Stabilität sorgt? Das kenne ich. Jetzt wirst du gleich sagen, dass Libyen nach Gaddafi ins Chaos stürzte, und dass in ganz Nordafrika …“

„Casper!“, sagte Selander bittend. „Wir können die Welt nicht ändern, leider. Aber wir müssen unser Land schützen. Wenn Daix in Schweden getötet wird …“

„Was dann?“, fragte Munk.

Selander wand sich.

„Der Sultan hat gedroht“, warf Ström ein.

„Womit?“, frage Munk.

„Sollte er in Schweden getötet werden, würden seine Leute Gleiches mit Gleichem vergelten“, erwiderte Ström.

„Den schwedischen König töten?“

„Das wäre in den Augen des Sultans nicht Gleiches mit Gleichem“, schaltete sich Selander wieder ein.

Munk dachte nach. Wer ist in Schweden in den Augen des Sultans so berühmt und vor allem so beliebt wie er? Astrid Lindgren war tot. Stieg Larsson auch.

„ABBA?“, fragte Munk.

Ström und Selander nickten.

„Alle vier", sagte Selander.

Munk schwieg.

„Wo wir gerade bei ABBA sind: Der Sultan hat angekündigt, eine ABBA-Coverband mit den besten Musikern seines Landes mit nach Stockholm zu bringen. Zu Ehren des Königs, seiner Familie und seines Volkes", erklärte Selander.

„Wer weiß von dieser Drohung?", fragte Munk, der lieber über die echte ABBA-Band reden wollte.

Ström straffte sich. „Nur der Premierminister und ich", sagte er und hob das Kinn. Er war offenbar stolz darauf.

„Und wir beide", warf Selander ein und deutete auf sich und Munk.

Munk sah auf den Mahagonitisch. Er überlegte. Er kannte Björn Ulvaeus und Benny Andersson, er hatte sie einmal beim Abendessen in einem Restaurant auf Djurgården gesehen und war mit ihnen ins Gespräch gekommen. Er hatte sie sehr nett gefunden.

„Und, Herr Munk, was ist?", fragte Ström und fing sich einen abschätzigen Blick von Selander ein, der bedeuten sollte: nicht drängen!

„Schon gut, Halldor", sagte Munk. „Ich mache es."

„Sehr gut", erwiderte Ström und rieb sich zufrieden die Hände. „Dann darf ich jetzt wieder Kommissar Munk sagen. Willkommen zurück! Und an die Arbeit!"

Halldor Selander teilte die Freude des Polizeipräsidenten noch nicht. „Haben wir nicht etwas Wichtiges vergessen, Herr Polizeipräsident?", fragte er. „Casper muss doch …"

„Ach ja", antwortete Ström, und er tat es so, als sei es eine Petitesse, die er vergessen hatte. „Kommissar Munk", sagte er. „Wir haben bereits mit den wichtigsten Terrorexperten des Landes gesprochen, und heraus kam, dass jener Mann, der die Schutzmaßnahmen für den Sultan leiten wird, also Sie, zuvor ein besonderes Training absolvieren muss. Es ist ungewöhnlich, es ist modern, es ist vielversprechend, es ist das Neueste vom Neuem und Made in Sweden sozusagen. Und ich unterstütze das mit meinem guten Namen."

Komm zum Punkt, dachte Munk. Wird schon nichts Außergewöhnliches sein. Ström bläst sich ja immer gerne auf.

„Darf ich fragen, wie das aussehen wird?", fragte Munk.

„Sie müssen sich auf eine Zeitreise begeben", erwiderte Ström. „Wir schicken Sie in die Brennpunkte schwedischer Kriminalgeschichte, Sie werden beim Mord an Außenministerin Anna Lindh im Jahr 2003 dabei sein, beim Anschlag auf Regierungschef Olof Palme 1986. Sie werden sehen, wie die Mörder bei ihren Anschlägen agieren, und daraus werden Sie Erkenntnisse gewinnen, wie Sie den Sultan vor einem Attentat schützen können."

Munk saß da und kapierte nichts. „Was für eine Zeitreise? Das alles kann ich doch auch in Büchern nachlesen", warf Munk ein, aber es war ihm klar, dass Ström sich nicht davon abbringen lassen würde, die neuesten Methoden anzuwenden, und wenn sie noch so abenteuerlich klangen.

„Bücher, Bücher", blaffte Ström. „Bei uns werden Sie hautnah dabei sein. Hautnah!"

„Aber wie soll das gehen?", fragte Munk.

„Papperlapapp!", ging Ström dazwischen. „Vertrauen Sie den Experten. Sie haben morgen die erste Sitzung. Attentat auf Anna Lindh. 2003. Mörder: Mijailo Mijailović." Dann stand Ström auf. Es war das Zeichen, dass Munk gehen sollte.

„Keine weiteren Instruktionen?", fragte Munk.

„Nein", sagte Ström. „Alles Weitere morgen."

Selander zuckte mit den Schultern und stand ebenfalls auf. Er nickte Ström zu. Dann verließen Munk und Selander das Büro des Polizeipräsidenten.

„Es tut mir leid, Casper", sagte Selander auf dem Flur. „Ein bisschen viel auf einmal, und ein bisschen viel Wahnsinn. Aber ich weiß auch nicht, wie das mit den Zeitreisen gehen soll. Ist bestimmt irgendein Hirngespinst von Ström. Irgendwas Virtuelles. Ström springt ja gerne auf jeden Zug auf, der sich innovativ anhört. Nimm es nicht zu ernst."

„Ist schon gut, Halldor", sagte Munk und lächelte. „Vielleicht ist es genau das, was ich jetzt brauche."

„Überleg es dir", sagte Selander. „Du kannst immer noch absagen."

Munk ging nicht auf den letzten Satz von Selander ein. Stattdessen fragte er den alten Kollegen, wie es ihm gehe nach dem Tod seiner Frau.

„Es ist schwer, Casper", sagte Selander. „Wir waren 40 Jahre zusammen, und es war unerträglich, sie leiden zu sehen. Nach ihrem Tod hatte ich das Gefühl, dass ich auch nicht mehr weiterleben möchte. Dass ich aufgebe. Ich lag tagelang im Bett. Es klingt kitschig, aber meine Enkelin hat mir geholfen, indem sie sagte, Opa, wir …" Selander winkte ab. Es wurde ihm offenbar zu intim. Er straffte sich. „Ich habe beschlossen, weiterzumachen. Mit dem Leben. Und mit meinem Beruf."

„Eine gute Entscheidung", sagte Munk. Er wusste, dass jedes weitere Wort überflüssig war. Selander reichte so ein Satz.

„Rede mit Luna", sagte Selander, „und entscheide dann,

ob du diesen Sultan-Wahnsinn mitmachst. Und die komische Zeitreise."

Selander wusste, wie eng Munk mit Luna Nordin befreundet war.

Sie fuhren gemeinsam ins Erdgeschoss und verabschiedeten sich vor Grips Büro.

Munk klopfte an die Tür. Grip saß an seinem Computer und hatte Pferdewetten auf dem Bildschirm.

„Mach das nicht auf dem Dienstcomputer", sagte Munk.

Grip klickte die Wettseite weg. „Todsichere Sache am Sonntag", sagte er. „Ich habe da ein ganz starkes Gefühl, dass der Hengst Moors beim zweiten Rennen …"

„Gefühl und todsicher passen nicht ganz zusammen", sagte Munk, der wusste, dass Grip schon viel Geld bei Pferdewetten verloren hatte. Aber er hatte ihn nicht davon abbringen können.

„Doch, doch", sagte Grip. „Du hast doch deine Fälle auch immer mit Gefühl gelöst."

Da war etwas dran, dachte Munk.

„Kennst du übrigens die Geschichte von dem Mann, der erst Pferderennen kommentierte und dann Stadionsprecher beim Fußball wurde?", fragte Grip.

„Nein", sagte Munk und lächelte. Er wusste, dass etwas Kurioses kommen würde.

„Der Mann wechselte also zum Fußball", erzählte Grip. „Er wurde Stadionsprecher bei Hammarby IF. Dort verlas er vor dem Spiel die Mannschaftsaufstellung und begann so: ‚Mit der Startnummer eins: Ronnie Hellström …'"

Munk lachte.

„Und?", fragte Grip. „Wie war es beim Alten? Sicher auch lustig."

„Wie man es nimmt", erwiderte Munk. „Um es kurz zu machen: Falls ich auf Ströms Bedingungen eingehe, kann ich wieder als Polizist arbeiten."

„Mann, Casper! Das ist ja klasse", rief Grip, der sich ehrlich freute. „Aber dann reißt du dich am Riemen, versprochen? Wir erklären dann nicht Tennisspieler oder Golfspieler für tot, obwohl sie noch leben!"

„Ich habe noch nicht zugesagt, ich muss es mir noch überlegen", sagte er. „Vor allem habe ich keine Lust, dass ich mir, wenn ich wieder hier arbeite, dauernd deine schlechten Witze anhören muss."

„Das kannst du jetzt schon haben", sagte Grip. Er setzte sich aufrecht in seinen Bürostuhl. Grip war in seinem Element.

„Oh, bitte nicht", sagte Munk in gespielter Entrüstung. Er drehte sich um und tat so, als renne er aus dem Büro.

Grip holte die Dienstpistole aus der Schublade. „Stehen bleiben!", rief er.

Munk reckte die Arme nach oben. „Aber nur einen, bitte", sagte er.

„Einverstanden", sagte Grip.

Munk drehte sich wieder um. „Schieß los!"

„Ein Fahrkartenautomat geht zum Arzt und sagt: Herr Doktor, ich kriege die ganze Zeit Geldscheine eingesteckt, aber ich spucke nur Münzen aus. Was ist los mit mir? Der Arzt antwortet: Sie sind in den Wechseljahren."

„Mann, du bist ja noch viel schlechter geworden, Grip", sagte Munk und ging aus dem Büro. Grip warf ihm einen Aktenordner hinterher.

Casper Munk fuhr mit der U-Bahn nach Södermalm. Er dachte darüber nach, was er gerade im Büro des Polizeipräsidenten erlebt hatte. Er, Munk, war ja ein Freund von skurrilen Dingen. Grip hatte ihn einmal den „Meister der heiteren Marginalien" genannt, weil er über viele Dinge lachen konnte, über die andere entweder gar nicht nachdachten oder nur den Kopf schüttelten.

Aber das mit Sultan Daix war eine ganz andere Nummer.

Es war nicht komisch, seine Gäste und Tiere zu quälen und zu töten. Es war einfach nur abscheulich.

Warum sollte er sich darauf einlassen, Daix zu schützen? Warum solle er diese Zeitreise-Sache mitmachen? Das war doch sicher blanker Unsinn.

Aber es ging um Benny und Björn und um sein eigenes Leben; um sein Berufsleben. Er hatte nach seiner Suspendierung einige Monate Zeit gehabt, über sich nachzudenken, und er war zu dem Schluss gekommen, dass er nicht nur ein guter Polizist war, sondern dass dieser Job wohl der einzige war, den er mit Leidenschaft ausüben würde. Er wollte Täter fassen. Und er wollte Menschen schützen. Vermutlich war das auch seiner Freundin Tove klar. Sie wollte nicht, dass ein Nicht-Polizist Casper Munk zu ihr nach Norwegen zieht; ein Mann, der unausgeglichen war, wenn er kein Verbrechen aufzuklären hatte.

An der Station Slussen sah Munk aus dem Fenster der U-Bahn. Er sah eine alte Frau, die sehr dicht am Waggon stand, winkte und sich damit offenbar von ihren Liebsten verabschiedete. Als die Frau auf die Durchsage „Bitte zurückbleiben" nicht reagierte, sagte der Fahrer schließlich: „Die Dame, die da so nett winkt: gehen Sie bitte ein Stück zurück, sonst wird es ein Abschied für immer."

Munk musste schmunzeln.

Er stieg dann am Medborgarplatsen aus. Munk hatte ein melancholisches Gefühl. Luna hatte ihm vor ein paar Wochen gesagt, dass sie für mindestens ein Jahr nach Wien ziehen würde. Sie hatte sich für ein Stipendium an der Kunstakademie beworben und war genommen worden – mit Ende 40. Luna hatte schon immer für die österreichische Hauptstadt geschwärmt, für deren Architektur und Kultur. Sie hatte gesagt, sie würde sich vor allem innerhalb des Rings bewegen, dort sei Wien noch so bedeutend und charmant wie zur Glanzzeit der K.-u.-K.-Monarchie. Sie hatte gesagt, sie setze sich dann in die Kaffeehäuser und zeichne die hiesigen Kellner. Das seien noch Originale, keine Studenten wie in Stockholmer Cafés. Munk hatte zwar gelesen, dass mittlerweile viele deutsche Studenten, die in Wien lebten, in den Kaffeehäusern bedienten. Aber er wollte Lunas Begeisterung nicht stoppen. Ebenso schwieg er, wenn sie von der K.-u.-K.-Atmosphäre schwärmte. Er sah das etwas nüchterner. Er kannte Fremdenhass und Günstlingswirtschaft im aktuellen Österreich.

Munk ging hoch in den dritten Stock und sah, dass die Tür zu Lunas Wohnung nur angelehnt war. Er trat ein und hörte fremde Frauenstimmen. Munk wusste, dass Luna seit einiger Zeit eine Mitbewohnerin hatte, eine sympathische Frau, die manchmal buddhistische Sitzungen veranstaltete. Luna und er hatten sich den Spaß gemacht, den einen oder anderen Buddhisten zu veralbern, der Gelassenheit predigte, aber Verbissenheit lebte.

„Luuuuna!", rief Munk vom Flur in die Wohnung hinein.

„Wir sind hier in meinem Zimmer", antwortete Luna.

Munk ging den Flur entlang und bog nach rechts in Lunas

Zimmer ein. Luna stand dort neben einer kleinen, schmalen, etwa 50-jährigen Frau mit großer Brille.

„Das ist Ulrika", sagte Luna und deutete auf die Frau. „Sie interessiert sich für mein Zimmer. Sie ist auch Buddhistin – wie meine Mitbewohnerin, die hier schon lebt. Die beiden kennen sich."

Der Hinweis auf die Buddhistin war eine Art Code für Munk. Luna wusste, dass Munk – noch mehr als sie selbst – mit humorlosen Pseudo-Buddhisten, die sich mit ihrem Bekenntnis zu dieser Religion eine Ersatzwichtigkeit gaben, nichts anfangen konnte. Sie gebrauchte den Code, um Munk zu bedeuten, dass er sich zurückhalten sollte.

„Ulrika kommt aus Göteborg und sucht ein Zimmer in Stockholm", sagte Luna.

„Göteborg ...", sagte Ulrika abschätzig und rückte mit dem Zeigefinger der rechten Hand ihre Brille zurecht. „Ich denke, ich blute dort energetisch aus."

Luna bemerkte, wie Munk innerlich einen Schritt nach hinten machte.

„Du wirst morgen sein, was du heute denkst", sagte Munk.

Ulrika blickte ihn verständnislos an.

„Das hat Buddha gesagt", erklärte Munk.

Ulrika reagierte nicht.

„Wie gefällt dir Lunas Zimmer?", fragte Munk, um die Situation zu entspannen.

Ulrika blickte sich um und legte dann ihre rechte Hand auf den Unterbauch.

„Tief drinnen", sagte sie dann, „tief drinnen empfinde ich das Zimmer als düster."

Luna sah Munk an. Munk dachte daran, dass es viele

Buddha-Höhlen gab, und er überlegte, ob ihm ein Spruch einfiele, der Ulrika eine düstere Höhle schmackhaft machen könnte. Aber dann ärgerte er sich darüber, dass Ulrika Lunas Zimmer als düster bezeichnet hatte. Er wollte Luna und das Zimmer verteidigen.

„Man muss schon selbst …“, begann er, und seine Stimme wurde schneidend.

„… entscheiden, was gut und schlecht für einen ist“, sagte Luna schnell und warf Munk einen giftigen Blick zu. „Du kannst es dir ja noch überlegen, Ulrika.“

„Was kostet es?“, fragte Ulrika.

„4000 Kronen im Monat“, antwortete Luna.

4000 Kronen im Monat waren wenig.

„Ich nehme es“, sagte Ulrika.

„Fein“, antwortete Luna überrascht und erstaunt. „Ich schicke dem Vermieter deine Daten, er wird Kontakt zu dir aufnehmen.“

Ulrika gab Luna die Hand und verließ das Zimmer und die Wohnung.

Munk lachte. „Geld schlägt Glaube“, sagte er.

„Idiot!“, sagte Luna.

Sie lachte ausnahmsweise nicht.

„Du hättest es beinahe vermasselt“, sagte sie. „Kannst du nicht einmal, wenigstens einmal, der Situation entsprechend handeln und deinen Spott zurückhalten? Natürlich hat die einen Vogel, aber ich will die Wohnung vermieten. In zwei Wochen fliege ich nach Wien.“

„Aber sie hat dein Zimmer schlecht gemacht“, antwortete Munk. Er wusste, dass es ein schwacher Einwand war.

„Noch nie etwas von Diplomatie gehört?“, sagte Luna. „Ich habe hier eine Art Geschäft gemacht. Da kann man auch einmal für ein paar Minuten seine Emotionen und sein eigenes Gefühl der Überlegenheit bändigen."

Luna hatte recht.

„Entschuldige, Luna", sagte er. „Ich bin froh, dass sie das Zimmer nimmt."

Luna nickte. „Und wir gehen jetzt in den Kranich", sagte sie und war versöhnt. „Vielleicht ein letztes Mal vor meinem Umzug nach Wien, und dort zahlst du die Köttbullar und den Wein – als Strafe."

„Sehr gern."

Sie gingen die Götgatan entlang, vor ihnen lag der Globen, das große Sportstadion, das aussah wie ein großer Golfball. Es war Anfang Mai, und die Stockholmer drängte es jetzt auch abends nach draußen. Vor einer Kneipe spielten zwei Männer um die 50 Schach. Munk liebte diese Stimmung. Aber er war etwas melancholisch. Luna würde die Stadt verlassen, sie würde bald in Wien leben. Würde sie nach dem Stipendiumsjahr zurückkommen? Munk hoffte es sehr.

Um die trüben Gedanken zu vertreiben, erzählte er Luna von seinem Erlebnis in der U-Bahn; von der Durchsage des Fahrers, der der alten Dame riet, vom Waggon Abstand zu halten, ansonsten könne es ein Abschied für immer sein. Luna lachte und sagte, sie habe vor Weihnachten, es sei der zweite Dezember gewesen, auch einen lustigen Spruch eines U-Bahn-Fahrers gehört. Es hätten sich damals – wieder einmal – viele Passagiere beim Einsteigen durch die mittleren Türen der U-Bahn gedrängt. Da habe der Fahrer durchgesagt: „Gehen Sie auch zu den anderen Eingängen, wir sind hier nicht beim Adventskalender – bei uns sind mehr als zwei Türen geöffnet."

Luna und Munk hatten sich im Kranich kaum hingesetzt,

da fragte Luna schon, wann er denn wieder Mörder jagen werde. Natürlich hatten sie in den vergangenen Monaten mehrmals über Munks Suspendierung geredet, und auch darüber, was er mit seinem Leben anfangen sollte. Aber diesmal fragte Luna konkret, wann er wieder bei der Polizei arbeiten wolle. Es war ihr wohl klar geworden, dass Munk dort am besten aufgehoben wäre.

Die Bedienung, eine junge Frau mit Pagenschnitt, kam an den Tisch.

„Zweimal Köttbullar und zweimal den Rotwein des Hauses", sagte Luna.

Die Bedienung tippte es ein und verschwand, ohne etwas gesagt zu haben.

„Ist dir doch recht, oder?", fragte Luna.

„Sehr recht."

„Und?"

„Was und?"

„Ich hatte dich gefragt, wann du wieder Mörder jagen wirst", sagte Luna. „Hast du das schon vergessen? Dement? Kleiner Test: Wer spielte 1977 Linksaußen beim FC Liverpool – im Europapokalfinale gegen Mönchengladbach?"

„Steve Heighway."

„Eigentlich sagt das noch nichts – du würdest die Mannschaft von Liverpool auch noch als Scheintoter aufsagen können."

„Ray Clemence im Tor, dann Smith …"

„Aufhören!", rief Luna und lachte.

Der Pagenkopf brachte die beiden Gläser Rotwein an den Tisch.

„Also?", hakte Luna nach.

„Ich werde erst mal keine Mörder jagen", sagte Munk,

„jedenfalls hoffe ich das. Aber ich kann wieder bei der Polizei anfangen, wenn ich will."

„Echt?! Erzähl!"

Munk berichtete Luna von dem Treffen mit Ström und Selander, er erzählte von dem befremdlichen Humor des Sultans Daix und von der Bedingung des Polizeipräsidenten, auf eine Zeitreise zu gehen, um die Attentate auf die Außenministerin Anna Lindh oder den Premier Olof Palme „hautnah" mitzuerleben.

„Das stimmt jetzt alles, oder?", fragte Luna. „Du veralberst mich nicht?"

Munk nickte. „So war es", sagte er. „Ehrenwort."

Luna glaubte ihm.

„Soll ich es machen, Luna?", fragte Munk.

Sie überlegte keine Sekunde. „Ja!", rief sie. „Der Sultan ist zwar ein widerlicher Sadist, und ich kriege Wut und Gänsehaut, wenn ich nur an ihn denke. Aber erstens passt dieser Wiedereinstieg zu dir. Zweitens sollst du unbedingt wieder als Polizist arbeiten, weil es deine Leidenschaft ist. Und drittens machst du es für ABBA."

Die Köttbullar kamen an den Tisch. Der Pagenkopf stellte sie wortlos hin. Luna nahm ihr Glas Rotwein und sagte: „Skål, Casper. Ich gratuliere dir. Es ist das Beste für dich, das Allerbeste."

Munk hob ebenfalls das Glas. „Knowing Me, Knowing You", sagte er.

7500 Kilometer von Stockholm entfernt

Die vier Musiker waren mit leichtem Gepäck unterwegs. Alles würde ihnen in Stockholm gestellt, hatte der Sekretär des Sultans gesagt, die Kleidung, und die Instrumente sowieso. Gerade hatte sie ein Fahrer von ihren Wohnungen abgeholt und zum Flughafen gebracht, nun standen die vier Musiker auf dem Rollfeld, wenige Meter vom Flugzeug entfernt, das sie nach Stockholm fliegen sollte. Es war für längere Zeit die letzte Gelegenheit, frei zu reden.

„Wir sollen in Stockholm ABBA spielen", sagte Ali, der im Sultanat ein bekannter Beethoven-Interpret war.

„Du bist Benny und ich bin Björn", erwiderte Haissam, der „der Carlo Domeniconi des Sultanats Daixistan" genannt wurde; er war ein begnadeter klassischer Gitarrist.

Amira und Barbelli waren die besten Opernsängerinnen des Landes. Sultan Daix förderte die Künste.

„Ich will das nicht", sagte Ali.

„Wir müssen", sagte Barbelli.

Sie gingen über das Rollfeld auf das Flugzeug zu, das weithin sichtbar den Namen „Daix 757" trug. Ein livrierter Diener nahm den vier Musikern an der Gangway das Handgepäck ab. Die Musiker kannten Sultan Daix und dessen luxuriösen Lebensstil, und deshalb waren sie kaum überrascht, als sie das Flugzeug betraten. Überall war Purpur und Samt, an den Wänden hingen Gemälde, denn, wie gesagt, Daix förderte die Kunst.

„Bitte hier entlang", sagte der Diener und führte sie in den Salon, in dem die Musiker einen riesigen Bildschirm sahen, außerdem schwere Sessel mit Posamenten und vergoldete Armaturen an einer Badewanne, die mitten im Salon stand.

„Manchmal empfängt der Sultan seine Fluggäste in der Badewanne“, sagte der Diener.

„Wo ist er denn?“, entfuhr es Barbelli.

„Er ist schon in Stockholm, wir fliegen hinterher“, sagte der Diener. „Er flog geheim. Sicherheitsgründe. Falls ein Anschlag auf unseren, also den offiziellen Flug geplant ist …“

Die vier Musiker sahen sich an. Ihre Blicke sagten: Das geht ja gut los.

„Aber der Sekretär des Sultans fliegt mit Ihnen“, fuhr der Diener fort. Er müsste gleich da sein.“ Der Diener verließ das Flugzeug.

„Wir hätten das Land längst verlassen sollen“, sagte Haissam halblaut.

„Schschttt!“, zischte Barbelli, die resolutere der beiden Sängerinnen. „Wir werden hier sicher abgehört“, sagte sie leise.

„ABBA“, sagte Ali, der Beethoven-Interpret, und seufzte.

Dann öffnete sich die Tür der Toilette. Ein großer Mann mit einem dunklen Anzug trat mit einem Lächeln in den Salon. Hinter ihm blinkten die goldenen Armaturen des Waschbeckens.

„Ich bin Nuri, der Sekretär des Sultans“, sagte er. „Ich heiße Sie an Bord des herrschaftlichen Flugzeugs willkommen.“

„Danke“, sagte Haissam im Namen der Musiker.

Nuri setzte sich in den größten Posamenten-Sessel. „Ich will Ihnen kurz erläutern, was der Sultan in Stockholm von Ihnen erwartet“, sagte er.

„Wir haben noch nie ABBA gespielt“, sagte Haissam.

„Das ist kein Problem“, sagte der Sekretär, der immer noch lächelte. „Sie sind großartige Musiker, ABBA ist für Sie ein Kinderspiel.“

Die Musiker sagten nichts.

„Der schwedische König", fuhr der Sekretär fort, „wird anlässlich des Besuchs unseres allmächtigen Sultans ein Bankett im Stadshuset in Stockholm geben – dort, wo die Nobelpreisträger jedes Jahr geehrt werden. Natürlich wird die königliche Familie anwesend sein, dazu der Regierungschef, das gesamte Kabinett, das Nobelpreiskomitee, die Tochter von Astrid Lindgren, der Vater von Stieg Larsson, die Kinder von Olof Palme, der Bruder von …"

Der Sekretär nannte noch knapp 100 Namen, und die Musiker trauten sich nicht, ihn zu unterbrechen. Im Sultanat war es sehr gefährlich, einen Funktionsträger zu verärgern. Und gefährlich hieß lebensgefährlich.

„… und als Ehrengäste kommen die Musiker von ABBA."

Auch das noch, dachte Haissam. Die Echten. Und wir müssen vor ihnen spielen.

„Was jetzt Sie angeht", sagte der Sekretär. „Wir erwarten, dass Sie an diesem Abend 16 ABBA-Lieder vortragen werden."

„Verzeihung, Nuri, warum 16?", fragte Haissam, der so etwas wie der Sprecher der Musiker war.

„Der schwedische König heißt Carl XVI. Gustaf."

Haissam war erleichtert, dass es nicht schon 100 Könige in Schweden gab, die Carl Gustaf hießen. Aber 16 waren auch schon viel.

„Erst mal die gängigen Titel?", fragte er. „Waterloo, Super Trouper, Knowing Me, Knowing You."

„Waterloo nicht", sagte der Sekretär, „das ist zu negativ. Sie beginnen mit Money, Money, Money, und danach kommt The Winner Takes It All. Hier ist eine Liste mit den 16 Titeln."

Er gab jedem Musiker ein DIN-A4-Blatt.

„Und statt Thank You For The Music singen Sie bitte Thank You For The Visit. Das ist an den Sultan gerichtet."

Die Musiker nickten.

Dann startete der Pilot die Maschine.

S.O.S., dachte Haissam.

Als Casper Munk am nächsten Tag mit der U-Bahn zum Polizeipräsidium fuhr, war er bestens gelaunt. Ja, er würde zusagen. Er würde wieder Polizist sein. Er würde wieder das tun, was er am besten konnte und am liebsten mochte. Nach der Suspendierung war er ziellos gewesen. Es hatte sich nicht ergeben, was er gerne gehabt hätte: ein Leben ohne Polizei, ein Leben mit anderen Zielen, ein Leben in Norwegen mit Tove. Sie hatte reserviert reagiert, als er ohne Job und ohne Perspektive zu ihr nach Bergen hatte ziehen wollen. Munk wusste immer noch nicht, was er davon halten sollte. Hätte sie ihn nicht einfach so nehmen sollen? Oder war sie klarsichtig und sich sicher gewesen, dass ein unausgeglichener Casper die Beziehung ernsthaft gefährdet hätte? Er würde Tove am Abend anrufen und ihr sagen, dass er wieder Polizist sei. Und dass er hoffe, dass sie sich bald sehen könnten.

Munk stieg an der Station Rådhuset aus der U-Bahn aus. Es war Frühling, er atmete die frische Luft tief ein. Das Leben, dachte er, hat mich …

Dann spürte er einen Schlag an seiner rechten Stirnseite, als würde ein Nagel in seinen Kopf getrieben. Munk fiel augenblicklich zu Boden und sah verschwommen, dass sich neben seinem Kopf eine Blutlache auf dem Bürgersteig bildete. Dann verlor er das Bewusstsein.

Im gleichen Moment rief die Dame am Empfang des Polizeipräsidiums erst den Notarzt an, dann den Chef der Mordkommission, Halldor Selander, und dann Per Henrik Grip, denn jeder im Polizeipräsidium wusste, dass Grip und Munk befreundet waren. Die Dame hatte gesehen, wie Munk vor dem Gebäude gestürzt war. Die Art und Weise, wie er zu Boden gegangen war, hatte sie sofort alarmiert. Munk war nicht ausgerutscht, etwas hatte ihn gefällt.

Grip stürzte nach dem Anruf sofort auf die Straße und sah, wie die Sanitäter, die schon am Ort waren, Munk in ihren Krankenwagen schafften. Er sei angeschossen worden, sagte einer von ihnen zu Grip, die Kugel sei offenbar an der rechten Stirnseite eingetreten und am Hinterkopf wieder ausgetreten.

„Ich komme mit", sagte Grip und sprang in den Krankenwagen. Selander, der neben ihm stand, sagte irgendetwas wie: er werde alles Notwendige in die Wege leiten, um den Täter zu jagen. Grip hörte nicht mehr richtig hin. Ihn interessierte Munk, nicht der Täter.

Munk wachte im Krankenwagen wieder auf. Er wurde beatmet, Sanitäter sprachen hektisch miteinander, Munk verstand nur Wortfetzen. Irgendwas mit Schuss und Kopf und … Tod. Grip saß neben ihm. Er hielt seine Hand.

„Wichtig ist seine Konstitution", sagte der eine Sanitäter zu Grip. „Wie alt ist er denn?"

Munk riss sich seine Beatmungsmaske vom Gesicht und rief: „Ich bin nicht mal 50, verdammt!"

Dann wurde er wieder bewusstlos.

Der Krankenwagen fuhr die Fleminggatan auf Kungsholmen westwärts, sein Ziel war das St. Görans-Krankenhaus. Grip hatte Tränen in den Augen. Er hielt Munks Hand und schaute auf den Kopf seines Freundes. Die Sanitäter hatten einen Verband angelegt. Als der Krankenwagen am St. Görans-Krankenhaus ankam, wurden die Sanitäter von einem Ärzteteam empfangen. Munk wurde sofort auf die Intensivstation gebracht. Grip nahm sein Telefon und rief Luna an. Dann Tove. Dann Munks Eltern in Stöde in Nordschweden.

Koma-Traum eins

Casper Munk stand auf der Hamngatan mitten in Stockholm. In seinem Rücken befand sich der Stadtpark Kungsträdgården, in dem im Sommer Konzerte stattfanden und im Winter Eislauf für alle. Aber Munk blickte gebannt über die Straße hinweg nach vorne, auf das Kaufhaus Nordiska Kompaniet, das alle Schweden nur NK nannten. Er wusste nicht, warum er auf das Kaufhaus starrte. Es geschah dort nichts. Ein Mann rempelte ihn an und entschuldigte sich. Der Mann war etwa 40 Jahre alt und groß, er trug eine Brille und eine schwarze Lederjacke mit hoch gestelltem Kragen. Munk hatte diese Art von Lederjacke schon einmal gesehen – in einem Film über die amerikanische Gewerkschaftsbewegung der 1920er Jahre; Robert Redford hatte sie da getragen. Der Mann, der ihn angerempelt hatte, ging hastig ostwärts, hinunter zum Königlichen Theater Dramaten. Munk blickte ihm hinterher. Etwas stimmte hier nicht, aber das hatte nichts mit dem Mann zu tun, der sich in einem holprigen Schwedisch bei ihm entschuldigt hatte. Munk sah, dass die Bäume am Rande des Stadtparks Kungsträdgården ein paar gelbe Blätter trugen. Aber war es nicht Mai gewesen in dem letzten Moment, an den er sich erinnern konnte, bevor er den heißen Stich an seiner Stirn gespürt hatte? Im Mai waren die Blätter grün.

Munk starrte wieder zum Kaufhaus NK hinüber. Er sah, wie zwei Frauen, vertieft in ein Gespräch, das Kaufhaus betraten. Die eine, die sah doch aus wie … nein, das konnte nicht sein: wie Anna Lindh! Munk wollte etwas rufen, aber seine Stimme war nicht zu hören. Er versuchte, laut vor sich hin zu sprechen. Es ging nicht! Er hielt einen Passanten an und wollte „Hallo“ sagen. Es funktionierte nicht. Der Passant ging irritiert weiter. Dann sah er wieder hinüber zum Kaufhaus NK. Anna Lindh und die andere Frau betraten das Kaufhaus.

Munk sah, dass rechts neben dem Eingang des Kaufhauses ein stummer Verkäufer für Gratiszeitungen stand. Er überquerte hastig die Hamngatan, riss eine Zeitung aus dem Verkaufskasten und schaute auf das Datum: 10. September 2003.

Anna Lindh, die frühere schwedische Außenministerin, war am 10. September 2003 ermordet worden!

Munk wusste noch, dass der Attentäter am späten Nachmittag auf Anna Lindh eingestochen hatte. Wie spät war es jetzt? Er wusste, dass er nicht fragen konnte, keiner würde ihn hören, also packte er einen Mann, der vor dem Eingang stand, an der rechten Hand, schaute auf dessen Uhr, sah, dass es 16 Uhr war, und rannte, so schnell er konnte, ins Kaufhaus hinein.

Welches Stockwerk? Auf welchem Stockwerk geschah der Mord? Würde er ein Smartphone besitzen, er könnte die Artikel nachlesen, die damals über den Mord geschrieben wurden, und dann wüsste er, in welchem Stockwerk er geschah. Er sah an der Rezeption des Kaufhauses eine Frau vor dem Computer sitzen, stürzte hin, sagte der Frau, sie solle Anna Lindh und Mord in die Suchmaschine eingeben, aber die Frau sah ihn an, als habe er gerade vor ihren Augen einen Pinguin erwürgt.

„Ich kann Sie nicht verstehen“, sagte sie und hob die Schultern. Munk hatte vergessen, dass ihn die Leute offenbar sehen konnten, er aber nicht reden konnte.

Außerdem: Wie blöd bin ich, dachte Munk, wir haben den

10. September 2003, es gibt im Internet keine Artikel über den Mord. Er wird gleich hier geschehen. Kurz nach 16 Uhr.

Munk lief zur Rolltreppe und fuhr in den ersten Stock. „Frauenabteilung" las er da. Vielleicht war sie hier. Munk hastete umher, er sah die Frau, mit der Lindh das Kaufhaus betreten hatte; sie sah sich gerade eine Jacke an. Wo war Anna Lindh? Wie Suchscheinwerfer flogen Munks Augen durch den riesigen Verkaufsraum. Da! Ganz hinten in der Ecke stand Lindh und hatte ein Kleid in der Hand. Richtig! Sie hatte am Abend eine Veranstaltung und wollte im NK noch ein Kleid dafür kaufen. Das hatte die Freundin damals nach dem Attentat im Fernsehen gesagt. Er musste sie schützen, sie warnen, aber er konnte nicht mir ihr reden. Munk lief in Lindhs Richtung und behielt sie im Blick.

Da stürzte ein Mann mit einer olivgrünen Jacke und einer Baseballkappe auf Lindh zu.

„Neiiiiiin", wollte Munk brüllen, aber es kam kein Laut über seine Lippen. Er war noch gut 30 Meter von Lindh entfernt. Er zog seine Pistole, zielte auf den Mann und drückte ab, aber es kam keine Kugel aus dem Lauf. Der Angreifer warf Lindh zu Boden und stach mit einem Messer mehrmals auf sie ein. Dann stand er auf und lief davon. Auf der Rolltreppe warf er das Messer weg. Munk sah, wie die Frau, die Lindh ins Kaufhaus begleitet hatte, herbeigeeilt kam und die Hände vor das Gesicht schlug. Anna Lindh lag mit bleichem Gesicht am Boden und sagte: „Gott, er hat mir in den Bauch gestochen!" Sie blutete am Bauch, an der Brust und am Handgelenk.

Um Lindh bildete sich eine Menschentraube. Einer rief den Notarzt. Einer die Polizei. Munk wusste, dass das alles nicht mehr helfen würde. Und es würde auch nichts helfen, wenn er den Täter verfolgen würde. Mijailo Mijailovic, ein junger Mann, der emanzipierte und erfolgreiche Frauen hasste, wurde später verhaftet und verurteilt.

Munk sah durch die Menschen hindurch, wie Anna Lindh, schwedische Außenministerin, 46 Jahre alt, zwei Kinder, um ihr Leben kämpfte. Der Notarzt kam. Noch hofften die Menschen, dass Lindh überleben würde. Munk war in diesem Moment der einzige Mensch auf dieser Welt, der wusste, dass sie sterben würde. An ihren inneren Blutungen. In etwas mehr als 13 Stunden. Ihm wurde schlecht. Er stürzte auf die Toilette des Kaufhauses und übergab sich. Er dachte daran, dass Regierungschef Göran Persson – der Einzige, der in Schweden neben dem König Personenschutz hatte – damals gesagt hatte, das Attentat auf Lindh sein „ein Angriff auf unsere offene Gesellschaft“. Dann wurde Munk schwarz vor Augen.

Casper Munk lag auf der Intensivstation des St. Göran-Krankenhauses im Koma. Vor seinem Zimmer saßen Luna, Tove und die Eltern, Eva und Ingvar Munk. Tove weinte, Luna versuchte, Eva Munk zu trösten. Ingvar Munk saß mit versteinertem Gesicht daneben.

Ein Arzt kam aus dem Zimmer und blieb vor ihnen stehen. Keiner traute sich, die Frage, die alle quälte, zu stellen: Wird er überleben? Der Arzt beantwortete sie nicht.

„Die Pistolenkugel ist an der rechten Stirnseite eingetreten und am Hinterkopf wieder ausgetreten“, sagte der Arzt, ein großer Mann um die 50. „Das Glück, wenn man davon sprechen kann, ist, dass die Kugel einen relativ schmalen Schusskanal hatte – das bedeutet, dass sie auf dem Weg durch den Kopf wenig vom Gehirn zerstört hat.“

„Wenig?“, fragte Tove leise.

„Ja, wenn er wieder aufwachen sollte, was von mehreren Faktoren abhängt, wird er – wenn jetzt alles gut geht – keine bleibenden Schäden davontragen.“

„Haben Sie ihn operiert?“, fragte Luna.

„Die Zerstörung, die die Kugel angerichtet hat, kann nicht repariert werden“, antwortete der Arzt. „Wir haben versucht zu verhindern, dass Bakterien in die Wunde gelangen, deshalb haben wir die Löcher in seinem Kopf geschlossen. Wir versuchen nun mit verschiedenen Maßnahmen zu verhindern, dass es zu einer Gehirnschwellung kommt. Das würde die Hirndurchblutung stören. Und das könnte … das könnte lebensgefährlich werden.“

Tove und Eva Munk weinten leise. Ingvar Munk sah aus dem Fenster.

„Ist er im künstlichen oder im natürlichen Koma?“, fragte Luna.

„Im natürlichen", erwiderte der Arzt. „Ich kann noch nicht sagen, wann er wieder aufwachen wird." Der Arzt machte eine Pause. Er wusste, dass er den Menschen, die vor ihm saßen, eine Perspektive bieten musste. „Ich denke, ich kann erst in etwa zwei Wochen Entwarnung geben. Aufwachen wird er vermutlich früher."

Leila Andersson saß mit verweinten Augen im Konferenzraum des Polizeipräsidiums. Grip stand mit unbewegter Miene hinter ihr und hatte seine Hand auf ihre rechte Schulter gelegt. Die Kollegen Kajsa Tapper und Jari Huskonen saßen um die beiden herum und schwiegen. Allen standen der Schrecken und der Schmerz im Gesicht, die die Nachricht vom Attentat auf Casper Munk in ihnen ausgelöst hatte.

An der Stirnseite des Konferenztisches standen Halldor Selander, der Leiter der Mordkommission, und Polizeipräsident Lasse Bosse Ström. Selander sah traurig aus, Ström wirkte unruhig. Beide schwiegen ebenfalls. Ström starrte auf die Tür. Sie warteten auf Sören Bertahos, den Chef der schwedischen Sicherheitspolizei Säpo. Minuten vergingen, ohne dass etwas geschah, die Szene erinnerte an ein Standbild im Fernsehen.

Da öffnete sich die Tür und ein Mann mit Uniform betrat den Raum. Sören Bertahos war ein kleiner Mann mit rosigen Wangen und viel zu großem Kopf – er sah nicht aus wie der Leiter einer Eliteeinheit, die die Säpo ja war. Er sah eher aus wie die Comicfigur Elmer Fudd, dessen Lebensinhalt es ist, den Hasen Bugs Bunny zu jagen. Bertahos ging mit energischen Trippelschritten auf Ström und Selander zu und begrüßte sie mit einem Händedruck. Selander und Ström setzten sich. Grip nahm die Hand von Leilas Schulter und setzte sich auch.

„Wir haben zwei Brennpunkte“, sagte Bertahos, „das für uns alle schmerzhafte Attentat auf den Kollegen Munk und den Schutz des Sultans Daix. Beide Dinge erfordern unsere volle Aufmerksamkeit. Die Säpo wird ab sofort mit Ihnen, der Stockholmer Mordkommission, sehr eng zusammenarbeiten. Das heißt konkret: Zwei Kollegen der Mordkommission unterstützen die Säpo bei der Suche nach dem Mann oder der Frau, der oder die auf Casper Munk geschossen hat. Und eine Kollegin der Mordkommission plus deren Leiter Halldor Selander sind für den Schutz des Sultans zuständig."

Lasse Bosse Ström nickte zustimmend und murmelte etwas wie „die ganze Welt schaut auf Schweden."

Leila indessen räusperte sich. „Bedeutet es eine Priorisierung eines der beiden sogenannten Brennpunkte, dass unser Chef Halldor Selander helfen soll, den Sultan zu schützen?", fragte sie spitz. „Wäre es nicht besser, er würde Caspers Attentäter suchen?" Leila fürchtete keine Hierarchien. „Und wer sind die beiden Kollegen überhaupt, die Caspers Attentäter suchen sollen?"

„Sie und Grip", erwiderte Bertahos knapp. „Sie kennen Munk am besten." Dann holte Bertahos tief Luft und seine Wangen färbten sich von rosa zu rot. Es hatte ihn geärgert, dass Leila Beschlüsse „von oben" infrage gestellt hatte. „Die Sache mit Selander wurde von ganz oben beschlossen", sagte er.

Grip sah an die Decke. Es hatte ihn auch geärgert, dass Halldor Selander diesen komischen Sultan schützen sollte, statt Munks Attentäter zu jagen. „Wer ist ganz oben?", fragte er scharf. „Der König, der seinen Autofreund Daix schützen will?"

Bertahos schlug mit der flachen Hand auf den Konferenztisch. „Ich muss doch sehr bitten!", rief er. „Auch wenn Sie Munk nahestehen und momentan angefasst sind, geht das zu weit. Die Sache ist entschieden: Andersson und Grip unterstützen unsere Leute beim Fall Munk, Tapper und Selander helfen unseren Leuten beim Schutz des Sultans."

„Außerdem", schaltete sich Selander ein, der bisher

geschwiegen hatte. „Außerdem glaube ich, dass die Fälle ohnehin zusammenhängen. Casper wird einen Tag, nachdem wir ihm den Schutz des Sultans antragen, auf offener Straße niedergeschossen. Da wollte jemand verhindern, dass Casper den Sultan schützt."

Bertahos und Ström nickten. Das, was Selander sagte, lag natürlich nahe. Es war die erste, die beste, die einzige Spur am Anfang dieser Ermittlungen. Und darum ging es ja – auch wenn der Polizeichef und der Säpo-Chef eher daran dachten, wie sie in der Öffentlichkeit dastanden (Polizei-Chef Ström) oder wie sie die Befehle von oben (Säpo-Chef Bertahos) am besten ausführen könnten.

„Sie", Bertahos deutete auf Kajsa Tapper, „kommen mit. Wir sprechen mit unseren Leuten über den Schutz des Sultans." Bertahos sah sich um. „Ach ja, Sie auch", sagte er dann zu Selander. „Der Rest", er sagte tatsächlich *der Rest*, „bleibt hier und wartet auf meine Leute, die gleich kommen werden, um mit Ihnen über das Attentat auf Munk zu reden … natürlich nicht über das Attentat, sondern über die Suche nach dem Täter."

Bertahos ging in hastigen Trippelschritten zur Tür, Selander, Ström und Kajsa standen auf und folgten.

„Ström und ich geben jetzt eine Pressekonferenz", sagte er im Hinausgehen. „Die Öffentlichkeit – und der Sultan – müssen wissen, dass wir alles im Griff haben."

Zurück im Raum blieben Leila, Grip und der Kriminaltechniker Jari Huskonen.

„Was für ein Idiot!", sagte Leila.

„Wer ist schlimmer: der dilettantische Profilneurotiker Lasse Bosse Ström oder dieser karrieregeile Dreikäsehoch Sören Bertahos?", fragte Huskonen.

Leila und Grip sahen Huskonen überrascht an. Der Kriminaltechniker war ein besonnener Mann, der seine Worte sorgsam wählte. Noch nie hatte er in Anwesenheit seiner Kollegen ein so vernichtendes Urteil abgegeben. Aber für Huskonen war wohl auch eine Grenze erreicht.

„Ström ist es scheißegal, wie es Casper geht", fuhr er fort. „Das ist ein Narzisst ohne Empathie. Ein Arschloch!" Huskonen war kaum noch zu halten. „Ich bin zwar nur Kriminaltechniker", sagte er, „aber ich helfe euch, den Attentäter von Casper zu finden, und wenn ich Tag und Nacht arbeite."

Leila stand auf und umarmte ihn. „Scheiß auf die Säpo", sagte sie. „Wir fangen sofort an."

„Ich will nicht ABBA spielen", sagte Haissam, als die vier besten Musiker des Sultanats mit einem Kleinbus vom Stockholmer Flughafen Arlanda zum herrschaftlichen Landsitz Harpsund gebracht wurden, in dem der Sultan streng bewacht von der Säpo residierte.

„Das wissen wir bereits", sagte Barbelli etwas genervt. „Aber wir haben keine andere Wahl."

„Wir spielen Beethoven, Mozart, Mahler, Haydn, aber nicht ABBA", sagte Haissam etwas lauter.

„Schscht", zischte Barbelli, „der Fahrer und der Sekretär können uns hören. Außerdem nervst du: Seit wir im Sultanat gestartet sind, hast du mindestens 47-mal gesagt, dass du nicht ABBA spielen willst, Haissam."

„51-mal – ich habe mitgezählt", sagte Ali, der sonst nicht viel redete.

Haissam schüttelte resigniert den Kopf und blickte aus dem Fenster. Schönes Land, dieses Schweden, dachte er. So viel Natur. So viel Grün. Im Sultanat gab es vor allem Sand, sehr viel Sand. Haissam sah ein Schild, auf dem ein Tier mit breitem Geweih und langen, dünnen Beinen abgebildet war, und er las halblaut das Straßenschild, das sie passierten: „Harpsund."

Der Kleinbus hielt an. Wenig später wurde die Tür geöffnet, der Sekretär schaute lächelnd zu den Musikern herein, die im hinteren Teil des Busses saßen.

„Wir sind gleich da", sagte er. „Der schwedische Regierungschef hat dem Sultan und seiner Entourage freundlicherweise sein Gut zur Verfügung gestellt. Der Vorteil ist, dass die schwedische Polizei das Gut sichert – sie sind also mit den Gegebenheiten vertraut."

„Warum halten wir?", fragte Barbelli.

„Weil ich Ihnen noch zwei Dinge einschärfen will“, erwiderte der Sekretär. „Erstens: Egal, was der Sultan macht oder wie er aussieht – Sie dürfen niemals über ihn lachen.“

„Und zweitens?“, fragte Barbelli.

„Keine Widerrede, egal, was der Sultan sagt. Wer die Befehle nicht befolgt …“

„Wird eingesperrt …“, ergänzte Barbelli.

„Aber nicht doch“, sagte der Sekretär und lächelte. „Wer die Befehle nicht befolgt, wird … getötet.“

Die Musiker hatten im Sultanat viele Privilegien, weil der Sultan die Künste förderte. Aber sie wussten natürlich auch, dass die Gefängnisse und die Gräber voll waren mit Menschen, die die Befehle des Sultans nicht befolgt hatten.

„Alles klar?“, fragte der Sekretär.

Es war eine rhetorische Frage. Die vier Musiker nickten. Der Sekretär schloss die Tür und wenig später setzte sich der Wagen wieder in Bewegung. Barbelli fühlte sich wie in einem skurrilen Thriller: Sie wurden mit einem Kleinbus, der abgedunkelte Scheiben hatte, zu einem verlassenen Gut in einem kalten Land gebracht, das sie nur aus den Nachrichten kannte. Und dann hielt der Bus an und sie bekamen die Instruktion, dass sie nicht lachen dürften, jedenfalls nicht über den Sultan, und dass sie die Befehle befolgen mussten, sonst würden sie getötet. Wahrscheinlich war das Alltag im Sultanat Daix. Aber sie hatte es noch nie erlebt. Und sie hatte auch die Nachteile, die Frauen im Sultanat hatten, nicht selbst spüren müssen. Sie war jung, gerade mal 23, und sie war genauso wie Amira in einem Milieu aufgewachsen, das von der Gunst des Sultans profitierte. Ihr Vater war Professor an der Universität der Hauptstadt und er war der Bruder des Ölministers. Barbelli war offen, frech und selbstbewusst, aber sie hatte sich für Politik und die Sorgen der normalen Leute bisher nicht sehr interessiert. Sie hatte immer nur gesungen und ansonsten das Leben genossen. Ali und Haissam waren ebenfalls Mitte 20, und sie entstammten auch der Elite des Landes. Haissam war rebellisch. Aber er rebellierte nicht gegen das Regime. Er rebellierte dagegen, dass er ABBA spielen sollte.

Haissam deutete aus dem Fenster des Wagens auf das Schild mit dem Tier, das ein Geweih hatte und lange, dünne Beine.

„Ist das ein Eisbär?", fragte er.

„Vermutlich", sagte Barbelli und verkniff sich ein Lachen. Sie wollte schon mal üben.

Fünf Minuten später kam der Kleinbus mit den vier Musikern auf dem Sommersitz des schwedischen Regierungschefs an. Der Sekretär öffnete die Tür, deutete auf das größte Gebäude und sagte: „Gehen Sie schon mal vor, ich komme gleich nach. Der Sultan persönlich wird Sie empfangen, um Ihnen die Instruktionen für Ihren Auftritt zu geben."

Über eine breite Veranda gingen sie auf das pompöse, zweistöckige Gebäude zu, das in der ersten Etage einen riesigen Balkon hatte.

„Vermutlich hat der schwedische Regierungschef von diesem Balkon herab zu seinem Volk gesprochen", sagte Ali, der sonst wenig redete.

„Schweden ist ein modernes, egalitäres, demokratisches Land ohne Führerkult – hier spricht kein Politiker von einem Balkon herab zu seinem Volk", sagte Amira, die noch weniger redete als Ali, aber dafür mehr las als alle anderen Musiker zusammen. Offenbar hatte sie sich als Einzige auf diesen Besuch in Schweden vorbereitet.

Unschlüssig standen die Musiker vor der großen Eingangstür. Dann trat Haissam vor und klopfte. Als die Tür aufging, sahen die Musiker in den Lauf eines Gewehrs.

Barbelli, Ali und Amira duckten sich weg, Haissam straffte sich, um zum Angriff überzugehen. Ehe er das tat, hielt er inne. Der Mann hinter dem Gewehr war nämlich in schallendes Gelächter ausgebrochen. Und er hatte den Gewehrlauf gesenkt.

„Kleiner Scherz", sagte der Mann, der einen hellbraunen Fransenanzug trug, Schlangenleder-Stiefel und einen Cowboyhut auf dem Kopf.

Was ist das für ein Idiot, dachte Barbelli.

Sie musterte den Mann, der auch noch einen struppigen Spitzbart trug. Zusammen mit dem Fransenanzug und dem Cowboyhut sah der Mann aus wie Buffalo Bill.

Aber es war – der Sultan!

„Gestatten: William F. Cody", sagte der Mann und strich sich über den Spitzbart. „Man nennt mich auch Buffalo Bill, oder einfach Buffo."

Amira hatte einmal gelesen, dass der Sultan ein Faible für die USA hatte, für Donald Trump, für John Wayne – und für den Wilden Westen.

„Sie sind also Haissam und Ali, die besten Musiker meines Landes", sagte der Sultan. Die beiden Frauen beachtete er nicht.

„Ja. Und das sind Amira und Barbelli, die beiden besten Musikerinnen Ihres Landes", sagte Haissam.

Der Sultan überging die Bemerkung.

„Kommen Sie herein", sagte er zu den beiden Männern und trat zur Seite. Das legte die Sicht frei auf einen Flur, in dem statt Teppichen Felle auf dem Boden lagen – und in dem ein riesiger, ausgestopfter Bisonkopf an der Wand hing. Unter dem Bisonkopf waren an der Wand einige Haken angebracht. An drei Haken hingen Cowboyhüte.

„Na, was ist?“, fragte der Sultan, als die Musiker zögerten einzutreten.

Amira, Barbelli, Haissam und Ali gingen in den Flur.

„Einfach geradeaus, da kommen Sie in mein bescheidenes Wohnzimmer“, sagte der Sultan.

Die Tür zum Wohnzimmer war angelehnt, als Haissam sie aufschob, glaubte er seinen Augen nicht zu trauen: Sie betraten einen Saloon! Haissam blickte direkt auf eine Theke, dahinter befanden sich – schön aufgereiht – die Whiskyflaschen in einer riesigen, verspiegelten Regalwand; neben der Theke war ein Spucknapf; an der Wand stand ein einarmiger Bandit; mitten im Raum befand sich ein runder Holztisch mit Stühlen darum herum; auf dem Tisch lagen Spielkarten; und auf den Stühlen saßen – drei Puppen, die wie Cowboys angezogen waren. Zwei der drei Puppen hatten sogar Zigaretten im Mund.

„Gefällt es Ihnen?“, fragte der Sultan.

Haissam räusperte sich. Er drehte sich um und sah in ein breit lächelndes Buffalo-Bill-Gesicht und in ein breit grinsendes Barbelli-Gesicht. Das Ganze erheiterte Barbelli.

„Ja, es gefällt mir“, sagte Haissam, und wusste selbst nicht, warum er das sagte. Vielleicht wollte er dem Sultan gefallen. „Aber sagen Sie …“

„Sie wollen einen Drink?“, fragte der Sultan.

„Äh, Sie wissen doch, Hoheit, dass wir keinen Alkohol …“

„Ach was, das interessiert mich nicht“, sagte der Sultan und hieb Haissam mit seiner schweren Pranke auf die Schulter.

Der Sultan stolzierte mit seinen Schlangenleder-Stiefeln hinter die Theke, holte eine Flasche Whisky aus der Vitrine und vier Gläser aus der Theke hervor. Dann goss er den Whisky ein – akustisch begleitet von einem lauten Rülpser. Bevor er den Musikern die Drinks servierte, spuckte er in den Napf.

Haissam fand das widerlich. Und er wollte jetzt keinen Whisky trinken, sondern mit dem Sultan über den ABBA-Auftritt reden.

Sultan Daix stellte die vollen Gläser auf den Tisch.

„Prost", sagte er und kippte den Whisky hinunter, ohne auf die Musiker zu warten.

Ali, Amira und Barbelli sahen Haissam an. Er ahnte, dass sie sich ebenso ekelten wie er selbst. Aber er nickte. Es war eben der Sultan.

Die Musiker nahmen ihre Gläser, verzogen die Gesichter und kippten den Whisky hinunter.

„So isses recht", sagte der Sultan und hieb Haissam noch einmal mit seiner Pranke auf die Schulter. Haissam widerstand dem Impuls, die Schulter mit seiner Hand abzuwischen.

„Hoheit …", begann Haissam.

„Sagen Sie Buffo", erwiderte Sultan Daix.

„Sultan Buffo", sagte Haissam, „ich möchte gerne mit Ihnen darüber reden, weshalb wir hier sind."

Der Sultan rülpste.

Haissam deutete das als Zeichen, dass er fortfahren konnte.

„Wir sind klassische Musiker, die besten in Ihrem Sultanat, Hoheit …"

„… Buffo."

„… die besten in Ihrem Sultanat, Buffo. Vielleicht sind wir die besten der Welt. Und wir sollen ABBA spielen? Könnten wir nicht Beethoven, Bach, Vivaldi, Strauss …?“

„… wir sind in Schweden!“, rief der Sultan dazwischen und hieb mit der Hand auf die Theke.

„Na gut, dann Bellman.“

„Ihr seid doch keine Hunde!“

Barbelli lachte. Das war genau ihr Humor.

Der Sultan schaute sie finster an. Dann wandte er seinen Blick wieder zu Haissam. „Mein lieber Haissam Halef Omar Ben Hadschi Abul Abbas Ibn Hadschi Dawuhd al Gossarah …“, begann der Sultan.

Haissam hieß zwar nicht so, dachte die belesene Amira, aber der Sultan kennt wohl Karl May. Immerhin.

„… ich bin nicht so primitiv, wie ihr denkt“, fuhr der Sultan fort. „Ich sammle Gemälde, ich förderte alle Künste in meinem Sultanat, und ich kenne mich mit Musik aus. Ihr spielt ABBA nicht nur, weil ich meinem Freund, dem schwedischen König, eine besondere Ehre erweisen will. Ihr spielt ABBA auch deshalb, weil es wirklich gute Musik ist.“

„Populäre Musik“, sagte Haissam. „Keine gute Musik. Wir spielen gute Musik. Klassische Musik.“

Der Sultan straffte sich. Er sah Haissam von oben herab an.

„Söhnchen“, sagte er, „du bist nichts, und ich bin alles. Und du solltest nicht so verdammt überheblich sein.“

Der Sultan ging zur Theke, holte eine halb volle Flasche Whisky, setzte sie an seinen Mund und leerte sie in einem Zug. Dann holte er seine Pistole aus dem Holster und hielt Haissam die leere Whiskyflasche vor die Nase.

„Auf den Kopf damit!“, befahl er.

Amira wusste sofort, was das bedeuten würde: Der Sultan, der offensichtlich betrunken war, würde mit seiner Pistole auf die Flasche auf Haissams Kopf schießen – so ähnlich wie der Schweizer Wilhelm Tell, bei dem es allerdings um eine Armbrust und einen Apfel ging. Und um einen Landvogt anstelle eines Sultans.

Haissam nahm die Flasche und versuchte sie auf seinem Kopf zu fixieren. Er zeigte keine Angst.

„Du kannst sie auch festhalten", rief der Sultan, der ein paar Schritte nach hinten ging. Der Sultan und Haissam standen nun etwa zehn Meter auseinander.

Haissam hielt die Whiskyflasche mit der linken Hand fest und schloss die Augen. Der Sultan hob die Pistole, seine Hand zitterte. Amira schloss auch die Augen, Barbelli und Ali blickten gebannt auf die Szenerie – mal nach rechts auf den Sultan, mal nach links auf Haissam.

Der Sultan kniff sein linkes Auge zu und zielte. Es war totenstill.

Dann drückte der Sultan ab.

Aus dem Pistolenlauf klappte eine gelbe Flagge heraus, auf der mit blauer Schrift stand: „Buffo ist der Beste!"

Es war 6.30 Uhr am Dienstagmorgen, als sich Leila Andersson und Per Henrik Grip im Polizeipräsidium trafen. Leila sah verweint aus, als sie sich in ihrem Büro hinsetzten und den mitgebrachten Kaffee tranken. Grip war bleich, er hatte offenbar wenig geschlafen.

„Grip, würde man dich nackt vor eine weiße Wand stellen, man würde dich nicht sehen", sagte Leila.

Grip, der sonst immer für einen Witz zu haben war, lächelte müde. „Mehr als ein Lächeln habe ich momentan leider nicht zu bieten", sagte er.

Leila sah zum Fenster hinaus. Ihre Augen füllten sich mit Tränen. Aber sie sagte nichts.

Grip nahm einen Schluck aus seinem Kaffeebecher. Als er ihn wieder abgestellt hatte, sagte er: „Leila, wir wissen nicht, was aus Casper wird. Aber wir müssen an das Beste glauben." Er machte eine Pause. „Und ich habe heute Nacht beschlossen, alle meine Kraft darauf zu konzentrieren, den Täter zu finden. Ich weiß, das klingt banal …"

Leila sah Grip an. „Es ist nicht banal, es ist das einzig Richtige. An die Arbeit!"

Grip sah auf seine Uhr. „Wann kommen die Säpo-Leute, die uns helfen sollen, den Täter zu finden?"

„Um acht."

„Dann haben wir eineinhalb Stunden für uns", sagte er. „Wer hat auf Casper geschossen?"

Leila straffte sich. Dann holte sie einen Packen Papiere aus ihrer Tasche. „Ich habe die ganze Nacht recherchiert", sagte sie.

„Wer recherchiert, muss einen Verdacht haben – welchen hast du?", fragte Grip.

„Ich habe zunächst überlegt, ob Casper persönlich

gemeint sein könnte – ob es also nichts mit dem Sultan zu tun haben könnte."

„Schließe ich aus", sagte Grip.

„Ich schließe es nicht aus, aber ich halte es für unwahrscheinlich", erwiderte Leila. „In seinem persönlichen Umfeld gibt es niemanden, der ihm so etwas antun würde."

„Sehe ich genauso", sagte Grip. „Eltern, Schwester, Tove, Luna, Pontus – ausgeschlossen."

„Und sein berufliches Umfeld?", fragte Leila. „Leute, die er ins Gefängnis gebracht hat?"

„Ich habe zwar nichts ausgedruckt", sagte Grip und lenkte seinen Blick auf die Papiere, die Leila aus der Tasche geholt und auf den Schreibtisch gelegt hatte. „Aber ich habe auch die halbe Nacht darüber nachgedacht, wer da infrage käme."

„Wollen wir die Fälle durchgehen – beginnend bei den jüngsten?"

„Zuletzt hat Casper den Journalisten Janne Kink überführt. Kink hatte den Torwart Rune Katt getötet."

„Sehr unwahrscheinlich, dass Kink auf Casper geschossen hat", antwortete Leila. „Kink ist im Gefängnis …"

„… wir müssen das prüfen."

„Machen wir. Aber ich glaube in keinem Fall, dass Kink es war. Er hat Katt getötet, weil Katt ein Schwein war und unter anderem seine Tochter gequält hat. Kink wird keinen zweiten Menschen töten."

„Ich sehe das auch so", sagte Grip. „Wir schreiben Kink ans untere Ende unserer Liste."

„Wen noch?"

„Karel Straka, der die Prostituierte Jackie und seinen Freund Jiri Netolicka getötet hat. Und Agustin Södergren, den Anwalt, dessen Frau eine Prostituierte war. Er hatte einen Freier getötet."

„Straka ist mittlerweile gestorben, Södergren sitzt ebenfalls im Gefängnis."

Grip blickte auf die Uhr. Es war kurz vor sieben. „Wo sitzen Kink und Södergren ein?", fragte er.

Leila griff zum Telefon und wählte eine interne Nummer. Sie stellte ihre Frage und hörte danach einige Minuten zu.

„Janne Kink ist im Kronobergs-Gefängnis in Stockholm, er ist nicht ausgebrochen", sagte sie, nachdem sie aufgelegt hatte.

„Und Agustin Södergren?"

„Södergren nimmt an einem Experiment teil", antwortete sie.

„Einem Experiment?", fragte Grip.

„Sicher haben ihm seine guten Kontakte geholfen", erwiderte Leila. „Als Staranwalt hat er ja die oberen Zehntausend Schwedens gekannt."

„Was für ein Experiment, Leila?" Grip war ungeduldig. Sein Gesicht hatte jetzt wieder etwas Farbe.

„Er wohnt in einem Haus an einem geheim gehaltenen Ort in Mittelschweden, zusammen mit seiner Tochter. Angeblich durfte er wegen guter Führung und weil er als Rückfall-unverdächtig gilt an diesem Experiment teilnehmen. Er darf sein Haus verlassen und arbeitet als Berater in einem Anwaltsbüro des Ortes. Er zahlt Steuern und Miete für das Haus. Dass er ein Mörder ist, weiß nur die Gemeindeverwaltung des Ortes in Mittelschweden."

„Wird er bewacht?"

„Nein."

„Nein?!"

„Er muss sich manchmal bei einem Gefängnisbeamten melden, hat Alkoholverbot und braucht eine Genehmigung, wenn er verreisen will."

„Unfassbar", rief Grip, „das gibt es nur in Schweden!"

„Agustin Södergren könnte der Mann sein, der Casper angeschossen hat", sagte Leila. „Er hatte zumindest die Möglichkeit dazu."

„Schreib ihn auf die Liste", sage Grip. „Wir müssen ihn vernehmen."

„Wir werden eine lange Liste haben, Grip", sagte Leila. „Ich habe nämlich noch viele andere Verdächtige, einerseits Leute, die Casper früher ins Gefängnis gebracht hat, und andererseits Menschen, die Casper angeschossen haben könnten, um den Sultan zu treffen …" Sie zeigte auf ihre Papiere. „… es sind heimattreue Schweden, Islamophobe, radikale Linke, Geheimdienste …"

„Halt, halt", rief Grip und hob die Hände. „Einer nach dem anderen. Bleiben wir erst mal bei denen, die Casper festgenommen hat."

Leila und Grip gingen die Namen durch. Die meisten waren noch im Gefängnis, die anderen führten mittlerweile ein unauffälliges, bürgerliches Leben. Es war keine heiße Spur dabei.

„Nun zu den anderen", sagte Grip. „Zu denen, die etwas mit Caspers Schutz für den Sultan zu tun haben könnten. Was ist das mit diesen heimattreuen Schweden?"

Leila nahm ein paar Blätter von ihrem Stoß und warf einen Blick auf die erste Seite. „Wir würden sagen, es sind Rechtsextreme, Grip", sagte sie, „aber sie selbst sagen, sie seien die wahren Schweden – Menschen, die das Schweden der 1950er und 1960er Jahre wiederhaben wollen; das Schweden ohne

Ausländer; das ländliche Schweden, wo man den Schlüssel im Auto stecken lassen konnte und es nicht gestohlen wurde; das Schweden, wo alle zusammengehalten haben; das Schweden, wo jeder rechtschaffen war und alles übersichtlich: das Dorf, der Tante-Emma-Laden, die Kirche, die Gemeinschaft."

Grip winkte ab. „Kenne ich alles – diese Typen habe ich auch in meiner Verwandtschaft. Die sagen dann, dass sie nur noch Ausländer sehen, wenn sie in Stockholm U-Bahn fahren. Und diese Ausländer seien alle kriminell." Grip blickte auf das Papier, das vor Leila auf dem Schreibtisch lag. „Haben sich diese sogenannten Heimattreuen mittlerweile organisiert?", fragte er.

„Haben sie", erwiderte Leila, „und sie agieren vor allem im Netz. Widerlich!" Sie nahm das Blatt in die Hand. „Hier habe ich ein paar Beispiele, was eine Frau aus Mariefred getwittert hat – geschieden, zwei Kinder, Anfang sechzig."

„Lass hören."

„Es beginnt damit, dass sie auf eine selbstmitleidige Art schreibt, was in ihrem Leben schiefgegangen sei: Der Mann hat sich scheiden lassen, als die Kinder aus dem Haus waren. Sie war Friseurin, verlor den Job und ging in die Wand – sie hatte also einen Burn-out. Es folgen die Beschreibungen von psychosomatischen Erkrankungen und die erste Anklage, dass eine Asylantin ihren Job im Friseurladen bekommen habe. Sie verwendet dann ein Schimpfwort für die Frau, aber das ist noch harmlos …" Leila blickte vom Papier auf und schüttelte den Kopf. „In den folgenden Einträgen soll man alle Araber aus Europa hinauswerfen, alle! Und dann vergleicht sie Flüchtlinge mit Parasiten und mit Kampfhunden. Alle Flüchtlinge seien Terroristen und Selbstmordattentäter, und wenn man sie schon nicht rauswerfen könne, dann müsse man ihnen Fußfesseln und Maulkörbe verpassen – wie auch immer sie sich das vorstellt. Unsere Kollegen haben das im Netz gelesen, die Frau zu Hause aufgesucht und ihr gesagt, sie solle das unterlassen. Sie hat weitergemacht, unter einem anderen Namen. Und sie hat gesagt, sie spreche für die meisten Schweden."

„Wie heißt sie?"

„Alma Hendriksson. Aber in der Szene wird sie Tante Braun genannt."

„Tante Braun! Sehr komisch", sagte Grip. Wäre Casper hier, wir hätten darüber gelacht, dachte er.

„Tante Braun sagt von sich, sie sei konservativ, aber nicht rechtsextrem", fuhr Leila fort.

„Leila."

„Ja?"

„Warum reden wir über Tante Braun?"

„Der Sultan ist für diese Heimattreuen Abschaum", antwortete Leila. „Ein Araber, ein Moslem, ein Kopfabschneider, der in Schweden nichts zu suchen hat."

Grip schwieg. Der Sultan war ein Schwein, aber musste er allen Menschen, die ein Schwein hassten, recht geben?

Es klopfte.

„Herein", sagte Leila.

Halldor Selander betrat das Büro. „Könnt ihr bitte in den Besprechungsraum kommen", sagte er. „Wir reden über das Bankett, das der König am Samstag für den Sultan geben wird. Ihr seid zwar nicht zu seinem Schutz abgestellt, aber Caspers Fall hängt ja wohl mit dem Sultan zusammen. Ich will euch bei dieser Besprechung dabeihaben."

Leila sah auf die Uhr. Es war kurz vor acht. „Wir kommen", sagte sie.

Leila und Grip folgten Selander. Der Besprechungsraum war im ersten Stock. Sie nahmen die Treppe.

„Was Neues von Casper?“, fragte Selander.

„Nein“, antwortete Leila. „Er ist im Koma. Wir müssen warten und hoffen. Seine Eltern sind wieder nach Nordschweden abgereist – Caspers Vater ist gesundheitlich angeschlagen. Ich glaube, es ist das Herz. Er braucht seine gewohnte Umgebung und – wenn möglich – wenig Aufregung. Luna und Tove wechseln sich ab. Eine von ihnen ist immer bei Casper am Bett.“

Luna Nordin hatte in ihrem Leben einiges einstecken müssen.

Die Mutter war an Krebs gestorben, als Luna zwölf Jahre alt gewesen ist. Der Vater, ein Künstler, der sich selbst überschätzte, hatte sich und seine Tochter mehr schlecht als recht über die Runden gebracht. Als Luna erwachsen war, hatte sie ihren Kontakt zu ihm sehr reduziert. Sie hielt ihn für einen Egomanen. Halt fand sie in sich selbst – und damit hatte sie das geschafft, was wenige Menschen schafften. Casper Munk bewunderte sie. Luna war klug, empathisch und immer für ihn da. Sie war ihm ein kritisches Gegenüber. Sie war seine beste Freundin. Und Luna war immer darum bemüht, ein Leben zu führen, das spannend war, das Neues brachte, das Reize hatte – zuletzt hatte sie beschlossen, für ein Jahr nach Wien zu gehen, um bei bekannten Zeichnern Unterricht zu nehmen. Sie wollte lernen. Sie war keine Künstlerin, die sich überschätzte.

Jetzt saß sie auf der Intensivstation des St. Görans-Krankenhauses an Munks Bett. Luna hielt seine Hand und betrachtete sein Gesicht. Was geht in deinem Kopf vor, dachte sie. Geht überhaupt irgendetwas in deinem Kopf vor?

Und dann sah sie ein Flackern der Augenlider.

Koma-Traum zwei

Casper Munk starrte ungläubig auf die Straße. Kutschen? Nur Kutschen? Wo sind die Autos? Warum ist die Straße nicht geteert? Und die Kleidung der Menschen! Die Männer trugen Dreireiher und Hut, die Frauen lange Kleider und einen Schirm gegen die Sonne. Als Munk sich nach links drehte, weil er noch mehr von dieser eigenartigen Szenerie sehen wollte, stieß er mit einem älteren Herrn zusammen. Dessen Monokel fiel zu Boden.

Munk entschuldigte sich auf Schwedisch, doch der Mann musterte ihn nur von oben bis unten und sagte: „Gäh bitte, kaannst koa Deitsch?“

Dann ging der Mann weiter.

Munks Verwirrung nahm zu. Er sah sich um.

„Was für eine Architektur!“, murmelte er.

Sein Blick blieb an einem vierstöckigen Renaissance-Gebäude hängen. Die Front bestand aus Fenstern und Skulpturen. Munk ging über einen breiten Kiesweg auf das Gebäude zu. Er nahm die steinerne Treppe und verschwand zwischen Säulen in der Akademie der Bildenden Künste Wien.

Munk ging durch eine Eingangshalle und dann linker Hand die Treppe hinauf in den ersten Stock. In einem breiten Flur mit hohen, mit Stuck verzierten Decken blieb er stehen.

Was machte er hier? Er war wie an Fäden gezogen in dieses Gebäude und dann in den ersten Stock hinaufgegangen.

Munk blickte auf einen Glaskasten, der an der Wand befestigt war. In diesem Glaskasten hingen Papiere. Munk konnte ein wenig deutsch, er las: „Heute, 11.15 Uhr, Treffen der Bewerberkommission Malerei unter dem Vorsitz von Professor Christian Griepenkerl. Zimmer 4.“

Munk sah auf seine Uhr. Es war 11.24 Uhr. Die Kommission tagte bereits. Sein Blick fiel auf die Tür, die sich rechts neben dem Glaskasten befand. Sie trug die Nummer 2. Munk ging den Gang entlang und blieb vor einer schweren Holztür mit der Nummer 4 stehen. Er hörte dahinter Stimmen.

Er nahm seinen Mut zusammen, klopfte an der Tür, ging hinein und stand in einem Raum, der einem Gerichtssaal ähnelte. Rechter Hand saßen einige ältere Herren mit grauen oder weißen Bärten und links einige junge Männer mit Vorfreude oder Angst im Gesicht.

„Das sind Sie ja, Kollege Prosinek“, sagte ein älterer Herr mit langem Spitzbart und nach hinten gekämmten Haaren. Er meinte Munk. „Setzen Sie sich“, sagte der Mann und deutete einladend auf den Platz neben sich. „Dann können wir beginnen.“

Munk ging zu dem Stuhl.

Er, Munk, war der Kollege Prosinek?

Als er sich gesetzt hatte, sah er seine Oberschenkel, und er sah, dass er eine braune Stoffhose trug. Er trug sonst nie Stoffhosen, sondern nur Jeans. Munk blickte auf seine Arme. Er hatte ein braunes Jackett an. Und ja, er trug auch eine Krawatte.

„Wir fangen mit dem Aspiranten Schiele, Egon Leo Adolf Ludwig an.“

Munk hörte, wie sich die Kollegen über die Probearbeiten des Aspiranten Schiele unterhielten, aber er war nicht bei der Sache. Im Grunde drang nur ein Stimmengewirr an seine Ohren, er war mit den Gedanken ganz woanders.

Er war also in Wien.

Er war in der Vergangenheit in Wien.

Warum war er in der Vergangenheit in Wien?

Er gehörte einem Gremium an, das über die Aufnahme von jungen Malern an die Akademie der Bildenden Künste entscheiden sollte.

Und er war der Kollege Prosinek.

Munk blickte an sich herunter. Er sah auf seinen Bauch.

Dicker war er auch, als Kollege Prosinek. Er fasste sich ins Gesicht. Bärtig war er also auch.

„Wir stimmen ab!“

Diese drei Worte beendeten Munks Gedanken. Der Mann mit dem Spitzbart hatte sie gesprochen.

„Wer dafür ist, dass Egon Leo Adolf Ludwig Schiele an die Akademie der Bildenden Künste Wien aufgenommen wird, der hebe die Hand.“

Munk sah die Kollegen des Gremiums an. Sie saßen wie auf einer Richterbank aufgereiht nebeneinander. Zusammen mit ihm und dem Mann mit dem Spitzbart waren es sechs ältere Herren. Alle hoben die Hand.

Munk kannte Egon Schieles Bilder, er liebte dessen Selbstbildnisse und das Gemälde „Tod und Mädchen“. Munk hob auch die Hand und fühlte sich fast ein bisschen feierlich.

„Angenommen!“, rief der Mann mit dem Spitzbart. „Herr Schiele, kommen Sie bitte nach vorne.“

Ein junger, sehr schlanker Mann stand auf, ging auf den Spitzbart zu und streckte ihm selbstbewusst die Hand entgegen.

„Ich bedanke mich, Professor Griepenkerl.“

Professor Griepenkerl nahm Schieles Hand, drückte sie und nickte kurz. „Wir sehen uns im nächsten Semester“, sagte er.

Schiele blickte Munk kurz in die Augen und verließ anschließend den Raum.

Munk sah, wie der Mann neben Griepenkerl dem Professor etwas zuflüsterte. Die Miene Griepenkerls verdüsterte sich etwas.

„Und nun“, sagte er dann, „stimmen wir über einen jungen Mann ab, der schon im vergangenen Jahr, also zum

Wintersemester 1907, abgelehnt worden ist. Ich hatte dessen Probezeichnungen als ungenügend bewertet, unter anderem deshalb, weil er zu wenige Köpfe abgebildet hatte. Nur Häuser und Landschaften reichen mir nicht. Er hat sich nun wieder beworben. Es geht um den Aspiranten Adolf Hitler." Professor Griepenkerl räusperte sich. „Nun", sagte er, „ich muss dem Aspiranten Hitler leider mitteilen, dass er diesmal nicht einmal zur Probe zugelassen wird. Ist der Aspirant anwesend?"

In der letzten Reihe erhob sich ein Mann.

Es war nicht Adolf Hitler. Es war ein Mann mit Turban. Es war Sultan Daix!

Luna Nordin hatte sofort die Notklingel gedrückt, als sie das Flackern von Munks Augenlidern gesehen hatte. Die Schwester war gekommen und hatte Luna gesagt, dass ein Zucken der Lider bei Koma-Patienten vorkommen könne und es nichts bedeuten müsse. Aber Luna hatte darauf bestanden, dass ein Arzt kommen solle.

Dr. Lennart Ness, ein gut 60-jähriger, schlanker Mann mit weißen Haaren, stand nun neben dem Bett von Munk und beantwortete Lunas Fragen. Wenn Luna Fragen stellte, dann machte sie das häufig im Stakkatostil, zumal dann, wenn sie aufgeregt war. Und jetzt war sie sehr aufgeregt. Sie hatte nämlich auch gesehen, dass Munk mit seiner rechten Hand die Bettdecke bewegt hatte. Ness hörte sich ihre Fragen geduldig an.

Wird er aufwachen?

Wann wird er aufwachen?

Kann ein Koma-Patient träumen?

Flackern die Augenlider, wenn er träumt?

Nimmt ein Koma-Patient seine Umwelt wahr?

Wenn er die Hand bewegt, dann ist der doch schon halb wach, oder?

„Das Flackern der Augenlider“, sagte Ness, „hat leider nichts zu bedeuten, Frau Nordin. Das sind Muskelzuckungen, die ein Koma-Patient immer mal wieder hat.“

„Aber seine Hand – er hat sie bewegt“, sagte Luna aufgeregt. „Er hat die Decke angefasst. So.“ Luna nahm die Bettdecke in die Hand und drückte sie leicht.

„Das ist auch typisch für Koma-Patienten“, erklärte Ness. „Sie nesteln an der Decke. Das sind unbewusste Reflexe. Herr Munk liegt in einem leichten Koma der Stufe eins. Er reagiert sogar noch mit gezielten Abwehrbewegungen auf schmerzhafte Reize. Und …“ Ness zog Munk vorsichtig das Lid des rechten Auges nach oben. „Seine Pupillen ziehen sich bei Lichteinfall zusammen – das ist ein Zeichen dafür, dass er in einem eher leichten Koma liegt.“

„Leicht heißt: Dass er bald wieder aufwacht und dann gesund ist?“, fragte Luna.

„So einfach ist es leider nicht“, antwortete Ness. „Selbst bei der leichtesten Form, dem Minimally Conscious State, also dem minimalen Bewusstseinszustand, kann man lange nicht erwachen. Und nach, sagen wir, zwölf Monaten ohne Erwachen ist die Chance, dass der Patient überhaupt noch einmal aufwacht, erheblich gesunken.“

Luna weinte leise.

„Aber ja“, sagte Ness. „Es ist schon richtig: Die Chancen dafür, dass er bald erwacht, sind bei Herrn Munk besser als bei Koma-Patienten der höheren Stufen.“ Er hob die Hände. „Ich kann aber leider keine weitere Prognose abgeben. Es tut mir leid.“ Ness sah Luna in die Augen und sagte: „Ich muss jetzt leider gehen. Andere Patienten …“

„… und Träume?“, sagte Luna schnell. „Können Koma-Patienten träumen? Ich hatte das Gefühl, Casper sei irgendwie … unruhig?“

„Haben Sie etwas gesehen? Eine Bewegung? Außer dem Flackern der Augen und dem Reflex der Hand?“

„Nein, ich habe nur etwas gespürt – ich kenne Casper schon sehr lange. Es ging etwas in ihm vor. Er war nicht ruhig.“

„Ja, Koma-Patienten können träumen, definitiv“, sagte Ness. „Ich hatte einmal einen Patienten, der nach sechs Monaten aufwachte und sagte, er habe während dieser Zeit geträumt, dass er diese sechs Monate als Taxifahrer in New

York verbracht hätte. Er hatte dort ein völlig anderes Leben, er hatte andere Freunde und Bekannte. Und er beschrieb seine Wohnung und sein Aussehen – er sei dicker gewesen und er habe einen Bart getragen.“

„Findest du ABBA eigentlich auch schrecklich?", fragte Grip Leila, die neben ihm stand.

Per Henrik Grip und Leila Andersson befanden sich in jenem Saal des Stockholmer Stadshuset, in dem im Dezember jeden Jahres die Nobelpreise verliehen wurden – im byzantinisch inspirierten Goldenen Saal. Nun diente er dazu, das Bankett für Sultan Daix auszurichten. Die Musiker, die Daix aus dem Sultanat mitgebracht hatte, sollten nach dem Festmahl für den schwedischen König und die etwa 100 geladenen Gäste spielen. Sie sollten ABBA spielen. 16 Lieder. Die echten Musiker von ABBA waren nicht gekommen. Sie hatten die Einladung zu dem Bankett sehr freundlich abgelehnt.

Grip und Leila standen am Rande des Goldenen Saales und überblickten das Geschehen, so gut sie es aus ihrer Warte konnten. Sie gehörten an diesem Abend zu dem mächtigen Polizeiaufgebot, das den Sultan vor einem Attentat schützen sollte.

Im Moment nahmen die Gäste den dritten Gang des Festmahls ein, sie aßen Kamelfleisch.

„Nein, Grip, ich finde ABBA nicht schrecklich. Kann man schon hören."

„Aber das ist doch Weichspüler-Pop", sagte Grip einen Tick zu laut. Er sah sich um, ob ihn jemand gehört hatte. Dann summte er leise Fernando. Er schüttelte fast angewidert den Kopf. „Das ist doch schrecklich!"

„Es gab auch tiefgründigere Songs wie The Winner Takes It All, wo es darum geht, dass eine Frau ihren Mann an eine andere Frau verliert, oder …"

Leila kam nicht weiter.

„Ich bin in den Sechzigerjahren geboren, Leila, und wer

in den Siebzigerjahren ABBA gut fand, der war so was von uncool. Der war raus. Der zählte nicht." Grip hatte manchmal die Angewohnheit, über Menschen hinweg zu reden, wenn er glaubte, sie hätten einen schlechten Musikgeschmack. Er glaubte nämlich, er hätte den besten.

„Das ist lange …", begann Leila.

Grip ließ sich nicht aufhalten. „Kommerziell waren die, sonst nichts", sagte er. „Wer Rock liebte, konnte unmöglich ABBA mögen."

„Aber …"

„Led Zeppelin, die Stones, die standen für Auflehnung, für Sex, Drugs and Rock 'n' Roll – für unser Lebensgefühl."

Leila lächelte. Eigentlich wollte sie sagen, dass bei ihm, Grip, höchstens noch Rock 'n' Roll übrig geblieben sei. Aber nur passiv sozusagen, wenn er die Musik seiner alten Helden hörte. Aber sie sagte es nicht, weil sie Grip nicht verletzen wollte. Er hatte zuletzt Pech mit Frauen. Manches hatte er selbst verschuldet. Zum Beispiel hatte er sich ziemlich verhoben, als er sich für die junge, hübsche Kollegin Kajsa Tapper interessiert hatte. Es war klar, dass er da abblitzen würde.

„ABBA waren brav", sagte Grip in Leilas Gedanken hinein, „und ihre Musik war Kitsch. Und …"

„Ich hab's schon kapiert, Grip", sagte Leila resolut. „Ich schlage vor, ich sage zwei Sätze dazu und dann konzentrieren wir uns wieder auf unsere Arbeit." Es klang ein wenig schärfer, als Leila es wollte.

„Bitte", sagte Grip. Er war nicht genervt. Grip hatte die gute Eigenschaft, nicht empfindlich zu sein.

Leila beugte sich zu Grip hin und flüsterte. „ABBA haben eingängige, manchmal einfache Popmusik gemacht, aber es war handwerklich gute Popmusik – genauso wie bei den Carpenters oder bei den Bee Gees, die man gern in die gleiche Schublade steckt wie ABBA. Karen Carpenter hatte eine großartige Stimme…"

„… die zwei Sätze sind vorbei", sagte Grip.

„Einen Satz noch, Grip", erwiderte Leila. „Ich finde es, mit Verlaub, sehr wohlfeil, sich über ABBA lustig zu machen."

„Schon gut, Leila", sagte Grip. „Aber ich finde trotzdem, dass ABBA, nimmt man mal alle Vorurteile beiseite, doch sehr …"

„Grip, wir müssen aufpassen!", zischte Leila. „Hast du vergessen, weshalb wir hier sind?"

„Nein, habe ich nicht", sagte Grip. „Aber ich bin trotzdem froh, dass wir über Musik geredet haben – so konnte ich für einen Moment vergessen, dass Casper im Koma liegt."

Leila legte ihre Hand auf Grips Schulter, um ihn zu trösten.

„Wir sind hier nicht im Swingerclub!"

Leila drehte sich um und sah in das Gesicht von Sören Bertahos, dem Chef der Sicherheitspolizei Säpo. Sie musste etwas nach unten blicken, denn Bertahos war einen Kopf kleiner als Leila. Er hatte sich für das Bankett herausgeputzt: Smoking, Fliege, mehrere Verdienstorden am Revers. Bertahos sah aus wie ein geschmückter Weihnachtsbaum.

„Ich beobachte Sie schon eine ganze Weile", sagte er. „Sie sollen nicht schwätzen und turteln, sondern den Saal im Auge behalten – der Sultan ist in Gefahr!"

Grip verspürte den Reflex, den aufgeblasenen Säpo-Chef niederzuschlagen und in die Küche zu schleppen, wo man ihn für den vierten Gang schlachten konnte. Aber Grip wusste auch, dass Bertahos diesmal recht hatte.

„Selbstverständlich", sagte er.

Leila nickte. Grip sah an ihrem süßsauren Gesichtsausdruck, dass sie wohl ähnliche Fantasien hatte wie er, von wegen Bertahos schlachten und so. Sören Bertahos nahm Haltung an, strich mit der rechten Hand über die Orden, als würde er sie kurz säubern, und ging weiter. Nein, er stolzierte weiter.

„Arschloch", flüsterte Grip.

„Großes Arschloch", sagte Leila leise.

„Apropos: Viele Arschlöcher hier im Raum, findest du nicht?", fragte Grip. „Immer schön über Menschenrechte reden, aber wenn es dann ein feines Mahl gibt und man sich zeigen kann, dann ist es nicht mehr so wichtig, dass der Sultan Oppositionelle foltern lässt."

Leila nickte.

„Da drüben", sagte Grip und deutete mit einer Kopfbewegung nach links. „Da sitzt unser geschätzter Starschauspieler Göran Granerud. Hat er nicht kürzlich in einem Film mitgespielt, in dem er als Anführer einer Widerstandsgruppe ein korruptes Regime gestürzt hat? In der Realität sitzt er in einem Saal mit einem Despoten und isst genüsslich Kamelfleisch."

Leila wusste, dass es stimmte. Aber sie wollte es in diesem Moment nicht hören. Zum einen, weil Bertahos sie gerade ermahnt hatte, ihren Job zu machen. Zum anderen beschützten sie selbst einen Despoten. Es war ihre Pflicht als Polizisten, das schon. Aber ein gutes Gewissen hatte sie nicht.

„Da hockt der Vorsitzende der Linkspartei", fuhr Grip fort, „er hat auch kein Problem damit …"

„… hör auf, Per Henrik", sagte sie leise und ohne Aggression. Aber Grip wusste, dass sie sauer war. Sie nannte ihn nur Per Henrik, wenn sie sauer war.

„Was ist?“, fragte er.

Leila wollte ihm nicht sagen, dass sie jetzt keine moralischen Reden hören wollte. „Wir müssen unseren Job machen“, sagte sie stattdessen knapp. „Und gleich kommen doch die ABBAS, oder? Zwischen dem dritten und dem vierten Gang.“

„Klassische Musiker aus dem Sultanat, die ABBA spielen müssen“, murmelte Grip. „Das ist demütigend für diese Musiker.“

Auch das wollte Leila nicht hören. Grip war heute so … so, na ja, er sprach alles an, was nicht passte oder stimmte, und er hatte recht damit. Aber es war auch anstrengend.

Sie schwieg und schaute auf die Bühne, die noch leer war. Im Saal trugen die Kellner das Geschirr ab.

Dann stand der schwedische Regierungschef auf. Leila wusste, dass der Regierungschef mit Björn Ulvaeus und Benny Andersson befreundet war und selbst in seiner Freizeit Gitarre spielte. Der Regierungschef ging auf die Bühne. Vermutlich würde er die ABBA-Coverband ankündigen.

„Meine Damen und Herren“, begann der Regierungschef, als er auf der Bühne angekommen war, „leider verzögert sich der Auftritt der Band aus dem Sultanat noch um einige Minuten. Ich versuche die Zeit zu überbrücken …“

„Er wird doch nicht …“, sagte Leila zu Grip.

Grip lächelte. Jeder Schwede wusste, dass der Regierungschef keine Gelegenheit ausließ, selbst in der Öffentlichkeit Gitarre zu spielen.

„Er kann sich doch bloß blamieren“, sagte Leila. „Nach ihm kommen die besten Musiker des Sultanats. Das kann er doch nicht machen.“

Der Regierungschef lächelte. Natürlich wusste er, was alle dachten. „Keine Angst, ich spiele nicht“, sagte er, und im Publikum hörte man ein Aufatmen. „Aber ich weiß, dass Bengt Brock im Publikum sitzt – ich habe gerade mit ihm gesprochen. Er wird die Zeit überbrücken, bis die Band auf die Bühne kommt.“

Bengt Brock war ein bekannter Schlagersänger.

Mehr wussten Leila und Grip nicht über Brock. Sie interessierten sich nicht für Schlager. Grip flüsterte „Schlagersänger“ und verzog das Gesicht.

Brock stand auf, ging auf die Bühne, nahm die Gitarre, die ihm gereicht wurde, begann zu spielen – und zu singen.

Leila, die sich mit schwedischer Musik – im Gegensatz zu Grip – gut auskannte, wusste sofort, was der Regierungschef da anstimmte: Lasse Lucidors Freiheitslied.

„… alle Welt will ja, alles soll bunt sein …“

„Ich kenne das“, flüsterte Grip. „Was ist das?“

„Lasse Lucidor“, antwortete Leila leise.

Grip kannte weder den genauen Text noch die Melodie von Lasse Lucidors Freiheitslied, aber natürlich wusste er, wer Lucidor war und welche Bedeutung das Freiheitslied aus dem 17. Jahrhundert hatte.

„Provoziert er den Sultan?“, fragte Grip. „Freiheit ist ja nicht so seine Sache.“

Leila sah zum Sultan nach vorne. Er saß in der ersten Reihe neben dem schwedischen König. Natürlich verstand der Sultan kein Schwedisch. Er saß regungslos da und hörte dem Schlagersänger zu.

„Everything should be colorful – and free“, sang Brock plötzlich. Er hatte die Sprache gewechselt, und er hatte das sicher mit Absicht getan. Der Sultan sollte ihn verstehen.

Leila sah, wie der König den Kopf nach rechts drehte – in die Richtung eines Sicherheitsmannes. Sekunden später war das Mikro auf der Bühne tot.

Der König stand auf und drehte sich um, sodass ihn die Menschen im Saal sehen konnten.

„Meine Damen und Herren", sagte er, „wir haben leider Tonprobleme. Sobald sie behoben sind, wird die Band auf die Bühne kommen und wie geplant für Sie spielen."

Die Menschen murmelten. Leila konnte nicht hören, ob sie für oder gegen Brock waren. Dieser verließ lächelnd die Bühne, und Leila gingen einige Gedanken gleichzeitig durch den Kopf.

Bengt Brock hatte das ausgedrückt, was linke und grüne Gruppierungen, aber auch viele Bürger seit Wochen kritisierten: die Einladung eines Despoten.

Was bedeutete das für die Ermittlungen? Kamen die Morddrohungen gegen den Sultan doch aus dem linken und grünen Lager? Aber würden diese Menschen auch auf Casper schießen, bloß weil er den Sultan schützen sollte?

Wie wird der Sultan reagieren?

Der Sultan unterhielt sich in diesem Moment mit dem schwedischen König. Er wirkte ruhig.

Der Regierungschef ging wieder auf die Bühne. Er versuchte mit den Händen, die er von oben nach unten führte, das Publikum zu beruhigen. Auf Bengt Brocks Lied ging er nicht ein. Stattdessen sagte er: „Die Musiker sind jetzt bereit – herzlich willkommen in Schweden!"

Amira, Barbelli, Ali und Haissam kamen von rechts auf die Bühne. Sie hatten die Kleidung an, die ABBA in den Siebzigerjahren getragen hatten. Ali und Haissam trugen Schlaghosen und Puffärmel – und Perücken mit wallenden

Mähnen. Amira trug Pink, Barbelli Hellblau, beide mit viel Glitzer. Obwohl sie sich um eine heitere Miene bemühten, sahen sie unglücklich aus. Und Ali wirkte blass.

„Kleidungsmäßig würde Waterloo jetzt am besten passen", flüsterte Grip.

Die Musiker nahmen ihre Plätze ein, Amira und Barbelli in der Mitte der Bühne, Haissam mit Gitarre rechts, Ali an seinem Piano links.

Das Publikum wusste nach den ersten Tönen, was gespielt wurde. Es war Dancing Queen, und Leila wusste, dass ABBA diesen Song zu Ehren von Königin Silvia aufgenommen hatte. Es war wohl eine Reminiszenz des Sultans an seine Gastgeber, dass seine mitgebrachte Band zunächst das Lied für die Königin spielte.

„Having the time of your life", sangen Amira und Barbelli auf der Bühne, und im Saal herrschte jetzt keine Unruhe mehr, die Menschen summten mit. Einige wenige vergaßen sogar die Etikette und bewegten ihre Oberkörper im Rhythmus der Musik.

Aber irgendetwas stimmte nicht.

Das Piano.

Ali konnte das Tempo nicht halten. Anfangs fiel es nur jenen auf, die selbst Musik machten, also ein paar Menschen im Saal. Aber dann wurde das Piano immer langsamer, bis auch der Letzte hörte, dass er aus dem Takt spielte. Und nun sah man es auch: der Pianist versuchte mit großer Kraftanstrengung, die Tasten zu bedienen, aber er schaffte es immer seltener. Haissam hatte längst besorgt hinübergeschaut zu seinem Kollegen. Und nun verließen Ali die Kräfte ganz: Er knallte mit dem Kopf auf die Tasten.

Haissam, Amira und Barbelli eilten zu ihm, in der ersten

Reihe sprangen einige Menschen auf, unter ihnen der Regierungschef, und liefen auf die Bühne.

Als sie dort ankamen, blickten sie in Haissams entsetztes Gesicht.

„Er ist tot", sagte Haissam.

Tove Olsen saß am Bett von Casper Munk. Sie wechselte sich mit Luna ab. Luna war kurz nach Hause gefahren, sie wollte essen, sich duschen und kurz hinlegen, und dann die Wache an Munks Bett wieder übernehmen.

Tove hielt Munks Hand und betrachtete ihn, sein Gesicht, das sich nicht regte, und den Verband an seinem Kopf. Sie hatte stark gerötete Augen, denn sie hatte in den letzten Tagen viel geweint. Munk und sie waren nun seit eineinhalb Jahren ein Paar. Es hatte so romantisch begonnen. Munk hatte seinen Freund Pontus Mattsson in der Hypochonder-Klinik in Bergen in Norwegen besucht. Tove war dort Ärztin, aber in dem Moment, in dem Munk die Klinik betreten hatte, war sie zufällig an der Rezeption gestanden. Sie hatte irgendwelche Unterlagen gesucht. Munk hatte ihr sofort gefallen. Er war witzig und auf eine liebenswerte Art schüchtern gewesen. Als er sich mit vollem Namen vorstellen wollte, war er ins Stottern geraten – und daraus war ein lustiger verbaler Schlagabtausch entstanden, bei dem sich beide nichts schenkten. Einige Wochen später waren sie ein Paar.

Und dann begannen bald die Probleme.

Tove lebte in Bergen, weit weg von Stockholm. Sie war Ärztin und hatte keine regelmäßigen Arbeitszeiten. Sie hatte einen Sohn, der bei ihr wohnte, und eine Nichte, mit der sie einen engen Kontakt hatte, und mit der sie viel Zeit verbrachte. Munk lebte und arbeitete in Stockholm. Er hatte auch keine regelmäßigen Arbeitszeiten. Manchmal sahen sie sich nur einmal im Monat. Fast alle Versuche, das zu verbessern, gingen schief.

Dann wurde Munk suspendiert, und er schlug Tove vor, nach Bergen zu ziehen. Sie lehnte das ab. Sie fand, dass Munk erst wissen musste, was er künftig mit seinem Leben anfangen wollte. Sie wollte keinen Partner, der in ihrer Wohnung hockte und um sich kreiste. Munk war beleidigt gewesen. Sie hatten beschlossen, die Beziehung für eine Weile ruhen zu lassen.

Tove ließ Munks Hand los und vergrub ihren Kopf in ihren Händen.

Oh wäre sie doch einverstanden gewesen, als Munk vorschlug, er würde nach Bergen ziehen. Er wäre nicht wieder ins Polizeipräsidium gegangen, er hätte nichts mit dem Sultan zu tun gehabt, und niemand hätte auf ihn geschossen!

Tränen lief ihr über das Gesicht. Sie schluchzte leise.

Dann nahm sie wieder Munks Hand. Sie blickte auf die Uhr an der Wand und verfolgte den Weg des Sekundenzeigers, der Runde um Runde drehte.

Tove Olsen hatte noch nie in ihrem Leben so deutlich gespürt, was Warten ist.

Plötzlich merkte sie, wie sich Munks Hand bewegte. Sie ließ sie los. Munks Hand nestelte wieder an der Bettdecke herum. Luna hatte ihr erzählt, dass dies kein Zeichen der Hoffnung sei, sondern dass es Reflexe eines Koma-Patienten seien. Sie sah einige Minuten zu, wie Munks Hand sich bewegte. Es erschien ihr surreal, und sie wünschte sich, dass dieser Reflex schnell wieder zu Ende war. Er machte falsche Hoffnungen.

Tove versuchte sich abzulenken. Ihr Blick fiel wieder auf den Sekundenzeiger. Sie schaute zwischen Munks Hand und dem Sekundenzeiger hin und her. Die Monotonie der Bewegung machte sie müde. Tove zwang sich, sich auf Munk zu konzentrieren. Sekunden später hörte dessen Hand auf, sich zu bewegen.

Stattdessen schlug er die Augen auf.

Die Bühne des Stadshuset war voll mit Menschen. Sofort nach Alis Zusammenbruch war ein Notarzt nach vorne geeilt. Er hatte es kurz mit Wiederbelebungsversuchen versucht, diese aber schnell abgebrochen. Ali war tot. Barbelli und Amira hatten geweint, Haissam saß am Rande der Bühne und schüttelte immer wieder den Kopf. Der schwedische Regierungschef, der König und der Sultan wollten vom Notarzt wissen, woran Ali denn gestorben sei. Der Regierungschef machte den Eindruck, als hätte ihn das Ganze sehr mitgenommen, der König wirkte, als wisse er nicht wirklich, was hier gerade passiert war, und der Sultan stellte seine Fragen ohne erkennbare Gefühlsregung. Der Arzt konnte noch keine zufriedenstellende Antwort geben. Er hatte Ali nach äußeren Verletzungen untersucht, aber keine gefunden.

„Falls es ein natürlicher Tod war, könnte es ein Herzinfarkt gewesen sein", sagte er und wandte sich an die beiden Sängerinnen: „Wissen Sie, ob er Probleme mit dem Herzen hatte?"

Amira und Barbelli schüttelten den Kopf.

„Wir haben nur gemerkt, dass es ihm nicht gut geht", sagte Barbelli, „deshalb haben wir gewartet und sind etwas verspätet auf die Bühne gegangen."

„Und wenn es kein natürlicher Tod war?", fragte Säpo-Chef Sören Bertahos, der natürlich ebenfalls auf die Bühne gekommen war und sich zwischen den König und den Sultan gestellt hatte. Als Gäste Handyfotos von der Szenerie auf der Bühne machten, schritt Bertahos nicht ein. Fast meinte man, er würde zwischen den Hoheiten posieren. Halldor Selander bat die Gäste schließlich, das Fotografieren zu unterlassen.

„Er könnte auch vergiftet worden sein“, antwortete der Arzt auf die Frage von Bertahos. „Aber ich kann das erst nach der Obduktion beantworten.“

Bertahos nickte mit wichtigtuerischer Miene.

Unten im Saal hatten die Polizisten mit Zeugenbefragungen begonnen. Außerdem hatte Selander angeordnet, dass keiner den Saal verlassen dürfe. Falls es kein natürlicher Tod war, musste es einen Täter geben. Und vielleicht war er noch im Stadshuset.

Leila und Grip hatten ebenfalls begonnen, die Gäste zu befragen. Manche machten umstandslos mit, einige wirkten so mitgenommen, dass sie außerstande waren, Fragen zu beantworten, und ein paar weigerten sich schlicht, „noch eine Sekunde länger in diesem Todessaal zu bleiben.“ Zu Letzteren gehörten vor allem Unternehmer, Bankiers und Schauspieler. Sie wollten dann doch lieber in der nahe gelegenen Nobelbar „einen Absacker“ nehmen.

„Um den Schreck zu verdauen“, sagte ein Mann mit Einstecktuch. „Wir hatten uns doch auf einen schönen Abend eingestellt, und jetzt ist er uns so vermiest worden.“

„Moooment“, sagte Grip und hob den rechten Arm, als würde er am Sergels torg den Verkehr regeln. „Hier geht keiner auf einen Absacker.“

„Wer sind Sie denn?“, fragte der Mann mit dem Einstecktuch, und er betonte das „Sie“ sehr abschätzig. Er machte dabei ein Gesicht, als stünde er einem Kellner gegenüber, der ihm Büffelhoden auf den Teller gelegt hatte.

Grip war nicht als Polizist erkennbar, denn er trug natürlich keine Uniform, sondern – dem Anlass gemäß – einen Smoking. Mit der linken Hand holte Grip seinen Ausweis aus der Sakkotasche, die rechte behielt er oben.

„Mordkommission", sagte er.

Der Mann mit dem Einstecktuch sah sich Grips Ausweis an und sage dann: „Holen Sie mir Ihren Vorgesetzten, Inspektor Grips."

Das „Inspektor" sagte er despektierlich, den Namen verhunzte er offenbar absichtlich.

„Ihren Ausweis, bitte", antwortete Grip freundlich, aber kalt.

„Erkennen Sie mich nicht?", fragte der Mann indigniert.

Grip schüttelte den Kopf.

„Oper", sagte der Mann.

„So alt sehen Sie noch gar nicht aus", erwiderte Grip. „Mein Opa …"

„Ich bin Opernsänger!", rief der Mann, „ich bin der Star an der Königlichen Oper, ich singe gerade in Vincenzo Bellinis Norma …"

„Ich kaufe bei Lidl ein", sagte Grip ungerührt.

„Norma ist eine Oper von 1831, Sie Banause", brüllte der Mann mit dem Einstecktuch.

Grip steckte seinen linken Zeigefinger ins Ohr und bewegte ihn hin und her, um zum Ausdruck zu bringen, dass der Mann etwas zu laut geworden war. „Ich habe deutlich gehört, dass Sie Ihre Bananen seit 1831 bei Norma kaufen", sagte er dann, „aber warum erzählen Sie mir das?"

„Grip, du bist albern", sagte eine weibliche Stimme. Leila war hinzugekommen. „Ich übernehme das."

Leila nahm die Personalien des Mannes auf, der widerwillig und mit hochrotem Kopf Rede und Antwort stand – und dann Grip, der sich an eine andere, etwas entfernt stehende Person gewandt hatte, hinterherbrüllte: „Das wird Konsequenzen haben! Ich kenne Ström und Bertahos."

Grip drehte sich um. „Und ich kenne Pollione“, sagte er.

Pollione ist in der Oper Norma, die 50 vor Christus in Gallien spielt, der Geliebte der Druiden-Priesterin Norma.

„Ich habe Sie in der Königlichen Oper gesehen, mein Herr“, sagte Grip, „aber Sie singen nicht wie Pollione, sondern wie eine Figur, die ebenfalls 50 vor Christus in Gallien lebte: Sie singen wie Troubadix.“

Leila grinste.

Der Mann mit dem Einstecktuch kochte. Er setzte an, etwas zu erwidern, aber es fiel ihm nichts ein.

„Komm, Leila“, sagte Grip, „wir vernehmen Bengt Brock – er steht da drüben.“

„Mann, habe ich Durst!“, sagte Munk, nachdem er die Augen aufgeschlagen hatte. Er blickte geradeaus, mitten in den Raum.

Tove wusste im ersten Moment nicht, wohin mit ihren Emotionen. Sie freute sich, ja, sie freute sich sehr. Tränen liefen ihr über das Gesicht. Aber sie wusste nicht, ob sie Munk umarmen konnte, ob sie Wasser holen sollte, ob sie antworten sollte. Es war eher ein Reflex als eine bewusste Entscheidung, dass sie auf den Notknopf drückte. Der Arzt sollte kommen! Sofort!

„Casper“, sagte sie vorsichtig, nachdem sie den Knopf gedrückt hatte. „Casper, hörst du mich?“

Munk drehte den Kopf nach rechts.

„Tove“, sagte er, „ich konnte es nicht verhindern.“

Tove weinte. „Ich weiß“, erwiderte sie.

Die Tür öffnete sich, und Dr. Lennart Ness stand im Raum. Er erfasste die Situation sofort.

„Kann man mit ihm reden?“, fragte Tove. „Ich meine, darf man mit ihm …“

Ness trat ans Bett heran. Er blickte auf den Vitaldatenmonitor und nickte nach einigen Sekunden. Offenbar waren Herzfrequenz, Blutdruck, Sauerstoffsättigung und Körpertemperatur in Ordnung.

„Sieht alles gut aus“, murmelte Ness, „auch der Hirndruck ist gut – das ist ja enorm wichtig bei Koma-Patienten.“

„Ich konnte es nicht verhindern“, sagte Munk zu Ness.

„Erinnern Sie sich?“, fragte Ness, und er meinte natürlich den Schuss auf Munk.

„Anna Lindh wurde erstochen, und ich konnte es nicht verhindern.“

Ness blickte über das Bett hinüber zu Tove Olsen. Sie

wusste, dass die schwedische Außenministerin Anna Lindh 2003, also vor 18 Jahren, getötet worden war. Warum sprach Casper über sie? Tove hatte Angst in den Augen. Vielleicht war Munks Gehirn doch geschädigt worden. Lennart Ness holte ein Glas Wasser. Munk nahm es in die Hand, setzte sich etwas auf und trank es in einem Zug leer. Tove atmete auf. Seine Motorik funktionierte. Und sie staunte. Er wirkte erstaunlich fit.

„Tove", sagte Munk, „ich sehe, dass ich im Krankenhaus bin, und ich sehe, dass ein Arzt an meinem Bett steht. Was ist passiert?"

Tove Olsen umarmte Munk. „Du bist nicht verwirrt", sagte sie.

„Mein Name ist Ness", sagte Doktor Ness, „Was meinten Sie damit, dass Sie den Mord an Anna Lindh nicht verhindern konnten?"

„Ich war zweimal in der Vergangenheit", erwiderte Munk. „Einmal war ich dabei, als Adolf Hitler an der Kunstakademie in Wien abgelehnt wurde – aber Hitler sah aus wie Sultan Daix, er trug einen Turban …"

„Sie können sich daran erinnern, dass Sultan Daix in Schweden ist und Sie ihn …?"

„Ich sollte ihn beschützen, ja. Ich war im Polizeipräsidium und habe mit Halldor, Ström und Bertahos geredet. Dann war ich bei Luna."

„Können Sie sich erinnern, was danach passierte?", fragte Ness. „Sie waren auf dem Weg ins Polizeipräsidium."

Munk blickte an die Decke. Er dachte nach. „Nein, das weiß ich nicht mehr", sagte er. „Was ist passiert?"

Ness blickte zu Tove hinüber. Tove wusste sofort, was dieser Blick bedeutete: Ich will ihm das noch nicht zumuten.

Ich will ihm nicht sagen, dass ihm jemand in den Kopf geschossen hat.

„Sie sagten, Sie seien zweimal in der Vergangenheit gewesen – einmal in Wien und … war es das zweite Mal in Stockholm, 2003, beim Attentat auf Anna Lindh?“

„Ja, ich konnte es nicht verhindern“, sagte Munk. „Er hat sie niedergestochen.“

Tove sah Doktor Ness fragend an.

„Patienten, die im Koma liegen, befinden sich manchmal in einer Art Zwischenwelt“, sagte er. „Es sind Träume, und in diesen Träumen nehmen sie manchmal Bezug auf das, was sie zuletzt bewegt hatte. Herr Munk sollte im wirklichen Leben ein Attentat verhindern – deshalb vielleicht der Traum mit Anna Lindh und dem Anschlag auf sie. Jeder Schwede kennt diese Geschichte, und ein Polizist wie Herr Munk kennt sie besonders gut. Und Herr Munk sollte im wirklichen Leben den Sultan schützen, dieser taucht in dem Wiener Traum auf.“

„Aber warum als Hitler?“, fragte Tove.

„Ich bin kein Psychologe“, sagte Ness, „und ich will Hitler mit niemandem vergleichen. Aber vielleicht hat Herr Munk kein, nun ja, sonderlich vorteilhaftes Bild vom Sultan. Immerhin unterdrückt dieser sein Volk, lässt Oppositionelle foltern.“

Tove nickte.

„Was ist mit mir passiert?“, fragte Munk. „Warum bin ich hier?“ Er klang ungeduldig.

„Ich kümmere mich gleich um Sie, Herr Munk“, sagte Lennart Ness. „Aber dürfte ich zuvor Sie, Frau Olsen, nach draußen bitten?“

Tove nickte, stand auf, lächelte Munk zu und ging zur Tür. Ness folgte ihr.

Als sie auf dem Flur waren, sagte der Doktor: „Sie werden sich sicher fragen, ob das alles ungewöhnlich ist: dass Herr Munk plötzlich aufwacht und ganz gesund wirkt."

„Ja, das frage ich mich", erwiderte Tove, „und ich habe etwas Angst. Angst, dass er wieder ins Koma fällt; Angst, dass es nicht wahr sein kann, Angst, dass Sie noch etwas entdecken; und Angst, dass er glaubt, er sei gesund und es noch gar nicht ist."

Ness nickte. „Es ist nicht ungewöhnlich, dass er aufgewacht ist und relativ normal wirkt", sagte er dann. „Koma-Patienten mit Hirnverletzungen wie Herr Munk haben dafür eine größere Wahrscheinlichkeit als etwa Menschen, die bei einer Wiederbelebungsmaßnahme Sauerstoffmangel hatten und dann ins Koma fielen. Es kann sein, ich wiederhole: Es *kann* sein, dass er jetzt schnell gesund wird, aber …" Er blickte ernst. „Bei einem Koma-Patienten ist nichts sicher", sagte er dann. „Alles ist offen. Wir müssen jetzt ein paar Untersuchungen machen. Ganz wichtig ist der intrakranielle Druck, also der Hirndruck. Ist er hoch, kann es für Herrn Munk gefährlich werden. Der Hirndruck scheint in Ordnung zu sein, jedenfalls sagt das der Vitaldatenmonitor, aber wir müssen sichergehen. Und wir müssen den Hirndruck einige Zeit beobachten. Er darf nicht steigen. Das heißt: Herr Munk muss natürlich noch hierbleiben. Ich sage das, weil …"

„… es sich auch schon bis zu Ihnen durchgesprochen hat, dass Herr Munk nicht immer vernünftig ist, wenn er Verbrecher jagt?"

Ness lächelte. „Ich kenne Halldor Selander sehr gut, wir sind befreundet", erwiderte er. „Da kriegt man manches mit …" Ness hielt inne. Er wollte nicht den Eindruck erwecken, als würde Selander freimütig über die Polizeiarbeit oder über Charaktereigenschaften seiner Mitarbeiter reden. „Das sind Gespräche auf freundschaftlicher Ebene“, sagte er dann. „ich habe natürlich keine Einblicke in die Arbeit der Mordkommission.“

Tove nickte. Es war ihr momentan auch egal, welchen Einblick Doktor Ness in die Polizeiarbeit hatte.

„Ich brauche etwas, woran ich mich festhalten kann. Wie lange muss Casper noch in der Klinik bleiben?“, fragte sie. „Sind Folgeschäden ausgeschlossen? Wird er ganz gesund? Schließen Sie einen Rückfall aus?“

„Er muss noch mehrere Wochen hierbleiben“, antwortete Ness. „Alles andere kann und darf ich nicht beantworten. Es ist nichts sicher.“

Tove wollte etwas sagen, aber ihre Stimme versagte. Sie räusperte sich. „Aber ...“, begann sie.

„Ja, es sieht gut aus“, sagte Doktor Ness. „Wenn Herr Munk sich an unsere Empfehlungen hält.“ Ness machte eine Pause. „Und jetzt gehe ich rein und sage ihm, dass auf ihn geschossen worden ist.“

Bengt Brock fuhr mit der blauen U-Bahnlinie zum Odenplan und nahm danach den Bus zum Torsplan im Stockholmer Stadtteil Vasastan. Brock stieg am Torsplan aus und lächelte, als er die letzten Meter zu dem Hochhaus zurücklegte, in dem er seit drei Jahren lebte. Gegen 23.30 Uhr fuhr er mit dem Aufzug hoch in den 13. Stock. Dort wohnte seine Mutter. Er selbst hatte sein Apartment in der 14. Etage. Beide waren 2018 eingezogen, als der Ostturm des sogenannten Norra Tornen eröffnet worden war. Der Norra Tornen war ein Prestigebau der Stadt und bestand aus zwei Türmen, dem 125 Meter hohen Ostturm und dem 2020 eröffneten, 110 Meter hohen Westturm. Die beiden Türme, die in der Nähe des Karolinska Institutet am Rande der Innenstadt standen, repräsentierten eine Art Tor nach Stockholm. Es war nicht billig, im Norra Tornen zu wohnen. Aber Bengt Brock und seine Mutter konnten es sich leisten. Er lächelte immer noch, als seine Mutter die Tür öffnete.

„Offenbar ist es gut gelaufen?“, fragte Britta Sartorius, Bengts Mutter.

Es war eine rhetorische Frage. Sie hatte das, was an diesem Abend im Stadshuset passiert war, in den Abendnachrichten gesehen.

„Ist es“, sagte Brock vergnügt. Er warf seinen Mantel über das Sofa und trat an die Fensterfront. „Das ist wirklich eine fantastische Aussicht“, sagte er. „Man sieht über ganz Stockholm hinweg.“

Britta Sartorius verdrehte die Augen. Sie war aber eher erheitert als genervt. „Das sagst du jedes Mal, wenn du in meine Wohnung kommst“, stellte sie fest. „Vielleicht hättest du auch ein Apartment nach Süden nehmen sollen, nicht nach Norden.“

„Das sagst du jedes Mal“, erwiderte Brock. „Aber es war ja keines frei.“

„Diese Glasfronten haben aber den Nachteil …“, begann Britta.

„… dass man keine Bilder aufhängen kann“, ergänzte er.

Beide lachten. Sie hatten diesen Dialog bestimmt schon 100-mal geführt.

„Ja, meine Bilder“, sagte Britta. „Mein Schiele. Mein Klimt. Mein Kokoschka.“ Sie seufzte. „Aber jetzt erzähl, wie es heute Abend gewesen ist, ich will alles wissen“, fuhr sie fort.

„Dass ich auf der Bühne gespielt habe, weißt du ja“, sagte er, und er wusste, dass es ihr gefallen hatte. Sie hatten es genau so abgesprochen.

Sie hob den Daumen der rechten Hand und grinste.

„Und dann, nachdem der Pianist zusammengebrochen war, haben mich zwei Polizisten befragt“, fuhr Brock fort. „Eine junge Frau und ein Spaßvogel namens Grip.“

„Erzähl“, sagte Britta Sartorius und rückte auf ihrem Sofa an die vordere Kante, was erhöhte Aufnahmebereitschaft signalisierte.

„Na ja, sie wollten wissen, was ich da gesungen hatte, und ob das spontan gewesen sei – oder ob ich etwa gewusst hätte, dass sich der Beginn verzögern würde.“

„Und?“

Brock breitete die Arme aus. „Also weißt du, Mama, traust du mir etwa zu, ich hätte nicht souverän geantwortet?“

Britta Sartorius reagierte nicht, was den Sohn verunsicherte. Seine Mutter hatte Angst, das wusste er. Angst um sich. Angst um ihn. Aber sollte sie nicht darauf vertrauen, dass er das Ganze souverän gemeistert hatte? Er beschloss, die Erzählung fortzusetzen.

„Ich sagte natürlich, es sei spontan gewesen“, sagte Brock, „schließlich war es nicht meine Gitarre, mit der ich spielte, sondern sie wurde mir auf der Bühne gereicht. Und was das Lied angeht …“

„Ja?“

„… da sagte ich, dass ich natürlich gegen die Menschenrechtsverletzung des Sultans sei; dass ich mit dieser Einstellung auch zu dieser Veranstaltung gegangen sei; und dass ich die Gelegenheit zur Kritik eben spontan genutzt hätte, als ich die Bühne dafür bekommen hätte.“

Britta Sartorius nickte. „Und warum ist dieser Polizist namens Grip ein Spaßvogel?“

Brock wusste, dass seine Mutter auch deswegen verunsichert war, weil er den Polizisten einen Spaßvogel genannt hatte. Sie vermutete wohl, dieser habe ihn, den Sohn, mit seiner Masche – er spielte einen Spaßvogel – hereingelegt und dadurch vielleicht mehr aus ihm herausgelockt als bei einer ernsthaften Befragung.

„Na ja, er hat ständig Wortwitze gemacht, als er über das Lied geredet hat, und am Ende hat er mir auch noch einen billigen Witz erzählt.“

Britta Sartorius kicherte. Ein Witze erzählender Polizist, das gefiel ihr. „Erst den Witz, dann die Wortwitze“, bat sie.

Brock lachte. Dann erzählte er: „Ein Schwede und ein Norweger treffen sich mit ihren Autos auf einer engen Straße, da sagt der Norweger: Ich mache nicht Platz für einen Idioten. Daraufhin fährt der Schwede zur Seite und antwortet: Ich schon.“

Britta Sartorius lachte laut.

Brock schüttelte den Kopf. „Warum lachst du?“, fragte er. „Der war doch wirklich sehr billig.“

„Eben – und irgendwie altmodisch schön", erwiderte sie. „Und was ist mit den Wortwitzen zu deinem Lied? Hat sich dieser Grips …"

„Grip."

„Bitte?"

„Er hieß Grip, nicht Grips."

„Also, was hat dieser Gips zu deinem Lied gesagt?"

„Du wirst albern, Mama."

„Es tut gut, albern zu sein, da fühlt man sich jung. Also, was hat dein Superkommissar Grip zu deinem Lied gesagt?"

„Na ja, zu dem Freiheitslied hat er nur gesagt, dass ihm die Freiheitslieder von Led Zeppelin besser gefielen, rein musikalisch, aber dass er schon verstanden habe, was ich sagen wollte. Er hat sich über den Namen lustig gemacht …"

„Lasse Lucidor?"

„Yes."

„Was hat er gesagt?"

„Es ist unterirdisch, Mama."

„Komm schon." Britta Sartorius wirkte wie einen Teenager, der über einen Witz kichern wollte, egal, wie schlecht er war.

„Es ist sexistisch."

„Jetzt sag schon!"

Plötzlich klingelte das Handy von Britta Sartorius. Sie ging ran und war schlagartig ernst. „Wir machen weiter", sagte sie zu Brock. „Noch diese Woche."

Der Arzt und Tove waren gerade gegangen, Casper Munk war nun alleine mit sich und seinen Gedanken. Das war eine Situation, die er auch im gesunden Zustand kaum ertragen konnte. Der Arzt, Lennart Ness, hatte ihm alles erzählt, weil sich Munk an nichts erinnern konnte – außer dass er von Hitler und Anna Lindh geträumt hatte. Ness hatte gesagt, dass jemand auf ihn, Munk, geschossen hatte. Dass die Kugel seinen Kopf durchschlagen hatte. Dass er Glück hatte, weil die Kugel im Kopf weniger beschädigt hatte als befürchtet. Dass man im Koma in eine Zwischenwelt abgleiten könne und kuriose Begegnungen mit Hitler und dem Attentäter von Anna Lindh haben könne. Und vor allem hatte der Arzt gesagt, dass er sich schonen müsse. Es könne lebensgefährlich für ihn sein, wenn der Hirndruck stiege.

„Sie können sterben, Herr Munk!"

Das hatte Ness dreimal oder viermal zu ihm gesagt.

Casper Munk war nicht gut darin, sich zu schonen.

Er fragte sich, wer auf ihn geschossen haben könnte. Wut stieg in ihm auf. Es war eine feige Tat. Der Täter hatte ihm aus dem Hinterhalt einfach in den Kopf geschossen.

Wer war der Täter?

Munk dachte nach. In seinem privaten Umfeld gab es niemanden, der ihn so sehr hasste, dass er auf ihn schießen würde – nicht mal Grip, der Wettschulden bei ihm hatte. Munk musste schmunzeln. Es schlichen sich witzige Gedanken in seine Überlegungen; das war ein gutes Zeichen. Gleichzeitig kämpfte er gegen eine aufkommende Müdigkeit. Nein, er wollte jetzt nicht schlafen, er wollte darüber nachdenken, wer als Täter infrage käme. Vor Munks geistigem Auge tauchten Mörder auf, die er überführt hatte, und er wusste, dass viele ihn hassten; man musste überprüfen, wer von ihnen auf freiem Fuß war und auf ihn hätte schießen können. Er musste mit Grip Kontakt aufnehmen. Oder mit Leila. Aber vermutlich hatten sie ja schon Verdächtige überprüft. Bevor er noch müder wurde und schließlich einschlief, dachte er daran, dass er nur darüber nachdachte, wie er den Täter fassen konnte – und nicht über Tove oder Luna oder seine Eltern. Darüber, dass sie sich Sorgen um ihn machten; oder darüber, dass er froh war, noch am Leben zu sein, weil es Tove gab und Luna und seine Eltern. Wenn er ehrlich war, dachte er ein bisschen an Luna, seine beste Freundin, und weniger an Tove, seine Freundin, mit der es zuletzt schwierig gewesen war, oder an seine Eltern, mit denen er immer weniger zu tun hatte. Waren das seine Prioritäten im Leben: die Arbeit und dann Luna? War die Arbeit das Wichtigste? Er beschloss, nicht zu hart zu sich selbst zu sein – er war schließlich gerade angeschossen worden und in einer Ausnahmesituation.

Munk dachte wieder an den Täter. Er verwarf den Gedanken, dass es ein von ihm überführter Mörder gewesen sein könnte. Munk war sich sicher, dass das Ganze mit dem Sultan zu tun hatte – damit, dass er den Sultan schützen sollte. Bevor er einschlief, schwor er sich, dass er den feigen Täter finden würde. Und dass er dazu das Krankenhaus verlassen musste.

Im größten und repräsentativsten Raum, den das Polizeipräsidium in Stockholm zu bieten hatte, kamen an diesem Vormittag die höchsten Funktionäre der schwedischen Exekutive zusammen: der Regierungschef, der Innenminister, der für die Polizei zuständig war, Polizeipräsident Lasse Bosse Ström und der Chef der Sicherheitspolizei Säpo, Sören Bertahos. Außerdem befanden sich der Leiter der Mordkommission, Halldor Selander, die Ermittler Leila Andersson, Per Henrik Grip, Kajsa Tapper, der Kriminaltechniker Jari Huskonen und einige Spezialisten der Säpo im Raum.

Der Regierungschef und der Innenminister trugen dunkle Anzüge, weiße Hemden und dunkle Krawatten. Polizeipräsident Ström hatte sich zu diesem Treffen, dem er offenbar nationale Bedeutung beimaß, einen Aufzug in den Farben der Schweden verordnet. Er trug einen blauen Anzug, ein gelbes Hemd und eine blaue Krawatte, auf die goldene Kronen aufgedruckt waren. Sein Einstecktuch zeigte das Konterfei des Königs. Der gedrungene Säpo-Chef Bertahos hatte sich hingegen gekleidet, als wäre in Schweden der Krieg ausgebrochen. Er trug einen Gehrock aus dem 19. Jahrhundert mit einem Kapitänsrevers und goldenen Spitzen; der Gehrock sah an dem kleinen Säpo-Chef besonders ulkig aus, denn er reichte fast bis zum Boden. Im 19. Jahrhundert hatten die Schweden ihren letzten Krieg gehabt – sie verloren nach dem Friedensschluss von 1809 Gebiete an Russland. Bertahos sah aus, als wollte er die Gebiete nun zurückholen.

Zunächst sprach Lasse Bosse Ström. Er fasste umständlich und mit großer Geste zusammen, was geschehen war – unter anderem zog er sein Einstecktuch aus dem Anzug und wischte sich eine Träne aus dem Augenwinkel, als er von dem „heimtückischen" Anschlag „auf den auch von mir, dem Polizeipräsidenten, verehrten Kollegen Munk" sprach. „Der Sultan", fuhr Ström fort, „wäre bei unserem Treffen heute auch gerne dabei gewesen, aber er sagte, er kümmere sich um seine Musiker, die – so waren seine Worte – so viel mitmachen mussten."

Echt jetzt, dachte Grip, die hätten den Sultan tatsächlich an unserer Arbeitssitzung teilnehmen lassen, wenn er nicht selbst abgesagt hätte? Der Sultan hatte hier nichts zu suchen – und das nicht nur deshalb, weil er ein Menschenschänder war.

„Bevor wir uns über das weitere Vorgehen beraten, zusammen mit dem hoch verehrten Herrn Regierungschef und dem hoch verehrten Herrn Innenminister", sagte Ström und verbeugte sich in Richtung der Politiker, „wollen wir Jari Huskonen zu Wort kommen lassen, unseren Kriminaltechniker, der etwas zum Tod des Musikers Salman sagen wird."

„Ali", flüsterte ihm Selander zu.

Ström schaute ungläubig.

„Der tote Musiker heißt Ali", murmelte Selander so leise, dass es wohl nur Grip hören konnte, der neben Selander saß. „Und der andere männliche Musiker, der noch am Leben ist, heißt Haissam."

Ström verbesserte sich nicht, er erteilte stattdessen Huskonen das Wort. Jari Huskonen, der alte Kriminaltechniker, stand auf. Es war eine höfliche Geste, keine unterwürfige. Huskonen hatte mit Hierarchien und Ehrpusseligkeit nichts am Hut. Außerdem zog er es vor, schnörkellos zu informieren.

„Der Musiker wurde vergiftet“, sagte Huskonen. „Die Pathologie hat bei Ali Magenblutungen festgestellt und im Blut Kirschlorbeer nachgewiesen.“

„Was heißt das?“, fragte der Regierungschef.

„Magenblutungen treten oft bei Vergiftungen auf und Kirschlorbeer ist giftig“, erwiderte Huskonen.

„Was ist Kirschlorbeer?“, fragte Grip.

„Viele haben ihn im Garten“, sagte Huskonen. „Du hast ihn bestimmt schon einmal gesehen: dunkelgrün, glatter Rand, oval und länglich geformt. Seine Früchte sind zunächst grün und werden später dunkelviolett oder schwarz.“

„Und was ist daran giftig?“, fragte Grip.

„Fast alles am Kirschlorbeer ist giftig, aber am giftigsten sind die Früchte“, erklärte Huskonen. „Ein Erwachsener muss etwa 50 Kerne essen, dann stirbt er. Wenn man die Kerne pulverisiert, wie beim Mord an dem Musiker …“

„… dann kann man sie auf ein Butterbrot streuen“, warf Säpo-Chef Bertahos eifrig ein. „Wir haben ein Video, das den Täter überführen wird.“

Bertahos blickte triumphierend in die Runde. Die beiden Politiker und die Polizisten blickten den Säpo-Chef fragend an. Nur Huskonen sah erschrocken aus.

„Nicht …“, sagte er zu Bertahos, doch dieser ließ sich nicht bremsen. Mit einer abwehrenden Handbewegung brachte er den Kriminaltechniker zum Schweigen.

„Ihr könnt jetzt hereinkommen“, sagte er in sein Handy.

Im nächsten Moment öffnete sich die Tür und zwei Polizisten in Uniform schoben eine Leinwand in den Raum. Einer der beiden platzierte davor eine Kamera auf dem Tisch.

„Los!“, sagte Bertahos, als würde er ein Pferderennen eröffnen.

„Herr Bertahos!“, rief Huskonen, doch der Säpo-Chef reagierte nicht.

Die Bilder stammten von einer Überwachungskamera im Stadshuset. Sie zeigten eine Frau, die in der Küche ein Tablett mit Broten befüllte. Keine Butterbrote, wie Bertahos gesagt hatte, sondern Fladenbrote. Die Frau trug jene Kleidung, die das Küchenpersonal im Stadshuset anhatte, als der Empfang des Sultans stattgefunden hatte. Die Bilder zeigten, wie die Frau eine kleine Dose aus einem Regal holte und ein Fladenbrot mit einem hellen Pulver aus der Dose bestreute, es in der Mitte faltete und zuklappte, sodass es aussah wie eine Pizza Calzone.

„Voilà!“, rief Bertahos und gab dem einen Polizisten an der Kamera ein Zeichen, diese zu stoppen. „Meine Leute sind auf dem Weg, die feine Dame zu verhaften – sie hat den Musiker mit einem Giftpulver, das, wie Herr Hulkonen sagte, vom Kirschlorbeer stammte, grausam vergiftet!“

„Huskonen“, sagte Jari Huskonen ruhig und stand auf. „Ich wollte Sie ja warnen, das Video zu zeigen, aber Sie haben nicht gehört. Die Frau ist unschuldig, sie hat das Brot mit Dukkah bestreut, einem orientalischen Gewürz, das der andere Musiker, Haissam, liebt. Er hat es gegessen und es geht ihm ausgezeichnet.“

Alle Blicke richteten sich auf Bertahos.

„Warum wussten Sie nichts davon?“, fragte der Regierungschef nach einem Moment der Stille.

Bertahos schwieg. Er blickte auf die Spitzen seiner Schuhe. Er trug, wie die anderen erst jetzt bemerkten, glänzende schwarze Lackschuhe zu seiner Uniform von 1809.

„Ich kann Sie aufklären“, sagte Huskonen.

„Bitte“, sagte der Regierungschef scharf. Die Schärfe war

nicht gegen Huskonen gerichtet, sondern gegen Bertahos. Huskonen blickte zu Bertahos hinüber. Der Säpo-Chef betrachtete immer noch seine Schuhspitzen.

„Herr Bertahos und ich waren heute schon sehr früh im Polizeipräsidium“, begann Huskonen. „Ich bekam in der Nacht die Ergebnisse der Obduktion des Musikers und wollte sie mir genauer ansehen, um sie Ihnen hier erklären zu können. Und Herr Bertahos …“

Alle Blicke richteten sich auf den Säpo-Chef.

„Herr Bertahos hat ja im Polizeipräsidium kein eigenes Büro, weil die Säpo ihr Hauptquartier woanders hat“, berichtete Huskonen. „Und da bat mich Herr Bertahos, dem ich im Foyer begegnet war, seine mitgebrachte, nun ja, Uniform …“

Alle blickten abschätzig auf Bertahos.

„… in meinem Büro anziehen zu dürfen.“

„Was hat dieser Papageien-Anzug mit dem Video zu tun?“, fragte der Regierungschef ungeduldig.

„Gar nichts“, sagte Huskonen. „Außer, dass Herr Bertahos, weil er die Uniform in meinem Büro anlegte, anwesend war, als ich das Video anonym zugeschickt bekam – gegen 6.40 Uhr heute Morgen. Mit der Betreffzeile: Gift! Mörderin!“

„Und dann?“, fragte der Regierungschef.

„Haben wir uns das Video gemeinsam angeschaut“, erwiderte Huskonen. „Herr Bertahos bestand darauf, es auch zu sehen. Er erteilte mir sozusagen den Befehl dazu.“

Huskonen sah keinen Grund mehr, den Säpo-Chef zu schonen.

„Ich musste trotz des Ernstes der Lage – immerhin schien uns ein Beweismittel zugespielt worden zu sein – lachen, denn als Herr Bertahos mir den Befehl erteilte, trug er nur Unterwäsche.“

Mit Ausnahme der Politiker, die keine Miene verzogen, und Polizeipräsident Ström, der wohl in stiller Solidarität mit seinem Bruder im Geiste, Sören Bertahos, verharrte, schien die Vorstellung alle anderen Anwesenden zu erheitern. Selander, Leila Andersson und Kajsa Tapper grinsten, Grip gluckste.

„Und weiter!“, sagte der Regierungschef. Es klang wie ein Befehl.

„Wir schauten uns also gemeinsam das Video an, das Sie soeben auch gesehen haben: eine Frau streut ein Pulver – oder ein Gewürz – auf ein Brot und faltet es. Für Herrn Bertahos war das im Zusammenspiel mit der Betreffzeile Gift! Mörderin! offenbar Beweis genug. Er befahl mir, das Video an seine E-Mail-Adresse weiterzuleiten, klemmte die Uniform unter seinen Arm und stürmte in Unterwäsche aus meinem Büro. Ich hatte ihm noch hinterhergerufen, dass ich das Video erst prüfen werde, aber er hörte nicht auf mich.“ Huskonen räusperte sich. „Ein paar Anrufe reichten, um herauszufinden, dass hier weder das Gift noch die Mörderin gezeigt wurden – Anrufe beim Pathologen, bei den Musikern, beim Personalchef der Frau, die von Herrn Bertahos verdächtigt wird …“

„Und die gerade festgenommen wird!“, rief der Regierungschef und schaute in Richtung Bertahos. „Stoppen Sie das, Sie Hanswurst!“

Bertahos salutierte, worüber Grip laut lachte.

„Und dann erwarte ich Sie in meinem Büro“, sagte der Innenminister. Er war für die Sicherheitspolizei Säpo zuständig. „Wir müssen darüber reden, in welch dilettantischer Art und Weise Sie uns hier die Zeit gestohlen haben.“

Bertahos nickte und verließ den Raum.

„Noch eins“, sagte Huskonen, „die Bilder stammen auch nicht von der offiziellen Überwachungskamera, wie Herr Bertahos voreilig behauptet hatte, sie sind mit einer privaten Handykamera aufgenommen worden. Das bedeutet …“

„Dass die Person, die uns das Video geschickt hat und den Verdacht auf die Küchenhilfe lenken wollte, unter den geladenen Gästen im Stadshuset gewesen ist – oder zum Personal gehörte“, sagte der Regierungschef.

Casper Munk fuhr nach Harpsund, er wollte mit dem Sultan und den Musikern reden. Er verließ Stockholm über die E20 Richtung Südwesten, nahm dann die E4 und verließ die Schnellstraße bei Järna. Als er die Kleinstadt Flen passierte, sah er ein Schild mit der Aufschrift „Harpsund". Die meisten Schweden denken bei Harpsund wohl an den Sommersitz des Regierungschefs. Munk dachte bei Harpsund immer an Harpo, den Musiker, der in den 1970er Jahren mit seinem Song Moviestar berühmt geworden war. Munk mochte Moviestar, und er wusste, dass Anni-Frid von ABBA die Backing Vocals für Harpo gesungen hat. Wie gerne würde er jetzt Moviestar hören, aber er hatte die CD nicht dabei. Und Dinge wie Spotify nutzte er nicht.

Munk folgte dem Schild. Es waren noch wenige Kilometer bis Harpsund. Er dachte über das Gespräch mit dem Arzt Lennart Ness nach, als er ihm eröffnet hatte, sich selbst aus dem Krankenhaus entlassen zu wollen. Ness hatte ihn eindringlich davor gewarnt. Falls der Hirndruck stiege und er nicht in ärztlicher Obhut sei, könne er sterben, hatte Ness gesagt. Munk hatte trotzdem beschlossen, die Klinik zu verlassen, und Ness hatte ihn nicht daran hindern können. Falls man nicht ansteckend oder psychisch krank war, was ein Amtsarzt und ein Richter feststellen musste, durfte man gehen. Ness hatte den Kopf geschüttelt und gesagt, er werde im Krankenbericht eintragen, dass Munk trotz ärztlicher Aufklärung über die Risiken die Klinik verlassen hatte.

Jetzt saß er in seinem Auto und fuhr nach Harpsund. Er hatte Kopfschmerzen, das schon, aber ansonsten ging es ihm gut.

Natürlich fragte sich Munk, warum er mit seinem Leben spielte. Er fand keine Antwort, er spürte nur den Drang, denjenigen zu finden, der auf ihn geschossen hatte. Und denjenigen, der den Musiker Ali vergiftet hatte; Leila hatte ihm von dem Mord im Stadshuset berichtet.

Ansonsten begleitete ihn seit seinem Aufwachen aus dem Koma eine Art apokalyptisches Gefühl, das er weder richtig beschreiben noch zuordnen konnte. Vermutlich hatte es damit zu tun, dass ihm jemand eine Kugel in den Kopf geschossen hatte. Er dachte aber auch immer wieder an seine Lebenssituation: Luna, seine beste Freundin, würde nach Wien gehen, um an der Kunstakademie zu studieren, mindestens ein Jahr lang. Luna war eine Säule in seinem Leben, vermutlich sogar die wichtigste. Und Tove, seine Freundin, lebte weit weg in Bergen in Norwegen. Sie wollte nicht, dass er kommt, nicht als arbeitsloser Ex-Polizist. Munk hatte das traurig gemacht, auch wenn er es irgendwie verstanden hatte.

Sein Handy klingelte. Er fischte es aus seiner Lederjacke, die auf dem Beifahrersitz lag. „Munk."

Es war Tove Olsen. „Ich habe im Krankenhaus angerufen – du hast dich selbst entlassen, bist du wahnsinnig?", rief Tove ins Telefon. „Du kannst sterben, Casper!"

„Ich weiß."

„Und trotzdem bist du raus."

„Ja."

„Warum?"

Munk schwieg einen Moment. Er wusste, dass er keine gute Antwort hatte.

„Warum?", rief Tove.

Munk räusperte sich. Für einen Moment dachte er darüber nach, Tove wegzudrücken oder so zu tun, als habe er auf dem Land einen schlechten Handy-Empfang. Aber er wusste, dass er das nicht machen konnte. Allerdings war ihm klar, dass er die Antwort, die er geben würde, auch nicht geben konnte.

„Ich …“, begann er. Wieder räusperte er sich. „Ich muss den Täter finden.“

„Ich wusste es!“, rief Tove.

Stille in der Leitung.

„Casper, ich kenne dich gut genug, um zu wissen, dass ich dich nicht umstimmen kann. Du bist manchmal mehr Polizist als Mensch, außerdem bist du unfassbar stur …“

„Tove.“

„Casper, ich sehe nur eine Möglichkeit, dich zur Vernunft zu bringen: Falls du nicht sofort zurück ins Krankenhaus gehst, ist unsere Beziehung beendet.“

Munk schwieg. Er hatte damit gerechnet. Und er wusste, dass Tove recht hatte.

„Casper?“

Stille.

„Casper, antworte!“

Munk fuhr rechts ran. Er verließ den Wagen und blickte über die idyllische schwedische Landschaft. Weit im Westen erblickte er Harpsund. Doch das Bild verschwamm.

„Ich kehre um“, sagte er ins Handy.

Dann brach er zusammen.

In einem Nebenzimmer des Gutes Harpsund berieten sich Barbelli, Amira und Haissam. Der Sultan hatte von ihnen verlangt, am folgenden Samstag bei einer Audienz beim schwedischen König zu spielen – in „kleinem Rahmen“, hatte der Sultan gesagt, es seien nur der König und seine Familie anwesend, ein paar Politiker und Würdenträger, Schauspieler und Geldadel sowie er, Daix, mit seiner Entourage, also etwa 120 Menschen. „The show must go on“, hatte er gesagt.

Aber die drei Musiker wollten nicht spielen. Wegen Ali. Sie trauerten. Und sie hatten Angst, ebenfalls vergiftet zu werden.

„Was passiert, wenn wir uns weigern?“, fragte Haissam, der Hitzkopf.

„Der Sultan wird uns in Schweden in Ruhe lassen, aber sobald wir zu Hause sind, wird er uns ins Gefängnis werfen“, sagte Amira.

„So einfach ist das?“, fragte Haissam.

„So einfach ist das“, sagte Amira. „Wo hast du denn in den letzten 25 Jahren gelebt, Haissam?“

Haissam hatte in den letzten 25 Jahren Musik gemacht. Er hatte sich um Politik nicht gekümmert, obwohl er in einer Diktatur lebte. Aber seine Familie war privilegiert.

„Wir hauen ab“, sagte Barbelli, die Mutige. „Wir hauen hier in Schweden ab.“

Amira verdrehte die Augen. „Hast du nicht gesehen, dass der ganze Gutshof von Sicherheitsleuten bewacht wird, Barbelli?“, fragte Amira.

Jetzt verdrehte Barbelli die Augen. „Natürlich flüchten wir nicht von hier“, sagte sie. „Wir sagen dem Sultan, dass wir selbstverständlich am Samstag spielen werden, wir seien schließlich Patrioten und stolz, für unser Land Musik zu machen. Irgend so ein pathetisches Zeug halt, und dann hauen wir von der Feier ab."

„Die Feier ist auch bewacht – vermutlich sehr streng bewacht, jetzt, wo auch noch der Mord an Ali dazugekommen ist", sagte Amira.

Barbelli lächelte. „Ich weiß einen Weg", sagte sie. „Die Audienz findet doch im königlichen Schloss statt ..."

„Und?", fragte Haissam.

„Ich will euch nicht mit der Geschichte dieses Schlosses langweilen", sagte Barbelli, „aber es wurde im 18. Jahrhundert an jener Stelle gebaut, an der zuvor die Burg Tre Kronor gestanden hatte. Und diese Burg hatte unterirdische Gänge, die ins Freie führten."

Amira und Haissam horchten auf.

„Wir müssen in die Bibliothek des heutigen Schlosses gelangen, von dort soll es noch heute einen unterirdischen Gang geben."

„Wohin führt dieser Gang?", wollte Amira wissen.

Barbelli zuckte mit den Schultern. „Es heißt, er führt ins Freie", sagte sie.

Amira und Haissam ließen ihre Schultern fallen. Sie waren enttäuscht.

„Wir sollten es trotzdem probieren", sagte Barbelli.

„Aber wir werden sicher überwacht", sagte Amira. „Wie wollen wir zu dritt verschwinden?"

„Es soll doch am Samstag ein Maskenball sein", sagte Barbelli, „der Sultan wollte es so. Ihr wisst doch, dass er sich gerne verkleidet. Vielleicht hilft es uns bei unserer Flucht, wenn wir uns verkleiden."

Amira und Haissam dachten nach.

„O.k., ich bin dabei", sagte Amira schließlich.

„Ich auch“, sagte Haissam.

„Woher weißt du das eigentlich alles, Barbelli, das mit dem Schloss und seiner Geschichte?“, fragte Amira. „Wir haben hier kein Handy, keinen Zugang zum Internet.“

Barbelli grinste. „Wir haben hier in Schweden überraschenderweise eine Freundin, die uns helfen will“, sagte sie. „Diese Freundin hat mir im Stadshuset diesen Brief zukommen lassen.“ Barbelli zog einen Brief aus der Tasche ihres orange-braunen Kostüms und hielt ihn Amira und Haissam hin. „Lest selbst.“

Casper Munk hatte Glück gehabt, dass ein Bauer gesehen hatte, wie er, Munk, neben seinem Saab 900 zusammengebrochen war. Der Bauer hatte sofort den Notarzt gerufen. Munk war im Rettungswagen wieder zu sich gekommen, er war sehr müde gewesen, aber er hatte dem Notarzt mitteilen können, dass er ein Koma-Patient sei, der sich selbst entlassen hatte. Der Arzt hatte Munks Werte überprüft, ihn beruhigt und gleichzeitig ermahnt, sein Vabanquespiel zu beenden. Munk hatte genickt. In der Klinik hatte ihn Doktor Ness noch einmal untersucht. Ness hatte gesagt, Munk habe Glück gehabt. Aber es könnte das letzte Mal gewesen sein, dass er Glück gehabt habe. Er möge bitteschön in der Klinik bleiben.

Jetzt saß Munk alleine in seinem Krankenbett. Er fühlte sich elend. Natürlich wusste er, dass er bleiben musste. Ein Schuss in den Kopf vor dem Polizeipräsidium, ein Schuss vor den Bug bei seiner Fahrt nach Harpsund – eine Katze hatte sieben Leben, er nicht. Andererseits wollte er nicht sitzen und liegen, nicht warten, nicht untätig sein. Er wollte den Täter finden. Er wollte sich rehabilitieren und wieder Polizist sein – das war das, was er am besten konnte. Was er am liebsten tat. Und was ihm bleiben würde, wenn Luna nach Wien ginge und Tove in Bergen bliebe, beide weit weg von ihm. Falls Tove überhaupt in seinem Leben bliebe.

War er selbstmitleidig? Munk hasste Selbstmitleid. Er straffte sich und beschloss, einen Plan zu machen. Pläne helfen gegen Selbstmitleid. Doktor Ness hatte gesagt, er, Munk, müsse noch mindestens drei Wochen zur Beobachtung in der Klinik bleiben. Für seinen Plan strich Munk das „mindestens“. Also drei Wochen Sitzen und Liegen, Warten und … nein, untätig musste er nicht sein. Er konnte über den Täter nachdenken und über den Sultan und über den getöteten Musiker, er könnte Täterprofile erstellen und Querverbindungen zwischen den beiden Fällen herstellen und er könnte Leila und Grip …

Da klopfte es an seiner Tür.

„Herein!“

Die Tür wurde langsam geöffnet, und dann kamen nacheinander herein: Luna, Leila, Grip, Kajsa Tapper, Jari Huskonen und Halldor Selander!

Luna beschleunigte ihren Schritt und war als Erste am Bett. Sie umarmte Munk, drückte ihn leicht und sagte: „Du spinnst! Wenn ich noch mal höre, dass du ausbüxt, bringe ich dich eigenhändig wieder zurück – tot oder lebendig!“

Luna durfte solche Witze machen. Munk wusste, dass Luna ihn liebte wie einen Bruder. Nacheinander traten dann Leila, Grip, Kajsa, Huskonen und Selander an sein Bett.

„Liverpool hat 4:0 gewonnen“, sagte Leila und umarmte Munk, der den FC Liverpool liebte.

„Ich habe Karten dabei, wenn Jari und Halldor ein bisschen Zeit haben, können wir eine Runde spielen – Leila, Luna und Kajsa können ja Bier und Schnittchen holen“, sagte Grip, der Macho, und drückte Munk die rechte Faust an die rechte Schulter. „Ach ja, einen Witz habe ich auch mitgebracht“, fuhr er fort. „Warum spielt der Sultan kein Schach?“

„Warum?“, fragte Munk.

„Weil sich beim Schach die Damen frei bewegen dürfen“, sagte Grip, lachte am lautesten von allen, trat vom Bett weg und reihte sich wieder bei den Kollegen ein.

„Schön, dich zu sehen, Casper, ich habe dich vermisst“, sagte Kajsa und streichelte Munks rechte Schulter eine Spur zu zärtlich.

„Casper, als medizinisch bewanderter Kollege und väterlicher Freund muss ich dir ernsthaft eine Rüge erteilen", sagte Jari Huskonen, der alte Kriminaltechniker. „Im Übrigen schließe ich mich Lunas Worten an: Noch einmal lassen wir dich nicht entwischen."

„Ich will dich nicht verlieren", sagte als Letzter Halldor Selander, der Chef der Mordkommission, und Munk glaubte herauszuhören, dass Selander nicht nur den Polizisten Munk meinte, der weiter bei der Polizei arbeiten sollte, sondern auch den, nun ja, Freund.

Munk fühlte sich plötzlich geborgen und nicht mehr verlassen – von der nach Wien gehenden Luna und von der in Bergen wohnenden Tove.

„Tove kommt, so schnell es geht", sagte Luna wie auf Befehl. „Sie sitzt schon im Flugzeug."

„Schön", sagte Munk, dem nicht mehr einfiel.

Er blickte in die Runde. Und die Runde blickte auf Grip.

„Casper", sagte Grip und räusperte sich. „Wir wissen alle, wie du bist: stur, unvernünftig, ehrgeizig, eingebildet in dem Sinne, dass du glaubst, nur du könntest den Täter finden ..."

Munk lächelte. „Vorsicht, Grip, ich bin krank und schwach, noch mehr Kritik kann ich nicht vertragen", sagte er.

„... aber du bist auch der beste Ermittler und der beste Freund, den es gibt, und deshalb machen wir dir einen Vorschlag." Grip machte eine kurze Pause. „Damit du hierblieben und trotzdem ermitteln kannst", sagte er, „werden wir hier sozusagen ein zweites Hauptquartier aufbauen und dich, natürlich nur, wenn es dein Gesundheitszustand zulässt, in die Ermittlungen einbinden. Leila, Kajsa und ich werden dich abwechselnd besuchen."

„Es ist mit dem Polizeipräsidenten abgesprochen", sagte

Selander, „er glaubt, du kannst uns helfen, und das ist ihm wichtig, schließlich müsse der Sultan geschützt und müssten zwei Anschläge aufgeklärt werden. Du seist der beste Mann, sagte Ström."

Ströms Lob war Munk egal, aber er freute sich, dass er sozusagen offiziell ermitteln durfte, wenn auch – vorerst – nur vom Krankenbett aus. „Wem darf ich die Hand geben, um den Deal zu besiegeln?", fragte er.

Kajsa streckte ihm die Hand hin, ehe ein anderer reagieren konnte.

Munk drückte sie.

„Kajsa, wir müssen Casper auf den Stand der Ermittlungen bringen", sagte Selander, „könntest du das gleich übernehmen?"

Kajsa drehte sich zu Selander um und nickte erfreut.

Dann trat sie einen Schritt vom Bett zurück und reihte sich wieder in die Runde der Besucher ein. Von dort aus wollte sie über die Ermittlungen reden. Näher am Bett zu bleiben, erschien ihr wohl zu intim. Munk registrierte das. Und es gefiel ihm, dass Kajsa das richtige Gefühl für die Situation hatte.

„Was ist passiert und was haben wir?", begann Kajsa.

Sie hatte schon einmal diese schnörkellose Einleitung gewählt, damals, als sie und Munk auf Grönland gewesen waren, um den Mörder am ehemaligen Torwart Rune Katt zu suchen. Munk war es damals aufgefallen, weil er ebenso begann, wenn er über den Stand der Ermittlungen sprach. Es störte ihn nicht, dass Kajsa es übernommen hatte. Und er freute sich darüber, mit welchem Enthusiasmus sie bei der Arbeit war. Für ihn war nicht nur wichtig, was jemand sagte, sondern auch, wie jemand sprach. Kajsa brannte für ihren Beruf.

„Casper wurde angeschossen“, sagte Kajsa, „und der Musiker Ali wurde vergiftet. Hängen diese beiden Fälle zusammen? Casper und Ali haben mit dem Sultan zu tun. Der eine sollte ihn schützen, der andere sollte für ihn Musik machen. Was mich etwas irritiert, ist die Tatsache, dass die beiden auf unterschiedliche Art und Weise attackiert wurden. Man muss kein Profiler sein, um festzuhalten, dass Männer eher auf ihre Opfer schießen und Frauen ihre Opfer eher vergiften. Bevor ihr Einwände erhebt, weil es zu banal klingt – natürlich gibt es viele Ausnahmen, selbstverständlich gibt es totalitäre Staaten, die ihre Gegner vergiften lassen, denken wir an Russland und seine Opfer, an Litwinenko oder Nawalny.“

Kajsa, was willst du uns genau sagen, dachte Munk. Komm zum Punkt.

Kajsa kam zum Punkt.

„Meine Arbeitsthese ist, dass wir es mit mehreren Tätern zu tun haben, obwohl beide Opfer in Kontakt mit dem Sultan standen“, sagte Kajsa. „Und für mich ist es offen, ob die Täter etwas miteinander zu tun haben. Zugespitzt gesagt: Linksextreme könnten Casper angeschossen haben, damit er den Menschenschinder Daix nicht beschützen kann. Rechtsextreme könnten Ali vergiftet haben, weil er – ihrer Ansicht nach – ein arabischer Kameltreiber ist.“ Kajsa holte Luft. „Letzter Satz von meiner Seite dazu: Wir müssen jetzt anfangen, die Leute aus der Szene zu vernehmen, aus der rechten und aus der linken – dazu gehört auch der Musiker Brock, der den Sultan im Stadshuset mit einem Lied angegriffen hat. Und wir müssen dem Sultan auf die Finger schauen, für mich ist er nicht raus.“

„Das waren jetzt zwei Sätze“, sagte Grip und grinste.

Selander, der solche Einlassungen für überflüssig hielt, warf Grip einen strengen Blick zu. „Welche Motive könnte der Sultan haben, Casper oder den Musiker zu töten?", fragte Selander in Richtung Kajsa.

„Ich bin zwar noch nicht mal 30", erwiderte Kajsa, „aber meine Lebenserfahrung und meine Vorstellungskraft reichen aus, um festzustellen, dass ein Typ wie Sultan Daix manchmal keine Motive braucht, um zu töten. Oder töten zu lassen. Und falls er Motive hatte, Casper oder Ali zu töten – es ist unsere Aufgabe, sie herauszufinden."

Selander blickte etwas sorgenvoll. „Sultan Daix ist auf Einladung des schwedischen Königs in unser Land gekommen – es wird nicht einfach, gegen ihn zu ermitteln, zumindest nicht offiziell", sagte er. „Ich schlage vor, dass sich zwei Leute aus unserem Team darum kümmern – ohne die Säpo-Leute, die uns zur Seite gestellt wurden. Das könnten Kajsa und …"

Es klopfte an der Tür.

„Herein", sagte Huskonen, der am nächsten zur Tür stand.

Die Tür öffnete sich und herein trat, einen Blumenstrauß in der Hand, Achatz Larsson!

Larsson war Mitglied in der Mordkommission, aber seit einem Jahr nicht mehr im Dienst gewesen. Er war beim Versuch, in Bratislava einen Mörder zu verhaften, von diesem angeschossen worden. Wobei „angeschossen" ein Euphemismus war: Der Mann hatte Larsson mit einer Stalinorgel fast durchlöchert. Larsson war lange im Krankenhaus und später auf Reha gewesen. Leila, Kajsa, Grip und Munk hatten ihn manchmal besucht – und festgestellt, dass der raue, manchmal rücksichtslose, mittlerweile 60-jährige Larsson eine Wandlung durchgemacht hatte. Er war ein feiner Kerl geworden.

„Hej, Casper, der Kopf ist ja noch dran", rief Larsson, als er den Raum betrat. Offenbar hatte Larsson auch an seinem Humor gearbeitet. Dieser hatte sich anscheinend jenem von Grip angenähert. Die Runde lachte. Larsson hielt den Blumenstrauß in die Höhe. „Gibt es hier eine Vase?", fragte er.

„Ich hole eine", sagte Grip.

„Hoffentlich erwartest du als Dank nicht, dass ich mir einen deiner Witze anhöre", erwiderte Larsson. Er nickte Luna, Kajsa, Leila, Selander und Huskonen zu und trat ans Bett von Munk. „Schön, dich zu sehen", sagte er. „Wie geht es dir?"

„Ganz gut", erwiderte Munk. „Der Arzt hat mir nur verboten, einen Kopfsprung vom Zehn-Meter-Brett zu machen. Im Ernst: Ich brauche etwas Ruhe, der Hirndruck darf nicht steigen. In drei Wochen bin ich raus."

„Schön", sagte Larsson. „Ich war ja schon grob informiert – von Kajsa." Er lächelte ihr zu, was Munk kurz irritierte, dann drehte er sich um und wandte sich an Selander. „Ich bin in der Reha kein Mann der großen Worte geworden und der vielen Worte auch nicht, deshalb geradeheraus, Halldor: Ich bin wieder dabei. Ich möchte den Mann oder die Frau finden, der oder die auf Casper geschossen hat."

Halldor Selander war ein schwedischer Mann der alten Schule. Zurückhaltend, abwägend, frei von Euphorie, aber vor allem: korrekt.

„Du bist noch vier Wochen krankgeschrieben, Achatz", antwortete Selander. „Dabei sollen wir es belassen, um deiner Gesundheit willen. Oder hast du ein Attest dabei, das dich für dienstfähig erklärt?"

Larsson hatte tatsächlich versucht, dieses Attest zu bekommen.

Mehrere Ärzte hatten ihm geraten, noch zu warten. Er war fast wieder hergestellt. Aber nur fast.

„Nein, habe ich nicht, aber ich fühle mich fit …"

„… fit fühlen reicht nicht", sagte Selander, und er schaute dabei Munk an. „Reißt euch am Riemen. Casper bleibt im Bett, noch mindestens drei Wochen. Achatz bleibt daheim, noch vier Wochen."

„Aber du kannst meinen Zustand doch nicht mit dem von Casper vergleichen", sagte Larsson. „Ich bin ein Jahr weg gewesen, ich bin beinahe fit, es fehlt fast nichts mehr. Mir kann gesundheitlich nichts passieren, wenn ich wieder arbeite. Mich haut's nicht um, ich kriege keinen Rückfall …"

Die Tür öffnete sich, und Grip kam mit einer Vase herein. Er sah sofort, dass die Stimmung nicht gut war, das lag an den ernsten Gesichtern und daran, dass Larsson seinen Blumenstrauß nun nicht mehr nach oben hielt – er baumelte nach unten.

„Untenrum ist bei dir nach der Reha aber schon wieder alles in Ordnung?", fragte Grip und lachte. „Der Blumenstrauß sieht aus wie …"

„Genug, Grip", sagte Selander scharf. „Wir sind hier nicht am Stammtisch."

„Was ist los?", fragte Grip, nahm Larsson den Strauß aus der Hand und steckte die Blumen in die Vase.

„Achatz möchte wieder arbeiten, aber er ist noch krankgeschrieben", sagte Selander. „Das kommt nicht infrage."

„Ich will nicht arbeiten, ich will den Menschen finden, der auf Casper geschossen hat", sagte Larsson. Es war der Versuch, eine Möglichkeit zu finden, doch noch mitzumachen.

Selander blockte auch das ab. „Das macht für mich keinen Unterschied", sagte er. „Seid ihr euch im Klaren, was zum Beispiel passieren würde, wenn ein krankgeschriebener Polizist bei einer Aktion der Polizei einen Fehler machen würde, der ein Menschenleben kostet?“

Die anderen nickten, mit Ausnahme von Grip.

„Komm schon, Halldor“, sagte er. „Wir brauchen jeden Mann. Und es ist für Casper.“

„Schluss jetzt, Grip“, fauchte Selander. „Noch ein Wort, und du bist auch raus.“ Selander wandte sich an Munk. „Sorry, dass unser Besuch diese Wendung genommen hat, Casper“, sagte er. „Ich wünsche dir gute Besserung und gehe jetzt. Ach ja, vor deiner Tür steht ein Polizist. Nicht, weil wir Angst haben, du könntest wieder abhauen, sondern weil dein Leben in Gefahr sein könnte – es hat ja schon einmal jemand versucht ...“ Dann verließ Selander den Raum.

„Ich hätte dich gerne dabeigehabt, Achatz“, sagte Huskonen, der alte Kriminaltechniker. „Aber Halldor hat recht.“

Larsson nickte.

„Bis später“, sagte Huskonen und ging hinaus.

Leila und Grip folgten ihm, sie wollten jene Frau vernehmen, die in der rechtsextremen Vereinigung „Die Heimattreuen“ die Führung übernommen hatte. Luna trat an Munks Bett, küsste ihn auf die Wange und ging zur Tür. Kajsa hakte sich bei Larsson unter. Munk fragte sich, ob die beiden etwas miteinander hatten, und er spürte ein Gefühl von Eifersucht, was ihm gar nicht gefiel. Er war doch mit Tove zusammen.

„Du kommst mit mir, Achatz“, sagte Kajsa und grinste. „Nicht als Polizist, sondern als Berater.“

„Wo geht ihr hin?“, fragte Munk.

Kajsa blickte sich um. „Das sage ich dir morgen.“

Leila Andersson und Per Henrik Grip fuhren mit Grips Wagen nach Mariefred, wo Alma Hendriksson zu Hause war, jene Frau, die Tante Braun genannt wurde und als Galionsfigur der sogenannten Heimattreuen galt, einer zunehmend aggressiven Gruppierung, die sich nach einem Schweden der 1950er Jahre zurücksehnte – ohne Ausländer.

„Mir geht's wieder gut", sagte Grip. „Weil es Casper gut geht."

„Mir auch", erwiderte Leila, aber sie wirkte weniger gut gelaunt als Grip. „Ich habe nur Angst, dass er sich nicht an die Abmachung halten und wieder ausbüxen wird."

„Caspar ist ein Hasardeur", sagte Grip. „Ich mag das grundsätzlich an ihm, weil es das Leben spannend macht und weil er dabei meistens liebenswert bleibt. Aber wenn es um seine Gesundheit geht, ist es nicht so gut, dass er ein Hasardeur ist."

„Ich wünschte mir, er würde seine Grenzen kennen", sagte Leila.

Grip merkte, dass Leila unter der Ungewissheit litt. Sie rechnete damit, dass Munk sein Leben wieder aufs Spiel setzen würde. Er versuchte sie abzulenken und aufzuheitern.

„Leeeeiiiila", sagte er und richtete sich auf dem Fahrersitz auf.

„Oh, Gott, wenn du so anfängst, dann willst du mir einen Sparwitz erzählen", sagte Leila und lachte. Dann holte sie einen 50-Kronen-Schein aus ihrer Tasche und wedelte damit. „50 Kronen, wenn du ihn nicht erzählst", sagte sie.

Grip tat so, als wäre er beleidigt. „Was hältst du denn von mir?", fragte er. „Ich bin entwicklungsfähig – ich erzähle keine Witze mehr, ich sammle lustige Sachen, die ich dann erzähle."

„Was heißt das?“, fragte Leila, die merkte, dass Grip eine Pause machte, um die Spannung zu steigern. „Lass dir doch nicht jedes Wort aus der Nase ziehen – und so toll wird das auch nicht sein.“

„Okay, dann erzähle ich es dir halt nicht.“

Es war ein altes Spiel zwischen den beiden: Grip zierte sich, Leila musste betteln oder drohen oder spotten, und schließlich erzählte Grip dann doch.

„Memme!“, rief Leila, „du lässt dich so leicht entmutigen?“

„Also gut“, sagte Grip. „Ich suche im Internet nach Menschen, die in Zeitungen oder im Netz lustige Sachen entdeckt haben – ungewollte Verschreiber gehören auch dazu – und diese dann posten oder in Leserbriefen unters Volk bringen.“

„Zum Beispiel?“

„Das kuriose Duell der Gebrechlichen in den USA.“

„Und?“, drängelte Leila, als müsste sie zur Toilette.

„Ein 76-Jähriger und ein 77-Jähriger haben sich in Cleveland ein Duell mit antiken Pistolen geliefert …“

„Warum?“

„Weiß ich doch nicht! Aber das ist nicht wichtig für die Geschichte …“

„… sagst du.“

„Leila!“ Grip ermahnte Leila, als sei sie ein kläffender Hund, den man zur Ruhe mahnte.

„Okay, erzähl. Ich unterbreche dich nicht mehr. Versprochen“, sagte Leila.

„Also, in Cleveland …“

„… in Ohio“, warf sie ein.

Grip hob die Hand, spreizte Daumen und Zeigefinger ab, als lade er eine Pistole und zeigte damit auf Leila. „In

Cleveland in Ohio duellierten sich zwei alte Männer mit antiken Waffen", sagte er. „Sie wollten sterben, weil ihre Frauen ihnen immer ins Wort gefallen sind."

Leila lachte.

„Jeder der beiden feuerte sechs Schuss ab – aus nur einen Meter und 50 Zentimeter Entfernung. Die Polizei fand später zahlreiche Einschüsse in den Wänden des Flures, in dem sich die beiden Alten duelliert hatten, aber …"

Grip blickte nach rechts. Wollte Leila den Satz nicht beenden? Sie wollte nicht.

„… die beiden Alten blieben unverletzt. Die Polizei glaubte, dass sie einander verfehlten, weil der eine ein Augenleiden hatte und der andere sich auf einen Stock stützen musste."

„Schlecht erzählt, aber eine sehr gute Geschichte", sagte Leila. „Erzähl noch eine."

„Auf der Rückfahrt", sagte Grip.

„Einen Verschreiber, bitte, bitte!"

„Okay: Schwedische Elchjäger erschossen versehentlich einen Polen, der beim Bärenpflücken im Wald war."

„Häh?"

„Beeren mit ‚ä' geschrieben."

„Das mit den Polen ist furchtbar.", sagte Leila. Dann lächelte sie. „Der Rest ist witzig."

„Wir sind gleich in Mariefred", erwiderte Grip und zeigte auf die Straße. Sie fuhren die Bundesstraße 223.

Leila schaute nach rechts und murmelte „Schloss Gripsholm".

„Schön, oder?", sagte Grip, der jetzt ebenfalls nach rechts guckte.

Leila nickte. „Warst du schon mal auf dem Friedhof in Mariefred?", fragte sie.

„Yes!“, sagte Grip. „Und ich weiß auch, was du als Nächstes sagen wirst: Der arme Kurt Tucholsky liegt dort unter einer schweren Platte begraben.“

„Ja, der Arme, oder?“, sagte sie. „Ich wünsche mir mehr Luft und Leichtigkeit, wenn ich mal auf dem Friedhof liege.“

„Ich werde mal auf dem Friedhof Norra begravningsplatsen in Solna liegen“, erwiderte Grip. „Meine Eltern haben dort ihr Grab. Da ist auch noch Platz für mich.“

„Dauert ja noch ein bisschen“, sagte Leila. Sie mochte Grip, diesen lässigen, manchmal nachlässigen, aber immer loyalen Kollegen.

„Diese heimattreue Schnepfe, diese Alma Hendriksson, wohnt mitten im Ort, oder?“, fragte Grip, der das Thema Friedhof damit beendete.

Leila schaute auf ihr Handy. „Kärnbogatan“, sagte sie.

Nach zwei Minuten waren sie angekommen. Grip stellte den Wagen ab und folgte Leila zum Gartentor. Alma Hendriksson wohnte in einem roten Holzhaus. Im Garten wehte eine blau-gelbe Nationalflagge.

„Weiß sie, dass wir kommen?“, fragte Leila.

„Nein, ich habe sie nicht angerufen“, erwiderte Grip, „ich wollte nicht, dass sie sich auf unseren Besuch vorbereiten kann. Falls sie nicht da ist, kommen wir später wieder und essen erst mal ein paar Zimtschnecken in Annas Hembageri. Sollen sehr gut schmecken.“

Leila wusste, dass Grip Süßigkeiten liebte. Er war trotzdem nicht dick. Grip hatte eine leptosome Figur und ein kleines Bäuchlein von den Süßigkeiten.

Leila sah, wie neben dem Gartentor eine manuelle Klingel angebracht war: eine Glocke mit Schnur und obendrauf ein

Elch. Grip grinste, Leila zog an der Schnur. Die beiden sahen, wie in einem Fenster des roten Holzhauses ein Vorhang zur Seite gezogen wurde und eine blonde Frau nach draußen blickte. Leila hob die Hand zum Gruß. Die Frau verschwand und wenige Momente später öffnete sich die Tür des roten Holzhauses.

„Hej", sagte die Frau. „Wer sind Sie?" Sie wirkte weder abweisend noch freundlich, eher teilnahmslos.

„Sind Sie Alma Hendriksson?", fragte Leila.

Die Frau trat einen Schritt aus ihrem Haus heraus. Sie hatte ein breites, kantiges Gesicht. War mittelgroß und hatte breite Hüften.

„Ja, und wer sind Sie?", fragte sie noch einmal. Ihre Stimme klang nicht neugierig oder gar genervt, eher wie von einer Sachbearbeiterin beim Einwohnermeldeamt, die in ihrem Formular den Namen des neu Zugezogenen eintragen musste.

„Mein Name ist Leila Andersson und das ist mein Kollege Per Henrik Grip, wir kommen von der Mordkommission in Stockholm."

Die Frau stand da und reagierte nicht. Leila wusste das Verhalten nicht zu deuten.

„Dürfen wir hereinkommen?", fragte sie.

„Auf keinen Fall", sagte Alma Hendriksson laut. „Ich spreche nicht mit der Polizei." Dann drehte sie sich um und ging zum Haus zurück.

„Halt", rief Grip. „Wenn Sie nicht mit uns reden, müssen wir Sie nach Stockholm vorladen."

„Wann?", fragte die Frau über die Schulter hinweg.

Leila ahnte, dass Alma Hendriksson Zeit gewinnen wollte.

„Jetzt, sofort“, sagte sie. „Ziehen Sie etwas Warmes über und kommen Sie mit.“

Alma Hendriksson drehte sich wieder zu den Polizisten um. „Dann kommen Sie herein, aber ziehen Sie die Schuhe aus“, sagte sie.

Alma Hendriksson ging vor den beiden Polizisten in den Flur, Leila zog ihre Schuhe aus, Grip nicht. Hendriksson sah das, sagte aber nichts. Leila wusste, was Grip damit demonstrieren wollte – sie spielten jetzt „good cop, bad cop“.

Hendriksson führte die beiden Polizisten in ihr Wohnzimmer.

Willkommen im Skandinavischen Design, dachte Leila. Der Raum sah aus wie eine Musterwohnung in den 1950er Jahren, gestaltet von den Innenarchitekten Alvar Aalto und Arne Jacobsen: minimal, funktional und preisgünstig. Leila blickte auf schlichte Retro-Stühle, ein Retro-Sofa und ein Retro-Sideboard. Die dominierenden Farbtöne waren beige und ockergelb. An den Wänden hingen im Kontrast dazu schwere Schlachtengemälde und opulente Porträts. Alma Hendriksson bemerkte, dass Leilas Blick an einem Bild hängen geblieben war, das einen Mann mit einem mächtigen Bart zeigte.

„Gustav Wasa“, sagte sie. „Einer der größten Schweden! Er befreite uns im 18. Jahrhundert von der Herrschaft der Dänen.“

„Wir wissen, wer Gustav Wasa ist“, sagte Grip, „was wir nicht wissen, ist, warum Sie nicht mit Polizisten reden wollen.“

Er fixierte Hendrikssons Augen, was sie nicht irritierte.

„Und es war im 16. Jahrhundert, nicht im 18.“, sagte er.

Hendriksson sah nun Grip in die Augen. Er konnte keine

Gefühlsregung ablesen, aber er stellte fest, dass etwas mit ihrem rechten Auge nicht stimmte.

„Also, warum wollen Sie nicht mit Polizisten reden?“, fragte er.

„Weil sie mich schlecht behandeln“, antwortete Alma Hendriksson.

„Erzählen Sie uns davon“, sagte Leila.

„Ich bin nicht dumm“, erwiderte Hendriksson, „Sie wissen doch längst, dass Ihre Kollegen vor einem halben Jahr hier waren, meinen Laptop beschlagnahmt und mich vor Gericht gezerrt haben. Ich musste 50000 Kronen zahlen …“

„Wegen Volksverhetzung und Anstiftung zum Aufruhr, weil Sie Ausländer im Netz übelst beschimpft haben“, sagte Grip, „das wissen wir, und Sie sind mit der Geldstrafe noch gut davongekommen. Was wir also nicht wissen, ist, weshalb Sie sich schlecht behandelt fühlen.“

„Ich habe im Internet geschrieben, was die meisten Schweden denken“, antwortete Hendriksson, „Ich weiß nicht, warum ich dafür bestraft worden bin.“

Grip holte sein Handy aus der Tasche und wischte darauf herum. „Hier“, sagte er, „Sie schreiben zum Beispiel, dass man alle Araber aus Europa hinauswerfen müsste, und falls man das nicht schaffe, sollten allen Arabern, die in Schweden leben, Fußfesseln angelegt werden, um sie zu überwachen – Kampfhunde kontrolliere man auch so …“

Hendriksson zuckte mit den Schultern und sah Grip mit ihrem linken Auge an, das rechte blickte ins Leere.

„… außerdem schreiben Sie, dass Muslime – manchmal sind es bei Ihnen Araber, manchmal Muslime – nichts anderes seien als Parasiten, die sich am schwedischen Volkskörper fettfressen würden. Reicht das?“

„Ich habe halt eine bildhafte Sprache", sagte Hendriksson.

Leila warf Grip einen Blick zu, der bedeuten sollte: Das bringt uns nicht weiter.

„Könnten Sie uns verraten, welche Ziele Sie haben, Frau Hendriksson?", fragte Leila. „Unseren Informationen nach haben Sie sich mit anderen zu einer größeren Gruppe zusammengeschlossen."

Hendriksson zögerte einen Moment. „Wir wollen das Schweden der 1950er und 1960er Jahre zurückhaben", sagte sie dann. „Das ist doch nicht verwerflich. Damals waren die Schweden unter sich, und es gab keine Kriminalität. Wenn man auf dem Land wohnte, musste man das Auto nicht abschließen – keiner hat es gestohlen. Wenn man ins Restaurant ging, bekam man schwedische Hausmannskost und keine Döner. Unsere Töchter mussten nicht Angst haben, vergewaltigt zu werden. Es gab nur Mann und Frau und nicht …" Sie verzog den Mund. „… divers. Es gibt ja schon eigene Toiletten für diese perversen Menschen."

Grip sah Leila an, dass es ihr schwerfiel, weiter der „good cop" zu sein.

„Frau Hendriksson", sagte Leila, „wir sind hier, weil ein muslimischer Musiker im Stadshuset vergiftet worden ist, beim Empfang für den Sultan, über den momentan ganz Schweden spricht."

Die Polizisten sahen keine Regung im Gesicht der Frau.

„Wir würden gerne hören, wo Sie an diesem Abend gewesen sind", fragte Grip.

Die Frau antwortete nicht. Sie stand stattdessen auf und ging in die Küche. Leila und Grip hörten, wie der Kühlschrank geöffnet wurde. Dann klapperte Besteck.

„Wollen Sie einen Blaubeerkuchen probieren?", fragte sie

Leila, als sie wieder ins Wohnzimmer zurückkehrte. Für Grip hatte sie keinen Kuchen dabei.

„Ich habe Sie gefragt, wo Sie an jenem Abend waren, an dem der Musiker getötet worden ist“, sagte Leila, „das ist eine ganz normale Frage, die wir jedem stellen, mit dem wir reden.“

„Ach, Sie fragen das also auch die Supermarkt-Kassiererin, wenn Sie einkaufen gehen?“, fragte Hendriksson.

„Schluss jetzt!“, rief Grip und schlug mit der Faust auf den Retro-Tisch. „Wir sprechen davon, dass ein Musiker vergiftet wurde und Sie servieren uns einen Kuchen. Sie sagen uns jetzt …“

„Ist ja gut“, sagte Hendriksson, setzte sich und stellte den Kuchen auf den Tisch. „Ich war im Kino.“

„Alleine?“, fragte Grip.

„Ja.“

„Welcher Film?“

„Die fantastische Reise des Dr. Dolittle.“

Grip horchte auf. „Darf ich fragen, was mit Ihrem rechten Auge ist?“, fragte er dann.

„Das ist uncharmant, aber bitteschön: Ich habe ein Glasauge, seit einem Verkehrsunfall.“

Grip sah Leila an. Sie wusste sofort, was er meinte.

„Die fantastische Reise des Dr. Dolittle ist ein 3D-Film“, sagte Grip zu Alma Hendriksson. „Sie sind vorläufig festgenommen. Packen Sie ein paar Sachen zusammen.“

Casper Munk zappte durchs Fernsehprogramm, als es an seiner Tür klopfte.

„Herein!"

Es war Tove Olsen, seine Freundin. Sie war von Bergen in Norwegen nach Stockholm gekommen.

„Hej, Tove", sagte Munk versöhnlich. „Ich war dabei umzukehren, wie du es wolltest ..."

„Ich weiß", sagte Tove, ging ans Bett heran und gab Munk einen Kuss. „Ich wäre nicht gekommen, wenn du weitergefahren wärst." Sie steckte die mitgebrachten Blumen in eine Vase.

„Leila hat gerade angerufen", sagte er. „Sie haben eine Rechtsextreme festgenommen, weil sie für den Abend, als der Musiker im Stadshuset ermordet worden ist, kein Alibi hatte."

Tove wollte eigentlich nicht über den Fall reden, und wenn, dann wollte sie wissen, wer auf Munk geschossen hatte. „Wird Sie auch verdächtigt, auf dich geschossen zu haben?", fragte sie.

„Dafür hat sie ein Alibi", erwiderte Munk. „Und warum sollte eine Rechtsextreme auf mich schießen?"

„Weil du einen Sultan beschützen solltest? Der Sultan ist Ausländer, Araber, ein Untermensch in den Augen einer Rechtsextremen."

Beide schwiegen für einen Moment.

„Viellicht sollten wir ...", begann Tove.

„... nicht über solche Dinge reden", sagte Munk. Er hatte aber etwas Angst, über Tove und sich und die Beziehung zu sprechen.

„Weißt du, was Leila noch erzählt hat, um mich aufzuheitern?", fragte Munk, um das Gespräch über die Beziehung etwas hinauszuschieben.

Tove schüttelte den Kopf. Wie sollte sie es auch wissen.

„Ich hatte dir doch davon erzählt, dass ihr Cousin in Deutschland aus Spaß eine Fußballmannschaft mit Spielern, die Kuchennamen tragen, zusammengestellt hat, und eine mit Spielern, die Sexnamen haben."

„Ich erinnere mich: Schwarzwälder im Tor, dann Kirsch …"

„Das ist die Kuchen-Elf, und in der Sex-Elf spielen Trieb, Hupe, Rohr …"

„Jaja, ich weiß", sagte Tove.

„Und jetzt hat der Cousin eine Dicken-Elf zusammengestellt."

Tove lachte. Sie konnte mit diesem Humor durchaus etwas anfangen. Und für einen Moment vergaß sie, dass sie mit Munk eigentlich über ihre Beziehung reden wollte. „Schieß los!", sagte sie.

„Also, im Tor steht Piet Schrijvers, ein Niederländer", sagte Munk eifrig. „Er spielte in den 1970er und 1980er Jahren bei Ajax Amsterdam und in der Nationalmannschaft. Bei Ajax musste er einen Vertrag unterschreiben, dass er nicht mehr als 90 Kilo wiegen dürfte, ab 91 Kilo würde der Vertrag ungültig."

„Und, hat er durchgehalten?"

„Ich glaube schon", sagte Munk. Dann schwieg er einen Moment. „Tove …"

„Ja?"

„Vielleicht sollten wir über uns reden", sagte Munk.

„Sehr gern", erwiderte Tove. „Darf ich anfangen?"

„Bitte."

„Ich denke, unsere Beziehung leidet darunter, dass nie wirkliche Nähe entstanden ist", sagte Tove. „Das ist das

Wesen von Fernbeziehungen und das ist die Gefahr von Fernbeziehungen. Außerdem …"

„Ja?"

„Außerdem fehlt uns die Perspektive."

Munk nickte. „Das ist nicht neu", sagte er. „Wir hatten nur keine Lösung."

„Neu ist, dass ich eine Lösung bieten will", erwiderte Tove. „Und ich will mich zunächst dafür entschuldigen, wie ich dein Angebot, nach deiner Suspendierung nach Bergen zu kommen, abgelehnt habe. Nicht dass ich es abgelehnt habe, sondern wie. Ich war zu kalt, es fehlte, nun ja: die zärtliche Einbettung. Ich bin aber nach wie vor der Meinung, dass du nicht kommen konntest – du warst in einer sehr unausgeglichenen Stimmung. Das hätte unserer Beziehung nicht gutgetan."

Munk spürte, dass ihn die damalige Abweisung immer noch schmerzte. „Und wie sieht deine Lösung aus?", fragte er.

„Du bist ein Ermittler durch und durch", sagte Tove. „Wenn du kein Rätsel lösen und nicht an deine Grenzen – und darüber hinaus – gehen kannst, geht es dir nicht gut. Du musst Polizist bleiben, und du musst es, fürchte ich, in Stockholm bleiben, weil du hier zu Hause bist, und weil hier Grip ist. Und Leila. Und Luna, nachdem sie hoffentlich aus Wien zurückkommen wird. Also …"

Tove sah Munk in die Augen. Er konnte nicht erkennen, ob sie traurig war und ihm nun das Ende der Beziehung mitteilen wollte; oder ob sie tatsächlich …

„Ich könnte mir vorstellen, nach Stockholm zu ziehen", sagte Tove.

Munk war erleichtert. Aber irgendwie war er nicht glücklich, und er wusste nicht, woran das lag. Wollte er gar nicht so viel Nähe? Nahm er Tove die Sache mit der Zurückweisung, als er nach Bergen kommen wollte, noch übel?

„Aber was ist mit deinem Sohn, deiner heiß geliebten Nichte, deinem Job in Bergen?“, fragte er.

„Mein Sohn ist 19, er wird in diesem Jahr anfangen zu studieren – keine Ahnung, wo. Ich hänge an ihm und er hängt an mir, aber es ist Zeit für eine Ablösung. Meine Nichte wird auch bald erwachsen sein, und, so sehr ich sie mag, sie sollte kein Hindernis für meine Liebesbeziehung sein.“

„Das war schon mal anders“, sagte Munk. „Du bist schon früher nach Hause geflogen, weil deine Nichte Konfirmation, Liebeskummer oder Zahnschmerzen hatte.“

Tove senkte den Kopf. „Es stimmt – bis auf die Zahnschmerzen“, sagte sie. „Ich hatte die Prioritäten falsch gesetzt.“

Ich hatte die Prioritäten falsch gesetzt. Sie redet ja so bürokratisch wie Halldor Selander, dachte Munk.

„Tove, wo ist dein Gefühl für mich?“, fragte Munk. „Wo war es, als ich nach Bergen kommen wollte? Vernunft hin oder her?“

Tove ging auf die Frage nicht ein, sie sagte stattdessen: „Ich könnte auch meinen Job an der Hypochonder-Klinik in Bergen aufgeben – ich habe schon mal beim Karolinska Institutet in Stockholm vorgefühlt: Sie könnten eine Ärztin wie mich brauchen.“

„Ich hatte dich etwas anderes gefragt.“

Tove blickte auf den Boden. „Alles, was ich an Gefühlen in einer Liebesbeziehung geben kann, habe ich gegeben“, sagte sie. „Zumindest in der Zeit, die wir zusammen verbracht haben. Und jetzt würde ich gern noch mehr Zeit mit dir verbringen.“

Munk sah Tove an. Er hatte sie manchmal mit Luna verglichen, seiner besten Freundin. Nicht äußerlich, denn sie sahen sich nicht ähnlich, Tove hatte schwarze Haare, Luna braune; Tove war größer und hatte kleine Augen, Luna war kleiner und hatte große Augen. Und er hatte sie auch nicht im Sinne eines Wettbewerbs verglichen. Er hatte sie in ihrem Wesen verglichen, weil sie beide klug waren, beide verständnisvoll und beide Humor hatten. Aber Luna hatte mehr Wärme. Reichte ihm das, was Tove an Wärme mitbrachte?

„Du würdest viel aufgeben, um zu mir nach Stockholm zu kommen", sagte Munk und nahm ihre Hand. „Ich schätze das sehr. Aber ich brauche noch ein wenig Zeit, um darüber nachzudenken."

Tove schien enttäuscht zu sein. Aber sie wurde nicht wütend. Sie drückte Munks Hand und sagte: „Natürlich hast du Zeit, darüber nachzudenken."

Sie stand auf. Dann beugte sie sich noch einmal zu Munk hinunter und gab ihm einen Kuss. „Ich bleibe erst mal in Stockholm und besuche dich morgen wieder – falls es für dich in Ordnung ist", sagte sie. „Ich wäre gern in deiner Nähe, solange du noch nicht wieder ganz fit bist."

Munk lächelte. „Du hast ja einen Schlüssel für meine Wohnung", sagte er. „Bis morgen."

Als Tove das Zimmer verlassen hatte, lag Munk etwas unschlüssig in seinem Bett. Er wollte nicht sofort über seine Beziehung nachdenken – und darüber, ob er Toves Vorschlag zustimmen sollte. Er hatte aber auch keine Lust, sich mit dem Fall zu beschäftigen. Er war müde. Munk nahm die Fernbedienung und machte den Fernseher an. Es war mitten am Nachmittag, in den Privatsendern liefen Kochsendungen. Er zappte zu den öffentlich-rechtlichen. Dort liefen auch Kochsendungen. Munk schaute auf die Uhr. Es war kurz vor 16 Uhr. Um 16 Uhr würden auf SVT1 Nachrichten kommen. Munk blickte aus dem Fenster. Der Himmel war klar, er hatte Lust, das Krankenhaus zu verlassen, nur für eine halbe Stunde. Ein bisschen frische Lust einatmen.

Der Trailer der 16-Uhr-Nachrichten durchbrach seine Gedanken. Er sah, wie die folgenden Nachrichten kurz angerissen wurden, dann kam die Spitzenmeldung: „Polizei entfernt auf dem Sergels torg Banner, das den Sultan aus Daixistan ins Lächerliche zieht."

Munk war mit einem Schlag nicht mehr müde.

„Heute, am frühen Nachmittag, entfernte die Polizei dieses riesige Plakat", sagte die Nachrichtensprecherin.

Es wurde gezeigt, wie einige Beamte auf dem Dach des fünfstöckigen Kulturhuset am Sergels torg knieten und versuchten, ein Banner nach oben ziehen. Munk sah, was darauf abgebildet war: ein großes Nilpferd, das den Kopf des Sultans trug. Das gemalte Nilpferd saß mit seinem dicken Hintern auf einer Menschenmenge. Es erdrückte die Menschen.

„Diese, nun ja, Karikatur, soll wohl die Unterdrückung der Opposition in Daixistan symbolisieren", sagte die Nachrichtensprecherin.

Munk scannte in Windeseile das ganze Bild. Die Menschen, die erdrückt wurden, hielten Schilder mit den Aufschriften „Freiheit" hoch. Und das Nilpferd trug einen Turban. Auf diesem Turban stand: „Ich bin dick und doof."

Die Aufschrift war wirklich sehr albern.

„Es gibt kein Bekennerschreiben und keine Signatur für diese Zeichnung", sagte die Nachrichtensprecherin, „aber die Polizei spricht von einer heißen Spur, der sie folgen." Der Sultan, sagte sie weiter, sei für eine Stellungnahme nicht zu erreichen gewesen.

Wie liebe ich dieses Schweden und seine freien und frechen Medien, dachte Munk – sie haben tatsächlich versucht, den Sultan zu dieser für ihn peinlichen Angelegenheit zu befragen. In Daixistan hätten die Reporter das nicht überlebt. Die Nachrichtensprecherin leitete zum nächsten Thema über, es ging um eine Trainerentlassung bei Malmö FF. Dann klingelte sein Telefon. Kajsa war dran.

„Hast du den Laptop gesehen, den wir bei dir gelassen haben?", fragte sie.

Munk sah sich im Krankenzimmer um. „Nein, wo soll der sein?"

„Ich habe ihn direkt neben dein Bett gestellt, links von dir, guck noch mal", sagte sie.

Munk wälzte sich zur linken Seite und blickte auf den Boden. Er sah die Griffe einer Laptoptasche. Vielleicht war die Tasche umgefallen und lag nun unter dem Bett, nur die Griffe ragten hervor.

„Sehe ihn", sagte Munk.

„Schalt ihn an und melde dich mit deinem dienstlichen Passwort an", sagte Kajsa.

Munk ließ sich halb aus dem Bett gleiten, packte die Laptoptasche, holte das Gerät heraus und drückte den On-Knopf.

„Was wird das?", fragte er, während der Computer hochfuhr.

„Wir sind bei Bengt Brock und seiner Mutter Britta Sartorius", erwiderte Kajsa. „Sie werden verdächtigt, das Banner am Sergels torg angebracht zu haben. Wir vernehmen sie jetzt, und wir möchten, dass du das via Zoom sehen kannst. Brock und Sartorius sind damit einverstanden."

„Brock hatte doch auch dieses Lied, das den Sultan kritisieren sollte, im Stadshuset gesungen", sagte Munk, während er das Passwort eingab.

„Genau!", sagte Kajsa.

„Wie geht Zoom?", fragte Munk, als er angemeldet war.

Kajsa lachte. Sie wusste, dass Munk mit Technik so viel am Hut hatte wie ein Elefant mit Skispringen. Sie erklärt es ihm.

„Ich kann euch sehen – und hören", sagte Munk. „Ihr könnt anfangen."

Britta Sartorius und Bengt Brock hoben die Hand, als Zeichen der Begrüßung. Munk grüßte zurück.

„Wir werden verdächtigt, das Banner am Sergels torg angebracht zu haben, und wir geben es zu", sagte Brock. Er schwieg einen Moment. Als suche er nach Worten. „Der Sultan will als feinsinniger Kunstkenner gelten, protzt aber wie der letzte Prolet mit seinem Ferrari-Park", fuhr er fort. „Er foltert Oppositionelle, will aber beliebt sein. Ein Widerspruch in sich. Aber der Sultan ist ein Narzisst. Für ihn gelten andere Regeln, und wenn er zum Beispiel seinen Ferrari-Park zeigt, bringt ihm das Beifall von einer bestimmten Seite ein. Dass andere das blöd finden, nimmt er nicht wahr. Es gibt nur eine Sache, die er als negativ wahrnimmt."

Munk wartete darauf, dass Brock seine Spannungspause beendete.

„Es schmerzt ihn unglaublich, wenn er in der Öffentlichkeit lächerlich gemacht wird", sagte er.

„Deshalb das Banner am Sergels torg?", sagte Munk.

„Ja. Wir wollen ihn treffen, und dafür gibt es nicht nur politische Gründe, sondern auch einen persönlichen Grund“, sagte Brock.

Er machte wieder eine Pause. Diesmal hatte Munk das Gefühl, er ringe mit den Worten, weil er sehr betroffen war, vermutlich sogar verletzt.

„Ich denke, es ist besser, meine Mutter erzählt es selbst – sie hat in erster Linie unter Sultan Daix gelitten“, sagte Brock.

Er trat zur Seite, Britta Sartorius füllte nun fast den ganzen Bildschirm aus. Sartorius war eine sehr attraktive Frau mit ihren großen, blauen Augen, den dunklen, zum Pferdeschwanz gebundenen Haaren und, soweit es Munk via Bildschirm erkennen konnte, ihrer sehr schlanken Figur. Außerdem war sie groß, das hatte Munk gesehen, als Kajsa Zoom für ihn eingerichtet hatte und Sartorius im Hintergrund gestanden hatte. Jetzt saß sie. Und das Wort, das Munk zu ihr einfiel, war Würde.

„Hej“, sagte sie.

„Hej“, antwortete Munk.

Britta Sartorius sprach zu ihm, obwohl Kajsa und Achatz Larsson neben ihr in ihrer Wohnung standen. „Ich bin für den geraden Weg“, sagte sie, und Munk fiel sofort auf, dass sie eine klare, angenehme Stimme hatte; eine, die fürs Radio geeignet wäre.

„Deshalb werden Sie jetzt alles erfahren, was mit mir und dem Sultan zu tun hat“, fuhr sie fort. „Trotzdem versuche ich mich kurz zu fassen und mich auf das Wesentliche zu konzentrieren.“ Sie schloss für einen Moment die Augen. „Ich habe Kunst studiert, danach viele Jahre mal mehr und mal weniger erfolgreich als Malerin und Zeichnerin gearbeitet – und ich habe für den Sultan Gemälde gefälscht, vor allem die Meister der Wiener Moderne: Schiele, Klimt, Kokoschka. Der Sultan hatte ein großes globales Vertriebsnetzwerk aufgebaut, Kunsthändler bestochen oder betrogen oder sogar getötet, und er hat sehr viel Geld mit den Bildern gemacht. Natürlich hingen die Bilder auch überall im Sultanat Daixistan – der Sultan, das wissen Sie, gibt viel darauf, als kulturbeflissener Mann wahrgenommen zu werden." Britta Sartorius machte eine kurze Pause. „Ich habe für den Sultan aber nicht nur Gemälde gefälscht – ich habe auch neue gemalt", sagte sie. „Es sind etwas ungewöhnliche Bilder, denn sie zeigen Diktatoren als Tiere: Hitler als Fledermaus, Stalin als Brontosaurus, Kim Jong-un als Dreifinger-Faultier."

„Warum als Dreifinger-Faultier?", fragte Munk in die Kamera.

„Es ist das langsamste Säugetier der Welt und schafft nur etwas mehr als zwei Meter pro Minute", erwiderte Sartorius. „Und die Dreifinger-Faultiere bewegen sich wirklich nur, wenn sie Futter suchen."

„Und was soll das Ganze?", fragte Munk.

„Der Sultan spinnt, das sollten Sie doch mitbekommen haben", sagte Sartorius. „Er spritzt seine Gäste nass, er quält Tiere, er lässt Gemälde anfertigen, die Diktatoren als Tiere zeigen. Manchmal macht er lustige Sachen, meistens tut er sadistische Dinge."

„Warum haben Sie ihn als Nilpferd gemalt?", fragte Munk.

„Nilpferde töten jährlich etwa 500 Menschen – sie zerfleischen sie", sagte Sartorius.

Grip hätte jetzt gefragt, warum Hitler eine Fledermaus ist und Stalin ein Brontosaurus, dachte Munk. Er stellte diese Fragen hinten an.

„Warum haben Sie mit ihm zusammengearbeitet?“, fragte er stattdessen.

Sartorius verlor für einen Moment ihre Selbstsicherheit. Munk sah, wie ihre Augen flackerten.

„Ich möchte diese Frage nicht beantworten, Herr Munk“, sagte sie, obwohl sie zuvor erklärt hatte, die Polizisten würden alles über sie und den Sultan erfahren. „Ich will Ihnen nur erzählen, wie mich der Sultan benutzt und hintergangen hat, und weshalb wir ihn jetzt lächerlich machen wollen.“

Nur lächerlich machen? Vielleicht stecken Sartorius und Brock auch hinter den Anschlägen, dachte Munk. Die beiden wirkten sympathisch. Aber was hieß das schon.

„Man hat uns erwischt“, sagte Sartorius, „ein Kunsthändler erkannte, dass ein Bild von Kokoschka gefälscht war …“

Kajsa räusperte sich. „Ist es wichtig für die Ermittlungen, dass ich weiß, wer dieser Kokoschka ist?“, fragte sie.

„Nicht wirklich, er gehört nicht zu den Verdächtigen“, sagte Munk.

„Oskar Kokoschka lebte vor 100 Jahren“, erklärte Achatz Larsson, „Genauso wie Schiele oder Klimt, von denen hier auch die Rede ist. Auch Schiele und Klimt sind nicht verdächtig.“

„Idiot!“, rief Kajsa.

Es war, so verstand es Munk, eine liebevolle Beleidigung. Eine Spielerei. Keine Beschimpfung.

„Könnten wir bitte weitermachen“, mahnte Britta Sartorius. „Wir wurden also erwischt, es gab Ermittlungen, ich nahm die Schuld auf mich und ging ins Gefängnis, der Sultan blieb außen vor.“

„Entschuldigen Sie bitte, dass ich immer Zwischenfragen habe“, sagte Munk. „Aber warum haben Sie die Schuld auf sich genommen?“

„Der Sultan hat mir nicht gedroht, falls Sie das meinen“, antwortete Sartorius. „Er hat mir etwas versprochen: Sobald ich herauskäme, hätte ich ausgesorgt.“

„Wie lange waren Sie im Gefängnis?“

Sartorius senkte den Kopf. „Vier Jahre wegen bandenmäßigen Betrugs“, sage sie. „Es ging um 15 gefälschte Gemälde. Dazu sollten 40 Zeugen gehört werden. Wir machten dann einen Deal: Ich packe aus und bekomme dafür eine milde Strafe. Ich gab alles zu und erzählte alles – mit Ausnahme der Beteiligung des Sultans. Man glaubte mir. Ich saß in Schweden ein, ich bin Schwedin und wir haben auch hier gefälschte Bilder verkauft.“

Munk hatte wieder ein paar Zwischenfragen. Etwa, wie sie den Sultan kennengelernt hatte. In welchem Verhältnis sie zu ihm stand. Wie lange die Fälscherei ging. Wie genau sie überführt wurden. Ob noch mehr Fälscher involviert waren. Aber er beschloss, sich die Geschichte der Britta Sartorius weiter anzuhören.

„Als ich entlassen wurde, sagte der Sultan, ich bekäme mein Geld, aber vorher müsse ich noch ein einziges Gemälde fälschen, es ging um Salvator mundi …“

„… das teuerste Gemälde der Welt.“

„Ja, aber es gäbe auch noch einen anderen Grund.“

„Welchen?“

Britta Sartorius ignorierte die Frage, was Munk verärgerte.

„Wir wurden wieder erwischt“, fuhr sie fort. „Ich sagte diesmal gegen ihn aus, aber er kam davon – er hatte die besten Anwälte und genug Geld, Zeugen oder gar Richter zu bestechen. Er hat alles auf mich abgewälzt. Ich musste noch einmal ins Gefängnis, diesmal waren es sechs Jahre."

Kein Wunder, dass sie sich rächen will, dachte Munk. Und er beschloss, jetzt seine Fragen zu stellen.

Als Munk fertig war, strich Britta Sartorius ihre hellblaue Bluse zurecht und setzte sich aufrecht vor den Bildschirm, um sie zu beantworten. „Ich war die einzige Fälscherin, aber der Sultan hatte, wie gesagt, ein globales Netzwerk an Zwischenhändlern und Endabnehmern. Als wir das erste Mal erwischt wurden, sind wir verraten worden. Der Sultan hatte bei einer seiner legendären Einladungen einen Kunsthändler bloßgestellt. Der Kunsthändler hat uns dann verpfiffen. Wir haben insgesamt wohl zehn Jahre zusammengearbeitet. Ich habe es wegen des Geldes gemacht, es war ein rein geschäftliches Verhältnis. Ich habe den Sultan auf dem Zentralfriedhof in Wien kennengelernt."

Munk brauchte einen Moment, um die Informationen zu verarbeiten. Das klang alles überraschend sachlich, er hätte angesichts der mentalen Verfasstheit des Sultans etwas mehr Wahnsinn erwartet. Lediglich zwei Dinge mussten nach Ansicht von Munk vertieft werden.

„Wie hat der Sultan den Kunsthändler bloßgestellt und warum haben Sie sich auf dem Zentralfriedhof in Wien kennengelernt?", fragte er.

„Ich habe zu dieser Zeit an der Kunstakademie in Wien studiert ..."

Offenbar ist sie an der Akademie angenommen worden, dachte Munk, der sich an seinen Koma-Traum erinnerte.

„... und war auf dem Zentralfriedhof, um das Grab von Anton Romako zu besuchen."

Keiner der Polizisten konnte mit dem Namen etwas anfangen.

„Das ist ein Wiener Maler, der von seinen Zeitgenossen nicht geschätzt wurde – von manchen wurde seine Kunst sogar als verrückt bezeichnet. Ich will Sie nicht mit Details langweilen, aber vielleicht hilft es Ihnen bei der Einordnung, wenn ich sage, dass Oskar Kokoschka Romako als Vorbild bezeichnet hat."

„Und warum war der Sultan auf dem Zentralfriedhof?"

„Er ging dort auf die Toilette", erwiderte Sartorius. „Neben dem Zentralfriedhof war damals ein Ferrari-Händler. Aber im Geschäft des Ferrari-Händlers war die Toilette kaputt."

„Wie kamen Sie ins Gespräch?", fragte Munk.

„Er trug einen Turban und dazu einen Glitzeranzug wie Elvis", erwiderte Sartorius. „Er sah kurios aus und ich bat ihn, ihn zeichnen zu dürfen – ich hatte damals immer und überall meinen Skizzenblock und meine Stifte dabei. Ich schenkte ihm das Bild und einige Jahre später hat er sich bei mir gemeldet – mit der Idee, Bilder zu fälschen. Ich hatte damals sehr wenig Geld, Sie wissen ja, wie das ist, wenn man versucht, von der freien Kunst zu leben. Für Politik habe ich mich damals nicht sehr interessiert, ich wusste anfangs tatsächlich nicht, für wen ich da arbeite."

Sie wirkt glaubwürdig, dachte Munk.

„Und wie ist er mit dem Kunsthändler, der Sie verraten hat, aneinandergeraten?", fragte er.

„Der Sultan kennt oft keine Grenzen und bedenkt dann nicht, welche Konsequenzen sein Handeln haben könnte – es ist eine pathologische Form von Größenwahn, der Zweifel ausblendet", sagte Sartorius. „Er wusste, dass wir den Kunsthändler brauchen, und er hat ihn trotzdem gedemütigt, um einen Lacher zu bekommen."

„Wie?"

„Der Kunsthändler war ein sehr distinguierter Mann, er sprach gewählt, manchmal auch gestelzt, er trug eine randlose Brille, eine Weste und einen Gehrock oder ein Jackett mit Billetttasche. Meistens hatte er einen Hut auf. Und er besaß einen Spazierstock im viktorianischen Stil."

„Und?"

„Die allerbeste Gesellschaft war beim Sultan eingeladen, Adelige, Kunstmäzene, Malerinnen und Maler. Und Kunsthändler. Die illustre Tischgesellschaft hatte bereits Platz genommen, als besagter Kunsthändler an der Tür erschien, Spazierstock und Hut an den Butler reichte und zu seinem Platz schritt. Ein Bediensteter rückte den Stuhl nach hinten, der Kunsthändler nahm Platz und setzte sich – vor etwa 30 vornehmen Damen und Herren – mitten auf ein Furzkissen."

Alma Hendriksson saß im Vernehmungsraum des Polizeipräsidiums in Stockholm – und schwieg. Sie wollte weder etwas dazu sagen, dass ihr Alibi offenbar erfunden war; noch wollte sie einen Anwalt hinzuziehen; noch wollte sie Auskunft darüber geben, wer zu ihrer Gruppe der sogenannten Heimattreuen gehörte – und wie viele sie waren. Alma Hendriksson saß nur da und starrte auf den Tisch. Sie wirkte, wie immer, beleidigt.

„Warum sind Sie denn immer beleidigt?", fragte Leila, die zusammen mit Kajsa, Grip und Selander anwesend war.

Alma Hendriksson schaute Leila in die Augen. „Weil sich ein linksgrüner Mainstream immer und immer wieder über uns einfache Menschen lustig macht", sagte sie. „Mainstream" sprach sie sehr verächtlich aus.

„Nennen Sie bitte ein Beispiel", sagte Leila, die hoffte, nun Zugang zu Alma Hendriksson zu finden.

„Beispiel, Beispiel", blaffte Hendriksson. „Jeder Tag ist voller Beispiele. Wir werden in den Medien verunglimpft, beim Bäcker, im Supermarkt. Habe ich alles erlebt."

„Was denn?", wollte Leila wissen.

„Überall sind wir die Nazis", sagte Hendriksson.

„Was noch?"

Hendriksson schwieg, sie hatte offenbar beschlossen, die Konversation wieder einzustellen.

Die Polizisten schauten auf ihren Chef, auf Halldor Selander. Sie schienen zu fragen: Was nun, Halldor?

„Frau Hendriksson kann gehen", sagte Selander. „Das bringt nichts."

Aber Hendriksson stand nicht auf, sie redete nun doch weiter. „Nachdem mich die Polizei festgehalten und eingesperrt hatte, musste ich hinterher auf Reha", sagte sie. „So sehr hatte mich das Ganze mitgenommen. Ich konnte nicht schlafen, mein Herz schlug unregelmäßig, ich hatte ständig Schmerzen …"

„Was wollen Sie uns sagen?", fragte Selander ungeduldig.

Hendriksson drehte sich demonstrativ in Richtung Leila. „Man hat mich in der Reha reingelegt", sagte sie.

„Erzählen Sie", sagte Leila.

„Ich hatte in dieser Zeit Geburtstag, ein paar Leute kamen vorbei, Familie, Freunde, Bekannte – und zwei junge Männer, die sagten, sie würden toll finden, was ich in den sozialen Medien so schreibe." Hendriksson sah zu Boden. „Aber sie haben mich reingelegt."

Die Polizisten warteten darauf, dass Hendriksson fortfuhr.

„Sie brachten mir einen Gummibaum als Geburtstagsgeschenk mit", sagte sie schließlich. „Ich habe den Baum dann bei meiner Entlassung durch das Foyer der Klinik zum Auto getragen – und wurde vom Personal angehalten und als Diebin beschimpft. Sie nahmen mir den Gummibaum ab."

Die Polizisten sahen sich fragend an.

„Es stellte sich heraus, dass die beiden jungen Männer in Wahrheit Mitglieder einer antifaschistischen Bewegung waren. Sie hatten den Gummibaum, der ursprünglich im Foyer der Klinik stand, einfach als angebliches Geschenk in mein Zimmer mitgenommen – nur damit ich später damit erwischt werde."

Grip lachte.

Hendriksson sah Grip verächtlich an. „Sehen Sie", sagte Hendriksson. „Es ist egal, was ich mache oder tue – für Sie bin ich nicht ernst zu nehmen. Deshalb habe ich auch keine Lust gehabt, beim Alibi ehrlich zu sein. Tatsächlich war ich nicht im Kino, sondern alleine zu Hause. Aber …" Sie brach den Satz ab und stand abrupt auf. Den Polizisten war klar, dass das Gespräch von Seiten Hendrikssons nun beendet war.

Selander öffnete ihr die Tür. „Sie halten sich zu unserer Verfügung“, sagte er. „Sie dürfen das Land nicht verlassen.“

Grip nutzte die Vorlage. „Warum sollte eine Heimattreue ihr Heimatland verlassen“, sagte er.

Hendriksson reagierte nicht. Sie verließ den Raum grußlos.

„Wir gehen in die rechte Szene rein, die sicher Kontakt zu den Heimattreuen hat“, sagte Selander, als Hendriksson die Tür von außen geschlossen hatte. „Wir verhören ihre Anführer, wir machen Razzien und wir zapfen ihre Telefone an – die Erlaubnis dafür habe ich mir bereits geholt. Außerdem habe ich unseren Rechtsextremismus-Experten gebeten, uns zu sagen, was über die Heimattreuen bekannt ist.“

Selander ging zum Telefon, das auf dem Tisch stand, und nahm den Hörer ab. „Kollberg, du kannst jetzt kommen“, sagte er.

Wenige Minuten später klopfte es an der Tür.

„Herein“, sagte Selander.

Die Ermittler kannten Evert Kollberg, man lief sich im Polizeipräsidium öfter über den Weg. Kollberg war fast zwei Meter groß, er war kräftig und hatte kurz geschorene Haare – er sah aus wie das Klischee eines Mannes, der es mit Rechtsextremen aufnimmt.

„Hej“, sagte er, als er den Raum betrat. Natürlich hatte er eine raue Stimme.

„Hej“, antworteten die Ermittler.

Kollberg setzte sich auf einen Stuhl, den ihm Grip angeboten hatte.

„Ich will euch zunächst generell über die rechte Szene

in Schweden informieren“, sagte Kollberg. „Dann sage ich speziell etwas zu den Heimattreuen, die eine sehr junge Gruppierung und nach der Flüchtlingskrise von 2015 entstanden ist. Sie ist – so viel schon mal vorab – vor allem eine Ansammlung von frustrierten und wild gewordenen Spießbürgern, was sie nicht ungefährlicher macht.“ Kollberg schaute in die Runde. „Ich denke, ihr habt alle schon mal mit der rechten Szene zu tun gehabt, deshalb fasse ich mich kurz. Mit Ausnahme von Kajsa und Leila haben wir alle noch die Morde aus den 1990er Jahren vor Augen, als die Nazis unter anderem zwei Polizisten und einen Gewerkschafter umgebracht haben.“

Die beiden jungen Frauen, Kajsa und Leila, nickten – als Zeichen, dass auch sie davon gehört hatten.

„Heute gibt es in Schweden ein paar hundert aktive Nazis“, fuhr Kollberg fort. „Sie verüben keine spektakulären Morde mehr, aber sie drangsalieren Homosexuelle und sie verprügeln Ausländer – das ist mittlerweile trauriger Alltag in Schweden. Es gibt zwei bekannte rechtsextreme Gruppierungen, in denen Neonazis organisiert sind: Die Schwedische Widerstandsbewegung, kurz SWR, und die Partei der Schweden, die SMR. Ich unterscheide aber zwischen Nazis und Rechtsextremen. Die Rechtsextremen lassen das ganze Hitler-Zeug weg, sind aber trotzdem Rassisten. Alle Nazis wiederum sind rechtsextrem …“

„… Kollberg“, sagte Selander.

„Ja?“

„Das ist sehr interessant, aber unsere Erkenntnisse besagen, dass der Sultan, die Musiker, vielleicht auch Casper eher ins Visier dieser Heimattreuen geraten sind. Deshalb würden wir gerne über die reden …“

„… von denen sich manche vielleicht so radikalisiert haben, dass sie wie die rechtsextreme Widerstandsbewegung Anschläge verüben. Halldor, ich komme sofort zu den Heimattreuen, aber ich wollte nur verdeutlichen, dass die Heimattreuen, die Nazis und die Rechtsextremen Zweige des gleichen Baumes sind."

Selander nickte. „Fahr bitte fort", sagte er.

„Zu diesem Baum gehört auch die Partei der Schwedendemokraten, die in Umfragen bei über 20 Prozent liegt und im schwedischen Reichstag sitzt", sagte Kollberg. Er holte ein Papier aus der Tasche. „Die Schwedendemokraten geben sich heute moderater, aber ich will euch ein Flugblatt aus den 1970er Jahren vorlesen, das die Gründungsväter der Partei verfasst haben. Die aktuelle Parteispitze distanziert sich zwar davon, aber viele Mitglieder und viele Heimattreue berufen sich heute darauf. Das ist der Wortlaut: ‚Mit jedem Jahr verringert sich die Zahl der Schweden. In vier Jahren gibt es kein Schweden der Schweden mehr. Die Einwanderer und ihre Nachkommenschaft werden Schweden vollständig okkupiert haben. Vielleicht mit einem Türken als Diktator und einem Neger als Außenminister. Das Volk wird dann ein schokoladenbraunes Mischvolk sein, das nicht mehr schwedisch spricht, sondern verschiedene Sprachen munter durcheinander.'"

Evert Kollberg steckte das Papier wieder ein.

„Kannst du uns sagen, wie viele dieser Heimattreuen es gibt? Und welche Ziele sie haben?", fragte Selander.

„In jedem Dorf in Schweden gibt es Menschen, die mit den Heimattreuen sympathisieren", erwiderte Kollberg. „Seit der Flüchtlingskrise werden sie immer mehr. Sie kritisieren angeblich teure Asylverfahren, bringen die hohe Kriminalitätsrate mit den Einwanderern in Verbindung und verweisen auf die Anschläge von muslimischen Selbstmordattentätern auf der ganzen Welt. In ihren Augen sollte der schwedische Wohlfahrtsstaat den ‚richtigen' Bevölkerungsgruppen zugutekommen, also den Blonden und Blauäugigen. Um auf deine Frage zurückzukommen: Ich kann unmöglich eine Zahl nennen, wie viele Heimattreue es gibt, es könnten Zehntausende sein. Skinheads konnte man früher leicht identifizieren, aber die Heimattreuen sehen aus wie Kalle Svensson, also der Durchschnittsschwede. Ich weiß nur, dass viele miteinander vernetzt sind, und dass es einen kleinen, aber harten Kern um Alma Hendriksson alias Tante Braun gibt, die vor allem über die sozialen Medien agitieren."

„Ziele?"

„Die Heimattreuen verwenden zwar eine fürchterliche Sprache – Ausländer werden mit gefährlichen Tieren gleichgesetzt und Homosexuelle mit Pädophilen –, aber sie betonen immer, sie seien Demokraten. Sie demonstrieren gegen die Aufnahme von Flüchtlingen und sie unterstützen ihre Brüder und Schwestern im Geiste, die Schwedendemokraten – vielleicht glauben sie wirklich, sie würden einmal die Mehrheit im Land und damit die Regierung stellen …"

„Aber?", fragte Selander.

„Es gibt mittlerweile deutliche Tendenzen, dass die Gewaltbereitschaft bei den Heimattreuen zunimmt", sagte Kollberg. „Es gibt Aufrufe im Netz, man solle notfalls bewaffneten Widerstand gegen den ‚Feind' leisten – der ‚Feind', das sind die Ausländer, die Homosexuellen und natürlich der linke Mainstream, der in ihren Augen die Politik und die Medien beherrsche …"

Selander stöhnte. „Danke Kollberg, einiges haben wir schon gewusst, vieles noch nicht.“

Evert Kollberg erhob sich, nickte den Kollegen zu und verließ den Raum.

„Halldor, wir würden dir gern noch von unserem Besuch bei Bengt Brock und Britta Sartorius berichten“, sagte Kajsa.

„Okay, aber nur kurz, Kajsa, wir müssen uns auf den Maskenball am Samstag vorbereiten, den sich der Sultan gewünscht hat – diesmal darf keiner vergiftet werden.“

Luna Nordin hatte wieder mit dem Rauchen begonnen, als Munk nach seinem Kopfschuss im Koma gelegen hatte. Jetzt war er wach und würde wohl ganz gesund werden, aber Luna rauchte immer noch. Sie war nervös, denn sie kannte Munk: Er würde sich nicht an den ärztlichen Rat halten und Ruhe geben, falls, ja falls sich die Lage um den Sultan und seine Musiker zuspitzen würde.

Luna stand am Sveavägen vor einem 7-Eleven, in dem sie Tabak für ihre selbst gedrehten Zigaretten kaufen konnte. Sie dachte daran, dass sie kürzlich einen Artikel über eine 122-jährige Französin gelesen hatte, die mit 117 mit dem Rauchen aufgehört hatte. Ihre Begründung war, dass sie nichts mehr sehe – und deshalb Angst hatte, ihre Wohnung anzuzünden.

Die Geschichte gefiel Luna. Sie kramte in ihrer Geldbörse, um das Geld für ihren Tabak herauszuholen. Sie hatte nur einen 20-Kronen-Schein und einen 500-Kronen-Schein; der eine war zu wenig, der andere viel zu viel für den Tabak. Luna schaute gedankenverloren auf die beiden Scheine: der 500-Kronen-Schein zeigte die Opernsängerin Birgit Nilsson, der 20-Kronen-Schein Astrid Lindgren. Luna, die Lindgren liebte, war einen Moment sauer – war Astrid der schwedischen Reichsbank so wenig wert? Gut, Astrid Lindgren war ein bescheidener Mensch gewesen, und dass ihr Gesicht auf dem 20-Kronen-Schein gezeigt wird, wäre ihr sicher lieber gewesen als auf dem protzigen 500er. Außerdem hat Lindgren für Kinder geschrieben, und die bezahlen ihre Süßigkeiten eher mit dem 20-Kronen-Schein. Aber trotzdem war es ungerecht, fand Luna, irgendwie. Sie ging in den Laden, legte den Tabak auf den Tresen und bezahlte mit dem 500-Kronen-Schein.

„Könnten Sie mir das Wechselgeld bitte in

20-Kronen-Scheinen geben?“, fragte sie freundlich. Dann verließ sie den Laden, stieg in die U-Bahn und fuhr zur Klinik, in der Casper Munk untergebracht war.

Munk saß in seinem Bett und starrte an die Decke, als Luna an die Tür klopfte.

„Herein, du Schwein“, sagte Munk, der Luna am Klopfen erkannte. Luna klopfte immer gleich an – es waren die ersten Takte des Animals-Songs House Of The Rising Sun.

Luna trat ein und lachte. „Lange her, dass jemand ‚herein, du Schwein‘ gesagt hat – wenn ich mich recht erinnere, dann war das, als ich noch ein Kind gewesen bin“, sagte sie. Sie trat an Munks Bett und küsste ihn auf die Wange. Dann holte sie einen Stuhl und setzte sich neben ihn.

„Wie geht's“, fragte sie.

„Schlecht, der FC Liverpool hat gestern gegen Everton verloren“, erwiderte Munk.

Luna lachte, aber sie war nicht sicher, ob es tatsächlich nur ein Scherz war: Für einen Fan des FC Liverpool gab es nichts Schlimmeres, als gegen den Lokalrivalen FC Everton zu verlieren.

„Aber ihr steht in der Tabelle noch vor Everton?“, fragte sie.

Munks Miene hellte sich auf. „Wir sind Zweiter, Everton ist Siebter“, sagte er und beobachtete sie. „Du hast es mir geglaubt, oder?“, fragte er. „Dass meine Laune von der Tabelle der Premier League abhängig ist, obwohl ich gerade einen Kopfschuss hinter mir habe.“

„Ich traue dir alles zu“, sagte Luna. „Deshalb finde ich dich ja so sexy.“

Munk sah aus dem Fenster. „Das ist ein gutes Stichwort, Luna“, sagte er.

„Du klingst ernst, Casper."

„Ernst Casper ist ein schöner Name, findest du nicht?", sagte er.

„Jetzt bleib mal ernst, Ernst Casper", sagte sie. „Was ist?"

„Tove war hier, und es ist … es ist grundsätzlich geworden. Sie will – wenn mit den Koma-Folgen und dem Fall alles vorbei ist – mit mir zusammenleben."

„Hier in Stockholm?"

„Ja."

„Aber ihr Sohn und ihre Arbeit …"

„Der Sohn fängt ein Studium an und zieht vermutlich aus, und Tove könnte vielleicht in Stockholm am Karolinska Institutet arbeiten."

Luna schwieg. „Du klingst nicht gerade enthusiastisch", sagte sie dann. „Was ist los?"

Munk erzählte Luna von der Zurückweisung, als er nach Bergen ziehen wollte, und davon, dass ihm bei Tove etwas die Wärme fehle.

„Du bist sehr anspruchsvoll, Casper", sagte Luna. „Es gab gute Gründe, weshalb sie es ablehnte, dass du nach Bergen kommst. Ich gebe zu, es waren rationale Gründe …"

„… siehst du! Und ich glaube, du hättest an Toves Stelle gesagt: Komm zu mir, Casper, wir kriegen das hin."

Luna überlegte. „Ja, das hätte ich", sagte sie. „Aber ich weiß nicht, ob das die richtige Entscheidung gewesen wäre. Du bist sehr unausgeglichen, wenn du ein Problem hast, und du hattest ein großes Problem nach deiner Suspendierung bei der Polizei. Und du bist dann auch empfindlich, weil du denkst, der andere müsse sich immer um dich kümmern. Du wärst also zu Tove gezogen als ein Partner, der unausgeglichen und bedürftig ist – es gibt bessere Voraussetzungen für den Übergang von einer Fernbeziehung zu einer Wohngemeinschaft."

Munk blickte auf seine Bettdecke. Luna war wie immer schonungslos ehrlich.

„Danke", sagte er, „im Grunde denke ich ja dasselbe, und vermutlich würde ich es abhaken, wäre da nicht der latente Verdacht, Tove fehle es an Wärme und ihre Ablehnung, als ich nach Norwegen ziehen wollte, war ein Ausdruck dieser fehlenden Wärme."

Luna nickte. „Ich würde gerne sagen: akzeptiere das mit der fehlenden Wärme, weil Tove ansonsten sehr viele gute Eigenschaften hat; oder trenne dich. Aber es ist halt nicht so einfach." Luna blickte Munk in die Augen. „Vielleicht hilft dir eine einfache Frage bei deiner Entscheidung", sagte sie dann. „Liebst du sie noch?"

Barbelli, Amira und Haissam standen im Ballsaal des Schlosses etwas am Rande. Sie redeten über den Raum, durch den sie gerade gekommen waren – es war die Galerie Karls XI., die der Spiegelgalerie des Schlosses Versailles nachempfunden worden war.

„Wetten, dass der Sultan sich auch so eine Galerie einrichten wird: Galerie Daix I.“, flüsterte Haissam und lächelte gequält.

Haissam trug die Maske von Beethoven und das passende Gewand dazu. Der Sultan hatte ihm diese Verkleidung befohlen. Auf dem Kopf trug Haissam eine weiße Perücke. Barbelli und Samira durften anziehen, was sie wollten. „Hauptsache sexy“, hatte der Sultan gesagt. Für das Gesicht hatte er ihnen venezianische Augenmasken zur Verfügung gestellt. Später, für ihren Auftritt als ABBA, sollten sie sich dann umziehen.

Barbelli, Amira und Haissam befanden sich also jetzt im Ballsaal des königlichen Schlosses, dem „Vita Havet“, dem „Weißen Meer“. Vor ihren Augen tummelten sich viele Menschen mit Masken und Gehröcken, Knickerbockern und Umhängen. Barbelli schaute erst Amira, dann Haissam in die Augen, schließlich sagte sie: „In 15 Minuten hält der Sultan eine Rede, alle werden ihm zuhören, das ist die Gelegenheit, über den Keller abzuhauen.“

Der Ballsaal befand sich im ersten Stock des königlichen Schlosses.

„Und draußen, am Ende der unterirdischen Gänge, empfängt uns Britta?“, fragte Amira.

Barbelli nickte. „Und dann tauchen wir eine Weile in Schweden unter, wie abgemacht.“

25, vielleicht 30 Meter von den Musikern entfernt standen Leila und Grip.

„Warum heißt der Ballsaal Vita Havet?", fragte Grip.

„Das weiß ich nicht", erwiderte Leila. „Aber ich weiß, dass Kronprinzessin Victoria 2010 in diesem Saal geheiratet hat."

Grip grinste. „Ich wüsste einen Witz über Victoria und ihren Mann …"

Leila stieß ihm mit dem Ellenbogen in die Seite. „Wir fangen gar nicht mit Privatgesprächen an, schon gar nicht mit Witzen – heute müssen wir uns ganz darauf konzentrieren, dass kein neuer Mord passiert."

„Du hast recht", sagte Grip ungewöhnlich ernst. „Es dürfte bei diesem Gewimmel ohnehin schwer sein, alles im Auge zu behalten."

„Keiner ist hier mit einer Waffe hereingekommen", sagte Leila. „Alle wurden strengstens überprüft. Und hier drin helfen uns mehrere Kameras und 50 Säpo-Leute, das Ganze zu überwachen."

„Siehst übrigens gut aus, Leila", sagte Grip.

Leila trug ein enges, lindgrünes Kleid, einen Pferdeschwanz und ebenfalls eine venezianische Maske.

„Du auch", sagte Leila und lachte.

Grip trug einen Wikingerhelm mit Hörnern, ein Kettenhemd, eine Perücke mit langen blonden Haaren und einen blonden Bart, der sein gesamtes Gesicht verdeckte.

„Lasse Bosse Ström liebt nordische Klischees", sagte Grip, „und unser Polizeipräsident wollte, dass wenigstens einer seiner Polizisten die Tradition hochhält. Bin ja froh, dass ich kein Bärenfell anziehen musste."

In diesem Moment betraten der schwedische König und der Sultan den Ballsaal. Die beiden Autonarren trugen Masken mit den Konterfeis von ehemaligen Formel-1-Fahrern im Gesicht, der König jenes von Ronnie Peterson, des bekanntesten schwedischen Rennfahrers aller Zeiten. Peterson war 1978, im Alter von nur 34 Jahren, an den Verletzungen gestorben, die er sich bei einer Massenkarambolage beim Großen Preis von Italien zugezogen hatte. Der Sultan trug die Maske von James Hunt, des größten Playboys der Formel-1-Geschichte.

„Hunt hat einmal behauptet, er habe mit 5000 Frauen geschlafen", flüsterte Grip, als der Sultan und der König auf einem vergoldeten Podest Aufstellung nahmen, um zu den Gästen zu sprechen. „Es gibt die Geschichte, dass er beim WM-Rennen 1976 in Japan mit 33 Stewardessen geschlafen habe – innerhalb einer Woche."

Leila schüttelte belustigt den Kopf. „Was du dir alles merkst", sagte sie.

„Das ist meine professionelle Vorbereitung auf diesen Abend gewesen", sagte Grip. „Ich wusste ja, dass der Sultan mit der Hunt-Maske kommen wird. Du kannst mir sicher nichts über Ronnie Petersons Privatleben sagen …"

„Doch", erwiderte Leila, „Peterson war verheiratet, er hat seine Frau bei einem literarischen Abend kennengelernt, in dem die Teilnehmer über den hermeneutischen Zirkel diskutiert haben. Und er war Übersetzer, bevor er mit dem Rennsport begann. Er hat Grimms Märchen ins Schwedische übertragen, hier heißen sie Grips Märchen …"

„Das war selbst für deine Verhältnisse ein unterirdischer Witz", sagte Grip und grinste. „Und das andere war erfunden."

„Klar", erwiderte Leila. „Aber wollten wir uns nicht auf die Arbeit konzentrieren? Da drüben ist übrigens Bengt Brock."

„Wo?", fragte Grip und schaute in die Richtung, in die auch Leila blickte. „Ich sehe nur Leute mit Masken."

„Ich habe ihn nicht am Gesicht erkannt", erwiderte Leila, „sondern an seinen auffallend schmalen Hüften. Die waren mir schon im Stadshuset aufgefallen."

„Schmale Hüften", murmelte Grip und schüttelte den Kopf.

„Komm, du schaust bei den Frauen auch nicht nur auf die Augen", sagte Leila.

Der schwedische König beendete seine Rede, er hatte von der Gastfreundschaft seines Landes gesprochen, von Brücken, die gebaut würden und von Gemeinsamkeiten, die man habe, auch wenn es Trennendes gebe. Als er fertig war, setzte er seine Ronnie-Peterson-Maske wieder auf.

Dann war der Sultan dran.

Das war das Zeichen für Barbelli, Amira und Haissam. Sie verließen den Ballsaal, einzeln und im Abstand von einigen Minuten, um nicht als Gruppe aufzufallen. Leila, die gleichzeitig über schmale Hüften reden und mit den Augen den ganzen Ballsaal scannen konnte, stieß Grip in die Seite.

„Die Musiker gehen", sagte sie und deutete auf die Tür des Ballsaals, die Haissam gerade passierte. „Eine der Frauen ist schon raus."

„Die müssen sicher nicht alle gleichzeitig auf die Toilette", sagte Grip. „Ich folge ihnen."

Grip wartete noch, bis auch die zweite Musikerin nach wenigen Minuten durch die Tür verschwunden war, dann ging er ebenfalls hinaus. Leila blieb zurück, unschlüssig, ob sie ihrem Kollegen folgen sollte.

Amira, Barbelli und Haissam hatten ihre Schritte beschleunigt, als sie den Ballsaal verlassen hatten.

„Kommt, kommt", flüsterte Barbelli, die als Erste draußen gewesen war und an der Treppe gewartet hatte. „Wir müssen rüber zur Bibliothek."

Im Nordostflügel des Schlosses befand sich die Bernadotte-Bibliothek mit seinen etwa 100.000 Büchern. Und hinter einer der Bücherwände sollte der Eingang zu den Katakomben sein. Jedenfalls hatte man das den Musikern so gesagt.

„Beeilt euch", flüsterte Barbelli und hob ihren Rock etwas an, um besser laufen zu können, „die haben bestimmt schon gemerkt, dass wir weg sind."

Amira zog ihre Stöckelschuhe aus und ließ sie einfach liegen. Die drei Musiker hatten mehrere Treppen und Gänge hinter sich und waren im Nordostflügel des Schlosses angelangt, bei der Bibliothek. Haissam stemmte sich gegen die schwere Tür und öffnete sie, Barbelli und Amira verschwanden in dem Raum mit den 100.000 Büchern. Amira, die Intellektuelle, blickte voller Ehrfurcht auf die Bücherwände.

„Wir haben keine Zeit zum Lesen, Amira", sagte Barbelli und holte einen Zettel aus der Tasche, der den Grundriss der Bibliothek zeigte.

„Hier muss es sein", sagte sie und deutete nach vorne, „hinter den Musikalien."

In der Bernadotte-Bibliothek gab es eine Sammlung von Noten großer Musiker.

„Hier, bei Bellman, soll die Tür aufgehen", sagte Barbelli.

„Schön!", entfuhr es Haissam, der Carl Michael Bellman liebte.

Barbelli drückte an die Bücherwand, aber nichts bewegte sich.

Haissam packte mit an.

„Schneller!", flüsterte Amira.

Die Wand bewegte sich nicht.

„Werft die Noten raus“, sagte Amira. „Vielleicht sieht man dann mehr.“

Haissam begann, die Musikalien auf den Boden zu werfen, erst zaghaft, dann immer schneller, schließlich umfasste er mehrere Bände mit seinen Armen, packte sie wie ein Bagger und schleuderte sie zu Boden.

„Da!“, rief Barbelli etwas zu laut. „Da ist der Griff einer Tür.“

Etwa in Augenhöhe der mittelgroßen Barbelli befand sich ein bronzener Türgriff in Form eines Schlüssels.

„Drück gegen ihn!“, sagte Amira.

Haissam kam Barbelli zuvor, griff mit der rechten Hand durch die leere Regalwand und drückte entschlossen gegen den bronzenen Schlüssel. Die Tür, die sich hinter der Bücherwand befand, bewegte sich ein Stück.

„Noch fester!“, flüsterte Amira.

Haissam kniete sich auf das Regal und drückte mit aller Kraft gegen den Schlüsselgriff. „Er klemmt!“, sagte er.

„Haissam!“, flehte Amira.

Haissam kletterte in die leere Regalwand hinein, kniete sich hin und warf sich gegen die Tür. Sie sprang auf, Haissam fiel in einen dunklen Gang hinein.

„Komm“, sagte Barbelli zu Amira und kletterte durch das Regal und die offene Tür in den Gang hinein. Haissam, der beim Sturz seine Beethoven-Perücke verloren hatte, stand auf, reichte Amira die Hand und holte sie ebenfalls herüber.

„Am Ende des Ganges ist eine Treppe, die in die Katakomben führen soll“, sagte Barbelli. Dann liefen sie los.

„Halt“, rief eine Stimme hinter ihnen, als die Musiker die Hälfte des Ganges hinter sich gelassen hatten. Es war Grip, der durch die Regalwand in den Gang hineinblickte.

„Warum laufen Sie weg?“

Die drei Musiker drehten sich nicht um, sie liefen unbeirrt weiter in Richtung Treppe. Grip stieg durch die Regalwand und die Tür in den Gang hinein.

„Halt, ich will nur mit Ihnen reden“, rief er und riss sich den angeklebten Bart aus dem Gesicht.

Barbelli blickte kurz um und trieb die beiden anderen dann zu noch größerer Eile an. Amira erreichte als Erste die Treppe, die in die Katakomben führen sollte. Es war eine sehr enge, steinerne Wendeltreppe, die ohne Tür vom Gang aus betreten werden konnte. Grip sah, wie erst Amira, dann Haissam und schließlich Barbelli im Treppeneingang verschwanden. Er sah ein, dass es keinen Sinn hatte, noch einmal zu rufen. Grip rannte stattdessen los, hetzte den Gang entlang und folgte den drei Musikern auf der engen, fensterlosen Wendeltreppe in die Tiefe. Grip lief sie hinunter, so schnell er konnte. Er keuchte und musste nach einigen Minuten eine Pause einlegen, weil ihm schwindelig war. Grip hatte wie Munk ein fragiles Gleichgewichtsorgan, er konnte weder Karussell noch Serpentinen fahren. Auch auf einem Schiff wurde ihm übel, wenn es etwas schwankte.

„Fuck!“, fluchte er, weil er wertvolle Sekunden auf die Musiker verlor.

Er horchte die Treppe hinunter, hörte aber nichts. Hatten die Musiker die Wendeltreppe bereits verlassen oder bewegten sie sich so lautlos? Stattdessen hörte Grip ein Geräusch hinter sich. Als ob jemand mit schweren Stiefeln die Treppe herunterlief. Es ging ihm besser, er beschloss, nicht auf das Geräusch zu achten, sondern die Verfolgung der Musiker wieder aufzunehmen.

Grip rannte die Wendeltreppe rasend schnell hinunter

und hoffte auf ihr baldiges Ende, um nicht wieder wegen Schwindelanfällen pausieren zu müssen. Er hatte Glück. Sie mündete rasch in einen unwirtlichen Gang. Es roch nach Moder, und Grip konnte zunächst kaum etwas sehen. In einem Film würden mir jetzt Ratten über die Füße laufen und aufgeschreckte Fledermäuse um meinen Kopf herumschwirren, dachte er. Grip sah aber weder Ratten noch Fledermäuse, und er war erleichtert darüber. Er hörte, wie sich Schritte plätschernd entfernten, denn der Gang war feucht und die Musiker liefen über Pfützen hinweg. Plötzlich war die Szenerie hell erleuchtet. Grip sah, wie in etwa 50 Metern Entfernung eine Art Lampe in den Gang gehalten wurde, er konnte es nicht genau erkennen, weil seine Augen sich erst an das Licht gewöhnen mussten. Er konnte auch nicht sehen, wer die Lampe hielt und ob der Gang ins Freie führte. Grip lief los und sah, wie sich erst Barbelli und dann Amira durch eine Spalte zwängten, durch die die Lampe in den Gang gehalten wurde. War es eine Tür, die aufgehalten wurde? Grip blieb kurz stehen und kniff die Augen zusammen. Ja, es war eine Tür. Barbelli war schon weg, Amira war halb durch und Haissam blickte nach hinten, zunächst auf Grip, der sich bis auf 20 Meter genähert hatte, und dann auf etwas oder jemand, das oder der in weiterer Ferne war. Grip sah, dass Haissam plötzlich von Panik ergriffen war, der Musiker riss die Augen auf und drehte sich dann hastig zur Tür, durch die auch Amira gerade verschwunden war.

Dann fiel ein Schuss, der in diesem Gang noch lauter hallte als anderswo.

Grip sah, wie Haissam am Oberkörper getroffen wurde und in sich zusammensackte. Dann fiel er vornüber auf den Boden. Das Wasser in den Pfützen spritzte hoch.

Grip drehte sich um.

„Siiiiiieeeeee?“, rief er. „Aber er war doch unbewaffnet!“

Dann fiel noch ein Schuss.

Grip spürte einen heißen Schmerz in seiner Brust. Er sah, wie der Schütze seine Pistole senkte. Dann wurde es schwarz.

Leila hatte noch ein paar Minuten überlegt, als Grip den Musikern gefolgt war. Dann hatte sie Halldor Selander darüber informiert und war Grip, mit dem sie via GPS verbunden war, mit Selanders Einverständnis gefolgt. Sie war durch die leere Regalwand in der Bibliothek in den Gang geklettert, hatte ihn eilig passiert, war die Wendeltreppe hinabgestiegen, und in einem dunklen, schlecht riechenden Tunnel gelandet. Sie ging hinein und sah auf halber Strecke die Schatten von zwei Menschen, die am Boden lagen. Leila hatte sofort eine Gänsehaut.

„Bitte lass es nicht Grip sein", murmelte sie.

Leila rannte los und sah, bevor sie die beiden Gestalten erkennen konnte, einen Wikingerhelm am Boden liegen.

„Griiiiiiiiiip!", rief sie und stürzte zu dem am Boden liegenden Kollegen.

Grip lag auf dem Bauch. Leila sah, dass sich um ihn herum eine Blutlache gebildet hatte. Sie drehte ihn vorsichtig um und sah, dass Grips Augen starr geöffnet waren.

„Neeeeeeeeeeeiiiiiiiiiiiiiiiiiin!"

„Ja, ich liebe Tove noch“, sagte Munk, nachdem Luna einige Minuten darauf gewartet hatte, wie er ihre Frage beantworten würde. „Aber ist das das einzige und absolute Kriterium bei der Überlegung, ob man zusammenbleiben sollte?“, fragte Munk.

„Das wichtigste zumindest“, erwiderte Luna.

Munk blickte auf die Bettdecke. „Ich habe Glück, dass ich noch lebe“, sagte er dann. „Und ich will damit etwas anfangen – auch in Bezug auf Tove. Nichts Halbes mehr. Keine Fernbeziehung mehr. Eine richtige Beziehung oder Trennung. Ich habe die Antwort noch nicht gefunden, weil ich sie zwar liebe …“ Munk machte wieder eine Pause. „Luna, ich wirke vielleicht nicht so, weil ich mich wie besessen um den Fall kümmere, aber natürlich …“

Luna wartete darauf, dass Munk weitersprach.

„… aber natürlich hat mich der Kopfschuss … ich finde nicht das richtige Wort dafür, nicht den richtigen Ausdruck.“

Normalerweise hätte Luna an dieser Stelle einen Witz gemacht. Dass Munk langsam alt werde und ihm nicht mehr die richtigen Worte einfielen; dass sie gemeinsam dieses Wort unter dem Krankenbett suchen könnten, irgendwo müsste es doch sein.

Aber Luna spürte, dass nicht die Zeit für Witze war, ausnahmsweise nicht.

„Dass mir einer in den Kopf geschossen hat“, fuhr Munk schließlich fort, „das hat mich sehr erschüttert – ich habe natürlich darüber nachgedacht, dass ich tot sein könnte und …“ Munk lächelte, was Luna zunächst irritierte.

„… und wie meine Beerdigung sein könnte, wer käme und wer was sagen würde. Ich will ja unbedingt verbrannt werden, weil mir die Vorstellung, mein Körper liegt eingesperrt in einer Kiste unter der Erde und wird von irgendwelchem Getier zerfressen, eher nicht gefällt. Also, die Urne mit meiner Asche liegt bei meiner Beerdigung in einem Grab, und du bist da, hoffentlich … und Tove und Leila, Pontus, meine Schwester, meine Eltern, Halldor, Jari, Kajsa, Achatz – und Grip natürlich. Grip dürfte Witze machen, das würde ich mir wünschen, und er könnte auch gerne vor meinem Grab stehen und singen: Steh auf, wenn du ein Scouser bist."

Luna lachte. Sie wusste, dass die Fans des FC Liverpool, für den Munk schwärmte, „Liverpudlian" oder „Scouser" (die Leute von der Merseyside) hießen. Und dass man im Stadion die Atmosphäre anheizte, indem man sang: „Steh auf, wenn du ein Scouser bist." Und dann standen alle Fans im Stadion.

Munk blickte wieder auf die Bettdecke. Luna wollte gerade fragen, wie Munk nach all dem, was er gerade geredet hatte, den Bogen wieder zu Tove und der offenen Frage nach ihrer Beziehung schlagen wolle, als es heftig an der Tür klopfte.

„Herein", rief Munk.

Die Tür ging mit einem Schwung auf und Leila stand im Zimmer. Sie war sehr blass. Ihre Schultern hingen herunter. Und sie war verweint.

„Grip ist tot!", rief sie.

Munk starrte sie an. Was hatte sie gesagt?

„Grip ist tot", wiederholte Leila. „Grip ist erschossen worden."

Sie ging langsam auf Munk zu und umarmte ihn. Munk ließ es geschehen, aber er hatte immer noch nicht begriffen, was Leila gesagt hatte. Er stand unter Schock. Leila ließ Munk wieder los und setzte sich auf einen Stuhl. Sie blickte ausdruckslos ins Leere. Munk starrte vor sich hin.

„Casper?“, sagte Luna und legte ihre Hand auf seinen rechten Unterarm.

Munk reagierte nicht. Er sah Grip vor sich. Er dachte daran, mit welcher Begeisterung Grip seine Witze erzählt hatte; wie Grip immer zu ihm hielt, egal, welche Alleingänge er bei den Ermittlungen unternahm; wie Grip den Tischfußball, an dem sie manchmal spielten, voller Vorfreude ins Polizeipräsidium gebracht hatte; wie Grip in Kajsa verliebt gewesen war; wie Grip mit ihm in der Kneipe saß und …

Munk drehte den Kopf zu Luna hinüber. Luna erschrak. Munks Gesicht hatte jede Farbe verloren, aber seine Augen funkelten. Luna sah nicht nur Schmerz. Sie sah vor allem Wut.

„Wer war es?“, fragte er Leila.

„Wir wissen es nicht“, erwiderte sie. „Grip wurde in den Katakomben des Schlosses erschossen, als er den Musikern des Sultans folgte, die abhauen wollten. Einer der Musiker, Haissam, wurde auch erschossen.“

Munk schlug die Bettdecke zur Seite und war mit einem Sprung aus dem Bett heraus. Er ging zum Schrank, zog Hose, Hemd und Jacke an und sagte zu Leila: „Wir gehen!“

Als Leila und Munk im Polizeipräsidium ankamen, waren die Flure voll mit Polizisten. Sie standen in kleinen Gruppen zusammen, manche hatten verweinte Augen. Per Henrik Grip war zwar nicht der beste Polizist in Stockholm gewesen, aber einer der beliebtesten. Als Leila und Munk das Foyer betraten, eilte die Rezeptionistin auf ihn zu und umarmte ihn. Sie wusste, dass Casper Munk derjenige war, der Grip am nächsten stand. Munk ließ es für einige Momente geschehen, aber er spürte keinen Trost. Selbst seine Trauer war überlagert von einem starken Gefühl der Wut, die Rache forderte.

Als die Rezeptionistin ihn wieder losließ, strebte Munk auf das Büro von Halldor Selander zu, das am Ende des Flures war. Er ließ die vielen Beileidsbekundungen über sich ergehen und klopfte schließlich an Selanders Tür. Leila war Munk gefolgt.

„Herein!"

Munk und Leila betraten das Büro. Selander, der mitten im Raum stand und sehr blass war, war nicht alleine. Neben ihm standen Polizeipräsident Lasse Bosse Ström, Säpo-Chef Sören Bertahos und der schwedische Innenminister. Selander war offenbar nicht erstaunt, Munk zu sehen. Er ging auf ihn zu, legte ihm die Hand auf die Schulter und sagte: „Es tut mir sehr leid, wir alle mochten Grip." Selander deutete eine Umarmung an, ließ es aber dann. Umarmungen waren nicht seine Sache, auch nicht in so einem Moment. Selander war trotzdem mitfühlend und aufrichtig traurig.

„Danke", antwortete Munk.

Als aber Ström und Bertahos auf ihn zukamen, um ihm die Hand zu schütteln, hob er abwehrend die Hände. Ström und Bertahos waren keine empathischen Menschen, er wollte deren gekünsteltes Beileid nicht.

„Ich bin hier, um den Mann oder die Frau zu schnappen, die Grip getötet hat“, sagte er stattdessen.

„Du bist krankgeschrieben“, sagte Selander, „und du könntest selbst sterben, wenn du dich überanstrengst.“

„Ich weiß deine Sorge zu schätzen, Halldor“, erwiderte Munk, der immer noch seinen Kopfverband trug. „Aber ich ermittle entweder zusammen mit euch oder ich mache es alleine – keiner wird mich davon abhalten.“

„Mich auch nicht!“

Munk erkannte die raue Stimme und drehte sich um. Achatz Larsson stand im Raum. Auch er war ja noch krankgeschrieben. Nach ihm kam Kajsa durch die Tür.

„Wir machen es alle zusammen“, sagte sie und stellte sich neben Larsson. „Casper, Leila, Achatz und ich – und wer noch mitmachen will.“

„Moment, Moment“, sagte Ström und trat in die Mitte des Raumes. „Das ist immer noch eine offizielle Sache der Polizei, und nicht die Sache von krankgeschriebenen Beamten, die von nicht krankgeschriebenen Kolleginnen unterstützt werden.“

„Entweder dürfen alle mitmachen, oder ich bin auch raus“, sagte Leila.

„Ich auch“, stimmte Kajsa zu.

„Ich auch“, sagte der alte Kriminaltechniker Jari Huskonen, der nun ebenfalls durch die Tür hereingekommen war. „Es geht hier um Grip.“

Ström sah fragend zum Innenminister hinüber.

„Natürlich geht das nicht“, sagte der Minister. Er machte eine Pause. „Eigentlich geht das nicht.“

Er bedeutete Selander, Ström und Bertahos, ihm in eine Ecke des Raumes zu folgen. Dort steckten die vier Männer die Köpfe zusammen. Munk sah, wie der Minister leise auf die drei anderen einredete; wie Bertahos und Ström offenbar zunächst zur Gegenrede ansetzten, dann aber vom Innenminister überzeugt wurden.

„Wir machen es", sagte der Minister, nachdem die Runde sich aufgelöst hatte und er zurück in die Mitte des Raumes getreten war. „Alle sind dabei – in Anbetracht der besonderen Situation. Ich nehme das auf meine Kappe." Er sah Munk an. „Mit Ausnahme des gesundheitlichen Risikos natürlich, das Sie eingehen, Kommissar Munk", fügte er hinzu.

Munk nickte.

„Was haben wir?", fragte er, so wie er schon oft gefragt hatte, als sie einen Mörder suchten. Jetzt suchten sie den Mörder ihres Freundes Grip.

„Setzt euch doch bitte", sagte Selander zu den Polizisten und deutete auf die Sitzecke in seinem Büro. Für den Innenminister, den Polizeipräsidenten und den Säpo-Chef ließ er eigens Stühle bringen.

„Was haben wir?", fragte Munk noch einmal. Er blieb stehen. „Wir haben einen Anschlag auf mich, wir haben einen vergifteten und einen erschossenen Musiker aus Daixistan, und wir haben …" Seine Stimme versagte für einen Moment. Aber Munk hatte sich rasch gefangen. „Und wir haben den Mord an dem Polizisten Per Henrik Grip." Munk wandte sich an den Innenminister. „Könnten Sie bitte veranlassen, dass künftig Empfänge oder Konzerte oder was auch immer für diesen Sultan unterbleiben?", fragte er. „Schließlich haben alle Taten etwas mit ihm zu tun."

Der Innenminister machte ein ernstes Gesicht. „Der Sultan ist auf eine persönliche Einladung des Königs nach Schweden gekommen, es ist sicher schwierig, da einzugreifen“, erwiderte der Minister, „aber ich versuche es – und zwar sofort.“

Er stand auf, holte sein Handy aus der Sakkotasche, wählte eine Nummer und verschwand durch die Tür.

„Wo wir gerade beim Sultan sind – wo steht er auf der Liste der Verdächtigen?“, fragte Munk.

„Welches Motiv hätte er, Casper?“, fragte Selander. „Zwei Musiker, die für ihn singen sollten, sind tot, und die beiden anderen Opfer sind zwei Polizisten, die ihn beschützen sollten.“

„Vielleicht lässt er töten, weil es ihm Spaß macht“, erwiderte Munk. „Er ist skrupellos. Und er ist unberechenbar.“

Selander schüttelte den Kopf. „Unwahrscheinlich“, sagte er.

Munk hatte den Verdacht, dass Selander die Fantasie dazu fehlte, sich dieses Szenario vorzustellen.

„Herr Ström, Herr Bertahos, der Sultan wird beschützt – könnten wir ihn nicht auch überwachen?“, fragte Munk.

„Auf keinen Fall“, sagte Ström, „wenn das herauskommt. Ich kann dafür nicht die Verantwortung übernehmen.“

Munk blickte auf Bertahos. Er sah, wie sich der kleine, dicke Mann straffte.

„Die Säpo übernimmt das“, sagte er. „Keiner darf etwas davon wissen, auch nicht der Innenminister.“

Ström und Selander schauten sich an. Selander nickte.

„Und wer hält den Kopf hin, wenn das schiefgeht?“, fragte Ström.

„Ich“, sagte Bertahos.

„Gut“, sagte Munk, der plötzlich Respekt vor diesem kleinen Mann hatte. „Wen haben wir noch? Die Heimattreuen …“

In diesem Moment ging die Tür auf. Der Innenminister kam zurück. Er hielt sein Handy in die Höhe, als habe es einen Sieg davongetragen.

„Der Premierminister und der König sind einverstanden, dass man künftig keine Empfänge und Konzerte mehr für den Sultan organisiert", sagte er. „Der König wird es dem Sultan sagen."

„Weiß der Sultan auch, dass er das Land nicht verlassen soll, bis die Verbrechen hier geklärt sind?", fragte Munk.

„Wir werden ihn darum bitten", sagte der Innenminister, „aber zwingen können wir ihn nicht. Er genießt Immunität und darf nicht gegen seinen Willen in Schweden festgehalten werden."

Ström nickte.

„Lasst uns weitermachen", sagte Munk. Er wollte keine Zeit verlieren. „Wir haben auf der Liste weitere Verdächtige: die Heimattreuen, die Ausländer hassen; Bengt Brock und seine Mutter, die persönliche Motive haben, dem Sultan zu schaden; linke Gruppen, die dem Sultan Menschenrechtsverletzungen ankreiden; und schließlich ein paar Fragezeichen: Geheimdienste von Staaten, die mit dem ölreichen Sultanat verfeindet sind. Oder die Exilanten, die wegen des Sultans das Land verlassen und sich in Schweden niedergelassen haben: Homosexuelle, Oppositionelle."

Leila räusperte sich. „Exilanten und linke Gruppen haben wir bereits durchleuchtet, als du im Krankenhaus gewesen bist, Casper", sagte sie. „Wir haben keinerlei Hinweise gefunden …"

„… was noch nichts heißt", warf Munk ein.

„Was noch nichts heißt", wiederholte Leila, „keine Untersuchung ist lückenlos. Aber ich würde sie momentan ebenso wenig priorisieren wie Geheimdienste." Leila blickte in die Runde. „Wir müssen auf die Opfer schauen: zwei Musiker, zwei Polizisten", sagte sie. „Klar, man könnte sagen, all das schadet dem Sultan, und deswegen könnten es andere Staaten und deren Geheimdienste sein, linke Gruppen oder Exilanten. Aber wenn man näher hinguckt, passt das alles besser zu den Heimattreuen, die Ausländer, also diese Musiker, hassen; und die auch das System hassen, das ihnen die Flüchtlinge zumutet, also die schwedischen Politiker – und die schwedischen Polizisten, die im Namen dieser Politiker in den Laptops der Heimattreuen herumschnüffeln."

Munk nickte. „Ich denke genauso", sagte er. „Und ich glaube, es gibt noch zwei Verdächtige, die wir priorisieren sollten."

„Brock und seine Mutter", sagte Leila.

„Genau", stimmte Munk zu. „Der Sultan hat zumindest der Mutter schwere seelische Verletzungen zugefügt. Ich denke, sie ist fähig dazu, erst ein paar Menschen im Umfeld des Sultans zu töten – möglicherweise, um ihm Angst zu machen. Und schließlich wird sie ihn töten."

Ström schüttelte den Kopf. „Ein Schlagersänger und seine Mutter – das glaube ich nicht", sagte er.

Wieder war es Bertahos, der Munk unterstützte. „Ich denke, die Frau hat ein starkes Motiv", sagte er. „Und wir wissen doch, wie skrupellos ein Mensch sein kann."

Ström zuckte die Schultern, was als Einverständnis gewertet werden konnte.

„An die Arbeit", sagte Selander.

Der Sultan saß im Ankleidezimmer des Gutes Harpsund in Värmland. Er hatte ja darauf bestanden, dass viele Räume auf dem Gut dem Grand Appartement du Roi, also dem großen königlichen Appartement im Schloss Versailles nachempfunden würden. Das sei doch das Mindeste, hatte er dem schwedischen König gesagt; schließlich habe er ihm, dem König, bei dessen Besuch im Sultanat nicht nur die beeindruckende Ferrari-Sammlung gezeigt, sondern auch mehrere Treffen mit Kurtisanen ermöglicht. Und seine Frau, die Königin, solle davon doch nichts erfahren, oder?

Der König hatte dann den Premierminister überzeugen müssen, dass das Gut für die Dauer des Aufenthaltes umgebaut werden müsse. Es war nicht leicht gewesen, der Hinweis des Königs auf weitere Ölgeschäfte mit dem Sultan hatte schließlich geholfen. Das Grand Appartement du Roi mit seinen sieben Salons war schließlich im Westflügel des Gutes Harpsund errichtet worden. In Windeseile waren die Wände mit Marmor verkleidet und die Decken bemalt worden, aus allen Schlössern des Landes hatte man Plüsch und Gold für die Inneneinrichtung herbeigeschafft. Der Sultan war jedenfalls zufrieden. Und er hatte auf dem Ostflügel von Harpsund einen Saloon bekommen, in dem er ab und an saß, gekleidet wie Buffalo Bill.

Jetzt hockte er im Ankleidezimmer und dachte darüber nach, mit welchen Neuerungen er seine Landsleute bei seiner Rückkehr beglücken würde. Dass er bald zurückkehren würde, war für ihn klar. Es wurden zwar nach seiner Ankunft ein paar Menschen getötet, zwei Musiker, die er mitgebracht hatte, und ein Polizist (und noch ein Polizist war angeschossen worden); aber was hatte er damit zu schaffen? Er würde Schweden verlassen, wann er wollte, egal, was die schwedischen Politiker von ihm verlangten. Und er würde Schweden bald verlassen. Es war ihm langweilig geworden. Es fehlte ihm, dass er irgendwas für irgendwen erlassen konnte. Er liebte Erlasse. Zu Hause würde er das nachholen.

Sultan Daix blickte in den Spiegel.

Neue Geldscheine mit seinem Konterfei, das würde ihm gefallen. Aber hatte er das nicht schon oft befohlen?

Er betrachtet sich wieder im Spiegel. Daix hatte sich kürzlich seine Koteletten schwarz färben lassen. Auf den Geldscheinen, die in seinem Sultanat im Umlauf waren, hatte er aber noch graue Koteletten. Er würde alle diese Geldscheine vernichten und neue drucken lassen, auf denen er schwarze Koteletten trug. Das würde ihn bedeutend jünger machen. Daix freute sich über seine Idee.

Der Sultan schnippte mit den Fingern. Sein Diener Tunichgud, der vor der offenen Tür des Ankleidezimmers gewartet hatte, trat herein.

„Herrschaft?“, fragte Tunichgud, der natürlich nicht so hieß, aber vom Sultan so genannt wurde.

„Ich esse jetzt“, sagte der Sultan.

„Sehr wohl“, sagte der Diener. „Es ist bereits angerichtet, das Essen wird sofort serviert.“

Der Sultan erhob sich und folgte dem Diener ins Esszimmer, in das der schwedische Staat eine sehr lange Tafel gestellt hatte. An der Decke hingen goldene Kronleuchter, die aus dem königlichen Schloss in Drottningholm herbeigeschafft worden waren. Der Diener trat hinter den Stuhl, auf dem der König beim Speisen zu sitzen geruhte, und zog ihn ein wenig von der Tafel weg. Der Blick des Sultans fiel auf die Sitzfläche des Stuhls. Er lachte.

Es lag dort ein Furzkissen.

„Vielen Dank, Tunichgud, Sie wollen mich nach den unerfreulichen Todesfällen zum Lachen bringen“, sagte der Sultan und schickte sich an, Platz zu nehmen.

Der Diener, der mit erhobenem Haupt seitlich vom Stuhl stand und das Furzkissen erst jetzt erblickte, brachte gerade noch ein „Das ist nicht von mir“ heraus, als nach der Berührung des mächtigen Gesäßes des Sultans mit dem hoch explosiven Kissen der Stuhl, der Sultan und der Diener mit einem ohrenbetäubenden Knall in die Luft flogen.

Leila und Munk fuhren über die Kungsgatan zum Sveavägen und von dort stadtauswärts Richtung Norra Tornen. Sie wollten zu Britta Sartorius und Bengt Brock. Leila fuhr, Munk saß schweigend daneben.

„Hatte Grip Geschwister, oder leben seine Eltern noch?", fragte Leila. Ihre Stimme klang brüchig.

Munk reagierte nicht. Er hatte bisher kein Zeichen von Trauer gezeigt, er war, nachdem Leila ihm die Nachricht von Grips Tod überbracht hatte, aus dem Krankenbett aufgesprungen und hatte mit großer Entschlossenheit die Ermittlungen übernommen. Jetzt saß er in Leilas Auto und sagte nichts. Leila nahm die rechte Hand vom Lenkrad und legte sie auf Munks linke Schulter. Munk blickte weiter geradeaus, ergriff aber Leilas Hand und drückte sie. Dann liefen ihm Tränen über das Gesicht. Als Leila an einer Ampel halten musste, umarmte sie Munk. Nachdem sie wieder angefahren war, sagte er: „Am liebsten mochte ich an Grip, dass er so einzigartig war."

„Wie meinst du das?"

„Er hat sich nie um Konventionen oder Trends geschert", sagte Munk. „Er war nicht ehrgeizig, sondern wollte vor allem Spaß mit uns haben. Seine Klamotten waren nie in Mode, und mit seiner Ernährung wäre er vermutlich eh nicht alt geworden."

Leila lächelte. „Die Bilar …"

„Ja, er hat den ganzen Tag dieses klebrige Zeug gegessen – er hat mehr Süßigkeiten gegessen als das ganze Polizeipräsidium zusammen. Und hast du jemals gesehen, dass er Salat gegessen hätte?"

„Nie!", rief Leila und lachte.

„Ich werde ein paar Tage nach seiner Beerdigung mit

einer Tüte Bilar an sein Grab gehen und sie einzeln in die Erde stecken", sagte Munk.

Leila parkte vor den Norra Tornen. „Wollen wir noch etwas im Auto sitzen bleiben?", fragte sie.

„Lieber nicht", erwiderte Munk.

In diesem Moment klingelte Munks Handy. Es war Tove. Munk war schlagartig bewusst, dass er Tove noch nicht von Grips Tod erzählt hatte. Müsste es nicht das Erste sein, was man tut, wenn ein Freund gestorben ist: dass man seine Lebensgefährtin anruft, um sein Leid mit ihr zu teilen? Um Trost bei ihr zu suchen? Munk drückte Tove weg, und er wusste, dass es ein großer Fehler war.

„Wer war es?", fragte Leila.

„Tove", erwiderte Munk.

Leila ahnte, dass Munk ihr noch nichts gesagt hatte. Immerhin war sie seit Stunden mit ihm zusammen, seit dem Moment, als sie ihm im Krankenzimmer die Nachricht von Grips Tod mitgeteilt hatte. Sie wollte etwas sagen – in der Art, dass es höchste Zeit war, seiner Freundin davon zu erzählen. Aber sie ließ es sein.

Munks Handy klingelte noch einmal. Er ließ es in der Jackentasche, weil er dachte, es wäre wieder Tove. Kurz nachdem es aufgehört hatte zu klingeln, meldet sich Leilas Handy. Sie ging über die Freisprechanlage ran. Es war Halldor Selander.

„Ist Casper nicht bei dir?", fragte Selander. Er klang eher besorgt als verärgert. „Ich habe es gerade bei ihm probiert – Ihr seid doch zusammen auf dem Weg zu Sartorius und Brock."

„Er sitzt neben mir."

„Warum …", begann Selander, stoppte die Frage aber

abrupt. „Egal. Geht nicht zu Sartorius, fahrt nach Harpsund.“

Selander klang nicht nur bestimmt, sondern sehr ernst. Leila und Munk blickten sich fragend an.

„Der Sultan ist tot“, sagte Selander. „Man hat ihn auf dem Gut Harpsund in die Luft gesprengt.“

Als Leila und Munk eineinhalb Stunden später das Gut Harpsund erreichten, standen sie vor einer Ruine, die einmal der Westflügel des Gutshofes gewesen war. Schwarze Balken hingen windschief in den Gemäuern, zwischen denen einige Polizisten ihre Arbeit taten – es war die Spurensicherung mit Kriminaltechniker Jari Huskonen an der Spitze. Vor der Ruine standen Selander, Ström und Bertahos. Sie waren in ein Gespräch vertieft. Als sie Leila und Munk kommen sahen, nickten sie ihnen zu.

„Was weiß man bisher?", fragte Munk, ohne den Gruß zu erwidern.

„Jari!", rief Selander anstelle einer Antwort und blickte zur Ruine hinüber, wo Huskonen sich mit einem Kollegen unterhielt.

Als der alte Kriminaltechniker Selanders Ruf hörte, beendete er das Gespräch und kam herüber.

„Hej", sagte er knapp. Huskonen sah mitgenommen aus. Aber was ihm zusetzte, war weniger die Explosion in Harpsund als der Tod von Grip.

Munk sah ihn erwartungsvoll an.

„Ich kann noch nicht viel sagen, Casper", begann Huskonen. „Es gab eine Explosion im Esszimmer, und es wurden drei Menschen getötet, der Sultan, der Diener und der Koch. Der Sultan und der Diener waren sofort tot, sie mussten sich in unmittelbarer Nähe der Explosion befunden haben, der Sultan noch näher als der Diener, denn von Daix existieren nur noch Leichenteile. Der Koch …"

„Moment, woher wissen wir, dass es der Sultan ist, wenn nur noch Leichenteile existieren – noch dazu verkohlte, nehme ich an?", fragte Munk.

Huskonen nickte. „Wie du weißt, wurde Sultan Daix

streng bewacht beziehungsweise, nun ja, beschützt", erwiderte Huskonen, „und unmittelbar vor der Explosion patrouillierte ein Personenschützer der Säpo am Fenster des Esszimmers vorbei …"

„Er sah, wie der Diener den Sultan zum Tisch geleitet hat", sagte Säpo-Chef Bertahos, der bisher geschwiegen hatte. „Ich weiß auch nicht, wie das passieren konnte – wie ein Sprengstoff ins Gebäude gelangen konnte. Wir haben alles und jeden vorher kontrolliert. Ich werde das intern genauestens untersuchen lassen."

„Schon gut", sagte Munk, der eigentlich nicht in der hierarchischen Position war, um Bertahos gewissermaßen von seiner Verantwortung zu befreien. Aber der kleine, dicke Mann tat ihm in diesem Moment leid.

„Was ist mit dem Koch?", fragte Munk.

„Er war in der Küche und der Sprengstoff hatte ihn zunächst schwer verletzt", antwortete Huskonen. „Er starb, noch bevor der Notarzt bei ihm war."

Munk setzte an, etwas zu fragen.

„Nein", erwiderte Huskonen, der wusste, was Munk wissen wollte. „Er konnte nichts mehr sagen, was uns bei der Aufklärung des Falles helfen könnte."

„Was ist mit dem Sprengstoff?", fragte Munk. „Welcher Sprengstoff war es und wo ist er genau detoniert?"

„Das, was wir noch gefunden haben, ist auf dem Weg ins Labor", sagte Huskonen. „Es handelt sich wohl um einen selbst gebauten Sprengsatz, wie man ihn oft bei Paketbomben vorfindet. Ein mechanischer Zünder löst die Explosion aus, in unserem Fall war es wohl ein Draht. Wir haben jedenfalls einen Draht gefunden. Wenn der Draht bewegt oder berührt wird, detoniert der Sprengsatz. Was zu deiner zweiten Frage führt, Casper: Der Sultan war wohl sehr nah am Sprengstoff, entweder trug er ihn am Körper oder er kam mit ihm in Berührung und löste vielleicht selbst die Detonation aus."

Huskonen sah fragend in Richtung Munk und dann in die gesamte Runde.

„Danke, Jari", sagte Selander.

Huskonen ging zurück zur Ruine.

„Wir sollten …", setzte Selander an.

„… den nationalen Notstand ausrufen!", rief Ström. „Wir müssen dem König zeigen, dass wir alles tun, um den Mörder seines Staatsgastes zu finden!"

„Die Polizei kann nicht den nationalen Notstand ausrufen", sagte Selander ruhig.

„Britta Sartorius", sagte Munk. „Der Sultan war immer ihr Ziel, alle anderen Anschläge dienten nur zur Vorbereitung, zur Ablenkung oder zu was auch immer." Munk sah Leila an. „Komm", sagte er und lief zum Auto. Leila eilte hinterher.

Munk drehte sich um und sagte in Richtung Selander: „Schick eine Streife zu Britta Sartorius. Sie sollen sie festhalten, bis wir kommen. Norra Tornen. Das Stockwerk habe ich vergessen."

„Das 13.", sagte Leila.

Leila fuhr mit hoher Geschwindigkeit von Harpsund nach Stockholm. Trotzdem würden sie mehr als eineinhalb Stunden für die Strecke brauchen. Die Streife würde viel früher bei Sartorius sein.

„Solltest du Tove nicht zurückrufen?“, fragte Leila vorsichtig.

„Sie weiß es eh längst“, erwiderte Munk. „In den Nachrichten, auch in den norwegischen, gibt es kein anderes Thema als den Polizistenmord im schwedischen Königsschloss.“ Munk schaute aus dem Fenster. „Jetzt wird der Polizistenmord vom Sultanmord verdrängt werden“, murmelte er.

„Dein Freund Grip ist tot“, erwiderte Leila. „Tove hätte das von dir erfahren müssen, nicht aus den Nachrichten.“

Munk drehte den Kopf zu Leila herum. „Ich weiß“, sagte er.

„Und?“

„Ich … ich bin leer, Leila. Ich weiß kein besseres Wort. Ich empfinde nichts außer Trauer. Und ich habe nur ein Ziel: den Mörder von Grip zu finden.“

Sie nickte. Es hatte keinen Sinn, weiter über dieses Thema zu reden.

Als Leila nach gut 40 Minuten den Ort Gnesta passierte, klingelte Munks Handy. Selander war dran. Munk nickte nur, während Selander sprach. Nur einmal fragte er: „Eine Karikatur?“

„Und?“, fragte Leila, nachdem Munk das Gespräch beendet hatte.

„Sartorius ist weg“, sagte er. „Und ihr Sohn auch. Die Streife hat Halldor gemeldet, dass es danach aussah, als hätten sie ihre Wohnungen nicht nur kurz verlassen – sie haben keine Koffer gefunden und die Kleiderschränke sind halb leer."

„Wir müssen sie stoppen."

„Halldor hat die Fahndung herausgegeben, Flughäfen, Bahnhöfe und Häfen werden kontrolliert."

„Wo könnten sie hin sein?"

Munk schwieg. Er dachte nach. „Der Sultan ist tot, es gibt nichts weiter zu tun – sie werden das Land verlassen", sagte er dann. „Aber wie und wohin?"

Leila bog auf die Staatsstraße E4 ein, in einer guten halben Stunde würden sie in Stockholm sein.

„Was war mit der Karikatur?", fragte sie.

Munk drehte seinen Kopf wieder zu Leila. „Die Kollegen haben in der Wohnung von Sartorius eine Karikatur gefunden, die mich darstellen soll", erwiderte Munk.

Als Leila und Munk die Wohnung erreichten, waren die beiden Streifenpolizisten noch vor Ort. Einer von ihnen öffnete die Tür. Munk fiel sofort auf, dass die Gemälde von den Wänden verschwunden waren, die Bilder von Schiele, Kokoschka und Klimt.

„Deine Karikatur hängt da – ganz prominent, direkt neben der Fensterfront", sagte eine Streifenpolizistin, die gesehen hatte, wie Munks Augen die Wände gescannt hatten.

Munk ging auf die Zeichnung zu, auf der zwei Figuren abgebildet waren, die sich wie in einem Duell gegenüberstanden. Er, Munk, stand auf dieser Zeichnung mit dem Rücken zu einer Wand. Munk sah sofort, dass sein Gesicht gut getroffen war, die Wuschelhaare standen höher zu Berge als in der Realität und wurden an der Spitze von einem Cowboyhut begrenzt. Die hohen Wangenknochen und das kräftige Kinn, beides überzeichnet, unterstrichen das Kantige des Gesichts. Munk trug auf dem Bild ein gelbes Hemd, eine schwarze Weste, ein rotes Halstuch und eine blaue Jeans. Er sah aus wie Lucky Luke.

Gegenüber stand ein schwarzer Schatten, den man nur von der Seite und von hinten sah. Der Schatten hatte einen Revolver in der Hand, durch einen gezeichneten, wolkigen Pulverdampf vor der Mündung der Waffe erkannte man, dass der Schatten einen Schuss abgefeuert hatte, und die Kugel befand sich zwischen dem Schatten und Munk an der Wand.

„Mein Schatten schießt schneller als ich?", murmelte Munk. „Aber die Kugel hat mich noch nicht getroffen."

Was sollte das bedeuten?

„Das ist umgekehrt wie bei Lucky Luke", sagte Leila, die nun auch hinzugetreten war. „Lucky Luke schießt ja schneller als sein Schatten."

„Das weiß ich", sagte Munk etwas zu scharf. „Aber was will sie mir damit sagen, dass mein Schatten schneller schießt als ich? Und dass ich noch nicht getroffen bin? Bin ich kurz davor, getroffen zu werden? Gibt es noch einen Anschlag auf mich? Und wer ist mein Schatten? Bin ich es selbst? Jemand anderes, der mich beschattet?"

Munk nahm die Zeichnung von der Wand und drehte sie um. Ein Brief steckte im Bilderrahmen. „Für Munk" stand darauf.

Der Brief war zugeklebt. Munk riss ihn auf. Es war eine dicht beschriebene DIN-A4-Seite darin. Handgeschrieben. Britta Sartorius hatte eine schöne, schwungvolle Schrift, die keine Zweifel verriet. Munk las den Brief.

Lieber Casper Munk,

wenn Sie den Brief lesen, bin ich schon im Ausland. Ja, ich habe alle Morde – und auch den Anschlag auf Sie – veranlasst, aber ich habe sie nicht begangen. Auch mein Sohn hat weder geschossen noch Gift verabreicht. Der Täter befindet sich noch in Stockholm.

Mein Ziel war stets und von Anfang an der Sultan. Meine Beweggründe kennen Sie. Wir wollten Sie töten, weil Sie den Sultan schützen sollten; ich kannte Sie und Ihre Fähigkeiten, und ich wusste, dass es schwerer werden würde, mein Ziel zu erreichen, wenn ich Sie am Leben ließe. Der Täter hat Sie nicht töten können, und heute bin ich fast froh darüber, denn ich schätze Sie. Mein Ziel, den Sultan zu töten, habe ich ja trotzdem erreicht.

Der Musiker Ali musste sterben, weil wir die Aufmerksamkeit auf andere Verdächtige lenken wollten; der Musiker Haissam wurde getötet, weil er ein schlechter Mensch war, und Ihr Kollege Grip wurde erschossen, weil er unseren Schützen gesehen hatte.

Es ist mir egal, ob Sie diesen Schützen finden. Er ist mir egal. Er war nur ein Werkzeug in meinen Händen.

Gruß
Britta Sartorius

PS: Ich hoffe, meine Karikatur hat Ihnen gefallen.

Munk ließ die rechte Hand, in der er den Brief hielt, nach unten sinken.

Leila nahm ihm das Papier ab und las es ebenfalls. „Jetzt haben wir alles – und nichts“, sagte sie, als sie fertig war. „Wir wissen, wer hinter den Morden steckt, aber nicht, wer sie begangen hat. Und diejenige, die hinter allem steckt, ist im Ausland.“

„Falls das stimmt“, erwiderte Munk.

„Was?“

„Dass sie bereits im Ausland ist. Wir suchen sie erst mal weiter in Schweden.“ Plötzlich wankte Munk. Er hielt sich an Leilas Unterarm fest.

„Casper?“

„Mir ist schwindelig“, antwortete Munk. „Schon seit ein paar Minuten. Das Zimmer kippt weg.“

„Es dreht sich?

„Nein, es kippt zu einer Seite weg.“

„Den Notarzt!“, rief Leila einem Polizisten zu. „Schnell! Er war doch im Koma!“

Auf dem Friedhof Norra begravningsplatsen im Stockholmer Vorort Solna lagen unter anderem August Strindberg, Ingrid Bergman und Alfred Nobel. Der Trauerzug, der sich an diesem Frühsommermorgen von der Norra Kapellet, in dem die Beerdigungszeremonie stattgefunden hatte, zum Grab des Verstorbenen bewegte, dieser Trauerzug hatte eine beträchtliche Größe. Es wurde hier ein Polizist begraben, also waren viele Kolleginnen und Kollegen gekommen, fast alle trugen ihre Uniform. Und der Tote war sehr beliebt gewesen, deshalb erwiesen ihm viele Freunde, Verwandte und Bekannte die letzte Ehre und folgten dem Priester und der Urne, in dem sich die Asche des Verstorbenen befand, und die von einem Helfer des Priesters getragen wurde.

Als die Trauergäste Minneslunden passierten, den höchsten Punkt des Friedhofs, der sich zu einem Treffpunkt und Meditationsplatz entwickelt hatte, brach Leila Andersson in Tränen aus. Halldor Selander und Achatz Larsson, die neben ihr gingen, hakten sie unter und sahen fortan aus wie ihr Begleitschutz. Hinter den dreien gingen in sich gekehrt Kajsa Tapper und Jari Huskonen. Dieses Quintett hatte von Anfang an die Vorhut gebildet, sie gingen unmittelbar hinter dem Priester und dem Helfer, der die Urne trug.

Leila weinte leise, als sie das Familiengrab erreichten. Der Helfer stellte die Urne auf einem kleinen Podest ab und der Priester hielt vor den mehreren hundert Trauergästen seine Rede.

„Wir nehmen heute Abschied von Per Henrik Grip“, sagte der Priester, und er nannte einige Stationen des Lebens von Grip, er zeichnete dessen Charakter nach und nannte Grips Vorliebe für Witze. Unter anderen Umständen, etwa wenn Grip im gesegneten Alter von 90 Jahren friedlich eingeschlafen wäre, hätten seine Freunde wohl ein paar Witze an seinem Grab erzählt. Aber dafür war kein Platz. Grip war Mitte 50, und er war brutal aus dem Leben gerissen worden.

Eigentlich hätte nach dem Priester der Polizeipräsident, Lasse Bosse Ström, sprechen sollen, aber Halldor Selander, der besonnene Chef der Mordkommission, und Jari Huskonen, der alte, kluge Kriminaltechniker, hatten dies verhindert. Sie wollten nicht, dass Ström seinen „pathetischen, oberflächlichen Mist" über dem Grab verteilt – so hatte es Selander in einer für ihn ungewohnten Deutlichkeit vor Leila, Kajsa, Larsson und Huskonen gesagt. Huskonen und Selander hatten Ström dann mit diplomatischeren Worten beigebracht, dass es besser wäre, wenn Selander am Grab sprechen würde. Immerhin habe Grip in dessen Abteilung gearbeitet.

Selander, dessen Frau vor einiger Zeit an Krebs gestorben war, fand sehr einfühlsame Worte. Seine Rede an Grips Grab endete mit dem Satz: „Das Leben ändert sich mit dem, der neben einem steht, aber auch mit dem, der neben einem fehlt – ich werde dich sehr vermissen, Per Henrik Grip."

Anschließend wurde die Urne im Grab versenkt, der Priester sprach noch ein paar Worte und einige Trauergäste kondolierten Grips Schwester, die neben dem Grab stand. Sie war Grips einzige noch lebende nähere Verwandte.

Dann war die Zeremonie beendet, die Trauergäste verließen langsam das Grab und den Friedhof. Auch der Priester und die Friedhofsmitarbeiter, die das Grab zugeschüttet hatten, waren gegangen. Nur Leila und Huskonen waren noch da. Leila hatte den Kollegen, den sie sehr schätzte, gebeten, noch ein wenig zu bleiben. Dann zog sie eine Tüte Bilar aus der Handtasche.

„Ich habe Casper versprochen, dass ich sie auf dem Grab verstreue – Grip aß sie doch so gerne.“ Leila öffnete die Tüte und warf die Süßigkeiten auf die frische Erde.

„Schade, dass Casper nicht hier sein konnte“, sagte Huskonen. „Er war Grips bester Freund.“

Casper Munk lag in seinem Krankenbett und starrte an die Decke. Er hatte Kopfschmerzen und das Gefühl, sein Gehirn sei mit Wattebäuschchen vollgestopft. Alles war irgendwie wolkig. Der Arzt hatte gesagt, er habe Glück gehabt. Er, Munk, hätte wegen Überlastung Schwindel bekommen und sei ohnmächtig geworden. Sein Gehirn sei so weit in Ordnung, das hätten die Untersuchungen nach seinem Zusammenbruch in Britta Sartorius' Wohnung gezeigt. Aber er solle jetzt, bitteschön, endlich im Krankenhaus bleiben und Ruhe geben. Er könne immer noch sterben, wenn er sich überanstrenge.

„Grip", murmelte er, während er gegen die Decke starrte.

Dann öffnete er die Schublade des Beistelltischchens und holte sein Handy heraus. Der Arzt hatte ihm zwar auch abgeraten zu telefonieren oder länger zu lesen – all dies würde zu Kopfschmerzen, Schwindel und einem verzögerten Heilungsverlauf führen; aber was sollte er, Munk, sonst tun? Grübeln, bis er wahnsinnig würde? Immer wieder daran denken, dass Grip, sein Freund, nie mehr wiederkommen würde?

Munk wählte Leilas Nummer. Nachdem sie einige Minuten über Grips Beerdigung geredet hatten und Munk froh war, dass Grip die Bilar erhalten hatte, bat er seine Kollegin, ihm die Daten des beschlagnahmten Laptops von Alma Hendriksson und des Laptops von Sartorius aufs Handy zu spielen.

„Hendriksson ist noch nicht aus dem Spiel?", fragte Leila.

„Nein", erwiderte Munk. „Britta Sartorius hat jemanden instrumentalisiert, der die Morde durchführen sollte, und ich denke, es war ihr egal, mit wem sie sich da einlassen würde. Warum also nicht Hendriksson oder einer ihrer

Gesinnungsgenossen? Vielleicht finde ich eine Spur in den Laptops."

„Ich schicke dir die Daten", erwiderte Leila. „Hier im Polizeipräsidium wird die Frage diskutiert, wie jemand eine Bombe in ein so streng bewachtes Gebäude in Harpsund schmuggeln konnte. Bertahos und seine Truppe sind sehr stark unter Druck."

Munk spürte, wie seine Kopfschmerzen stärker wurden. Er wollte das aber nicht thematisieren, Leila würde sich Sorgen machen. Er wollte das Gespräch deshalb so schnell wie möglich beenden.

„Halte mich bitte auf dem Laufenden und schick mir die Daten", sagte er. Dann drückte er auf den roten Hörer auf seinem Handy und legte das Telefon auf den Beistelltisch.

Munk schloss die Augen. Die Kopfschmerzen ließen zwar nach, aber dafür wurde der Schwindel stärker. Er schlug vor Wut mit beiden Händen auf das Bett. Dann zwang er sich zur Ruhe. Er zählte leise bis 100. Der Schwindel ließ nach. Er dachte an Tove. Sie hatte mehrmals versucht, ihn zu erreichen, aber er hatte sie weggedrückt, weil er keine Kraft hatte, mit ihr zu reden. Er wusste nicht genau, warum er nicht konnte. Mit Leila sprach er ja auch. Aber Leila half ihm, den Mörder von Grip zu finden. Würde Tove ihm das verzeihen? Munk nahm sein Handy. Leilas Mail mit den Daten waren noch nicht da. Stattdessen las Munk die Spitzenmeldungen der Online-Portale.

„Aufstand der Opposition in Daixistan"

„US-Präsident ruft alle Seiten zur Mäßigung auf"

„Nach dem Tod des Sultans: Börse bricht ein."

Munk ging auf die Innenpolitik-Seiten. Die schwedische Regierung und der König kritisierten die Polizei scharf, hieß es da. Der Premierminister wurde mit den Worten zitiert, er verlange eine vollständige Aufklärung der Versäumnisse rund um den Bombenanschlag in Harpsund. Ansonsten entschuldige er sich bei der Familie des Sultans und bei dessen ganzem Volk. Einen Artikel über die Beerdigung von Grip fand Munk nicht.

Er legte das Handy weg.

Wer hat für Sartorius getötet?

Die Heimattreuen?

Wir haben keine Beweise, dachte Munk, nicht mal starke Indizien für den Schuss auf mich, die Vergiftung, die Schüsse auf Haissam und Grip, den Sprengstoffanschlag auf den Sultan. Keine Zeugen, keine DNA-Spuren, nichts.

Munks Handy vibrierte auf dem Beistelltisch. Er nahm es und öffnete die Nachricht, die eingegangen war. Es waren die Daten aus den Laptops von Alma Hendriksson und Britta Sartorius. Munk schickte Leila ein „Danke“ und begann zu lesen, was er bei Hendriksson fand.

Das war zunächst ein Video mit der Überschrift „Almas Gedanken.“ Er öffnete es und hörte, wie sich Alma Hendriksson über die Behandlung durch die Polizei beschwerte, die nicht nur ihren Laptop mit angeblich fremdenfeindlichen Einträgen beschlagnahmt hatte, sondern auch noch sie, die anständige schwedische Bürgerin, einige Tage lang unrechtmäßig festgehalten und sogar schikaniert habe. Sie sei schlechter behandelt worden als ein „krimineller Nigger“, sagte sie. „Ich wurde in ein Gefängnis in Västerås gesteckt“, fuhr Hendriksson in dem Video fort, das 45.000-mal geteilt wurde. „Ich bekam nichts zu essen und hatte keine Möglichkeit, jemanden anzurufen. Das war furchtbar. Ich musste Urin abgeben und sie machten Fotos von mir – solche, wie man in den Krimis im Fernsehen sieht, mal von rechts, mal von links, mal von vorne. Ich musste auch so eine Tafel halten, auf der eine Nummer stand. Das war furchtbar. Dann fuhren sie mich in ein anderes Gefängnis in Uppsala, wo sie Fingerabdrücke nahmen. Sie drückten meine Finger mit Gewalt in ein Stempelkissen. Das war auch furchtbar. Es ist das Schlimmste, was man erleben kann, dass man im Gefängnis sitzt. Ich brauchte starke Nerven."

Munk sah, wie sie mit großer Geste eine Träne aus dem rechten Auge wischte. Oder war es das linke? Man sah das Video ja spiegelverkehrt.

„Ich bin seit Jahrhunderten Schwedin", fuhr Hendriksson unfreiwillig komisch fort. „Die Wurzeln meiner Familie reichen bis ins 16. Jahrhundert. Ich habe immer Steuern bezahlt." Nun streckte sie das Kinn nach vorne und wandte sich direkt an die Zuschauer. „Wir sind alle Schweden, und wir dürfen uns das nicht länger gefallen lassen. Die Einwanderer hassen uns und stehlen, morden und vergewaltigen unsere Frauen …"

Munk wurde schwindelig.

„… und unsere Polizei hat nichts anderes zu tun, als stolze schwedische Bürger wie mich ins Gefängnis zu werfen und zu schikanieren. Ich wurde eingesperrt und keiner hat sich um mich gekümmert. Ich bin über 60, ich brauche Medikamente, aber ich habe sie nicht bekommen. Die Einwanderer bekommen alles, und die Homosexuellen bekommen auch alles. Sie dürfen heiraten und Kinder adoptieren, die sie dann missbrauchen können. Und dann dieses dritte Geschlecht!" Hendriksson verdrehte die Augen. „Früher gab es Mann und Frau, fertig. Jetzt gibt es in Schweden ein eigenes Wort für dieses dritte Geschlecht. Und sogar extra Toiletten für die soll es jetzt geben!" Hendriksson strich sich eine Tolle aus dem Gesicht. „Das muss aufhören! Wir brauchen eine Regierung, die Einwanderer aus dem Land wirft und die es gut findet, wenn Mann und Frau heiraten und Kinder bekommen. Alles andere ist pervers!"

Munk klappte den Laptop angewidert zu und wählte Leilas Nummer.

„Hast du Almas Gedanken angesehen?", fragte er.

„Ja", sagte Leila knapp. „Ekelhaft. Ganz furchtbar."

„Ich bin gerade beim dritten Geschlecht – kommt da in dem Video noch was, was für den Fall wichtig sein könnte?"

„Nein", antwortete Leila. „Nur widerliche Hetze einer wild gewordenen, frustrierten Rassistin."

„Danke, dann tu ich mir das nicht weiter an", sagte Munk, beendete das Gespräch und wandte sich wieder dem Laptop zu. Alma Hendriksson schien auf Dating-Portalen unterwegs zu sein. Munk klickte gerade einen Chat mit einem „johan51" an, als es an der Tür klopfte.

„Herein!"

Es war Luna, seine beste Freundin. Munk freute sich. Luna kam zum Bett und umarmte ihn. Dann holte sie einen Stuhl und setzte sich ans Bett. Munk sah sie an, sagte aber nichts. Ich werde sie sehr vermissen, dachte er, wenn sie nach Wien gehen wird. Vielleicht würde ich keinen Menschen mehr vermissen als sie.

„Wann ziehst du um?", fragte er.

„Wie geht es dir?", fragte Luna. „Das ist viel wichtiger."

Munk senkte den Blick. „Das mit Grip ist schwer", sagte er dann.

Sie nickte und legte ihre rechte Hand auf seinen Unterarm. Sie saßen so ein paar Minuten. Munk hatte offenbar nicht das Bedürfnis, weiter darüber zu reden. Es reichte ihm, dass Luna da war, und dass sie ihn berührte.

„Körperlich geht es mir ganz gut", sagte er dann. „Der Arzt meint, ich solle extreme Anstrengungen meiden, dann bin ich in ein paar Wochen wieder gesund. Allerdings sei es sehr wichtig, dass ich mich jetzt nicht anstrenge, sonst ..."

Luna wartete auf die Fortsetzung

„Du weißt schon", sagte Munk. „Es könnte sehr gefährlich für mich werden."

„Wirst du diesmal auf den Arzt hören?", fragte Luna.

„Glaube schon", murmelte Munk.

„Ich verstehe dich nicht", sagte Luna laut.

„Ja, ich werde auf den Arzt hören", erwiderte Munk etwas lauter.

„Ich wünschte, ich könnte dir glauben, Casper", sagte Luna.

Munk antwortete nicht. Luna war klar, dass sie in dieser Frage nicht weiterkommen würde. Munk würde sein Leben riskieren, wenn er außerhalb des Krankenhauses einer Spur folgen müsste, um Grips Mörder zu finden.

„Ich gehe nicht nach Wien", sagte sie plötzlich.

Munk sah sie verwundert an.

„Zumindest nicht jetzt", fuhr sie fort. „Du bist angeschossen worden, dein Freund Grip ist getötet worden – wie könnte ich da nach Wien gehen."

„Du bleibst wegen mir?"

„Klar."

Munk wusste nicht, was er sagen sollte.

„Ich denke, das ist eine Selbstverständlichkeit", sagte Luna.

Munk dachte das auch. Irgendwie. Trotzdem war er Luna

unendlich dankbar. Seine Augen füllten sich mit Tränen. Alles kam hoch: seine Situation, Grips Tod, Lunas Worte.

„Fuck, nein, Mist, ich werde nicht weinen!", rief er.

Luna lachte. Munk sah sie an und lachte auch. In diesem Moment klopfte es erneut an der Tür. Luna stand auf und öffnete sie. Es war Tove. Sie sah erst Luna an, dann Munk, der mit Tränen in den Augen auf dem Bett saß und den sie gerade durch die Tür hatte lachen hören. Lachte er Tränen? Warum? Es gab eigentlich keinen Grund, Tränen zu lachen.

Luna hatte Toves Irritation sofort gesehen und wusste, woher sie rührte. Aber sie fand nicht gleich die richtigen Worte, es Tove zu erklären.

„Er hat erst geweint und dann gelacht", sagte sie nur.

„Casper weint?", fragte sie, und sie wirkte fast erleichtert. Munk weinte nie.

„Ja, wegen Grip", sagte Luna und unterschlug, dass Munk auch deswegen geweint hatte, weil sie, Luna, wegen ihm in Stockholm bleiben wollte.

Tove lag die Frage auf der Zunge, weshalb er anschließend gelacht hatte. Aber sie stellte diese Frage nicht. Sie wusste, dass es geheime Codes zwischen Luna und Munk gab, und einen gemeinsamen Humor, der über Jahrzehnte gewachsen und für andere schwer einsehbar war. Sie wollte jetzt keine komplizierten Erklärungen dafür, warum die beiden gelacht hatten. Die Erklärungen würden sie, Tove, nur weiter ausschließen, weil sie diese nicht gleich verstand.

Tove ging ans Bett, beugte sich vor und küsste Munk auf den Mund. Munk wollte gerade sagen, dass Luna in Stockholm bleiben würde, wegen ihm, aber er ließ es sein. Es hatte bislang keine Eifersüchteleien zwischen Luna und Tove gegeben, was Munk als sehr angenehm empfand. Aber dass Luna nun ihre Pläne aufschieben würde, um ihm beizustehen, könnte Tove erneut irritieren, zumal die Situation zwischen ihr und ihm gerade etwas fragil war. Er beschloss, es Tove ein andermal zu sagen.

Munk merkte, dass es gerade etwas kompliziert wurde, und er war froh, als Luna sagte, sie würde jetzt gehen. Munk konnte sich auf Tove konzentrieren. Und darauf, was er dazu sagen würde, dass er nach Grips Tod nicht mit ihr gesprochen hatte.

„Warum hast du mich nicht angerufen?“, fragte Tove, als Luna den Raum verlassen hatte. „Warum hast du mich weggedrückt, als ich angerufen habe?“

Munk schwieg. Er suchte nach den Worten für eine Erklärung.

„Dein Freund wird erschossen und du redest mit deiner Freundin nicht darüber?“

Natürlich hatte Tove recht. Aber Munk hatte immer noch keine Antwort.

„Ich weiß es nicht wirklich, Tove“, sagte er. „Es war eine Mischung aus vielem: Ich dachte nur an Rache und daran, den Mörder zu finden.“

„Aber mit Leila und Luna hast du auch gesprochen, oder?“

„Leila arbeitet mit mir und Luna kennt Grip schon sehr, sehr lange“, erwiderte Munk. „Ich kann nicht mehr dazu sagen, als dass ich manchmal im Tunnel bin, und dass ich dann unfähig bin, eine normale Beziehung zu führen. Das passiert, wenn ich sehr tief in einem Fall drin bin. Und diesmal ist es nicht nur ein Fall – Grip ist getötet worden.“

„Aber du bist nicht gesund. Du kippst immer wieder um. Du könntest sterben.“

Munk sah Tove in die Augen. „Ich weiß, dass es falsch

war, nicht mir dir zu reden“, sagte er. „Entschuldige bitte.“

Tove schlug die Augen nieder. „Wir haben zwar eine Fernbeziehung“, sagte sie. „Aber ich lerne dich gerade immer besser kennen …“

„Das ist vielleicht nicht so gut“, sagte Munk und lächelte.

„Ich muss schon sagen, dass du einen an der Waffel hast, Casper“, sagte Tove und lächelte zurück. „Du verlässt gegen den Rat der Ärzte die Klinik, nachdem man dir in den Kopf geschossen hat. Du denkst nur …“ Tove brach ihre Aufzählung ab. „Aber ich mag das auch“, sagte sie. „Du brennst für etwas. Das ist gut. Sehr gut.“ Sie schwieg für einen Moment und sah aus dem Fenster. „Ich will dich nicht verändern“, sagte sie dann. „Und ich will Druck aus unserer Beziehung nehmen. Es ist von meiner Seite alles gut, Casper, und im Moment geht es nicht darum, dass wir uns für irgendetwas entscheiden. Jetzt geht es um dich, um deine Trauer um Grip – und darum, dass ihr den Mörder fasst. Falls du im Moment Raum hast für mich: gut. Ich würde mich freuen. Ich könnte für dich da sein. Falls nicht: Ich würde mich freuen, wenn du wieder auf mich zukommst, sobald du das kannst.“

Tove drehte sich zu Munk hin. Er nahm ihre Hand.

„Ich habe Raum für dich, Tove“, sagte er. „Ich muss dich nur um etwas Geduld bitten.“

Tove nickte. „Was ist mit dem Fall?“, fragte sie. „Hast du eine Spur? Wer könnte Grip getötet haben?“

Munk erzählte Tove von Britta Sartorius und von deren Flucht. Und von Alma Hendriksson und von deren Video.

„Ekelhaft“, sagte Tove.

Dann klopfte es an der Tür.

„Herein“, sagte Munk, obwohl er es vorgezogen hätte, mit Tove alleine zu sein.

Es war Pontus Mattsson, sein Freund. Mattsson hatte einen Blumenstrauß und eine CD in der Hand.

„Eric Burdon“, rief er, als er auf Munks Bett zusteuerte, nachdem er Tove zugenickt hatte.

Munk lächelte. „Hilton Valentine, John Steel, Alan Price und Chas Chandler – von den Animals“, antwortete er.

Es war ihr Spiel.

„Habe ich dir schon erzählt, dass Hilton Valentine einmal aus Spaß durch die Zimmertür geschossen hat, als der Hoteldirektor daran geklopft hat?“, fragte Mattsson.

„Hast du“, erwiderte Munk, „mindestens hundertmal. Der Hoteldirektor hat überlebt.“

„Valentine ist in diesem Jahr gestorben“, sagt Mattsson.

„Ich weiß.“

Mattsson blickte auf die Blumen und die CD. „Ähem …“

„Im Schrank sind Vasen“, sagte Tove.

Mattsson legte die CD auf Munks Bettdecke, ging zum Schrank, holte eine Vase heraus, steckte die Blumen hinein und stellte sie auf den Tisch.

„Kein Wasser?“, fragte Tove.

„Wo habe ich nur meinen Kopf“, antwortete Mattsson, schnappte sich die Vase und ließ am Waschbecken Wasser hineinlaufen, ohne die Blumen zuvor zu entfernen. Die Vase lief über, am Boden entstand eine Pfütze. Mattsson tat so, als habe er es nicht bemerkt. Er stellte die Vase wieder auf den Tisch. Dann holte er sich einen Stuhl und setzte sich neben Munks Bett.

„Wie geht es dir, Casper?“, fragte er.

„Den Umständen entsprechend“, erwiderte Munk. „Grip …“

„Ich weiß.“ Mattsson legte seine Hand auf Munks linken Arm. Alle schwiegen.

„Und gesundheitlich?“, fragte Mattsson schließlich.

„Tinnitus, Diabetes, Gastritis und Adipositas – das Übliche halt“, erwiderte Munk.

„Mit anderen Worten: Deinem Kopf geht es ganz gut, aber du willst nicht zum x-ten Mal darüber reden?“, sagte Mattsson.

Munk nickte und griff mit seiner rechten Hand nach der CD.

„Woody Guthrie“, sagte Mattsson. „Mal was anderes: Folkmusik.“

„Gar nicht so was anderes“, erwiderte Munk, „er hat Dylan beeinflusst, und …“

„Genau.“

„Und er hatte ein fürchterliches Leben“, fuhr Munk fort. „Seine Schwester starb, als sie noch Kinder waren, und seine Mutter hat seinen Vater mit Kerosin übergossen und angezündet. Die Mutter litt an einer seltenen Krankheit, an der Nervenkrankheit Chorea Huntington, die motorische, aber auch psychische Störungen verursacht. Sie ist vererbbar. Woody Guthrie hatte sie später auch. Er starb schließlich daran. Ach, und zwei von Guthries Kindern starben bei Autounfällen. Und zwei bekamen ebenfalls Chorea Huntington. Danke, Pontus, das hilft mir sehr in meiner aktuellen Lage.“

Mattsson sah zu Boden. „Es ging um die Musik, ich hatte doch keine Ahnung, was für ein Leben Guthrie hatte – und dass du es so genau kennst.“

Mattsson hätte eigentlich wissen müssen, dass Munk alle Biografien von Musikern kannte, die vor 1950 geboren waren.

„Sorry, Casper“, sagte er.

„War nur Spaß“ sagte Munk und lachte. „Ich bin nicht böse.“

Es klopfte wieder an der Tür.

Kajsa Tapper und Achatz Larsson kamen herein. Sie hatten ebenfalls Blumen dabei, Kajsa hatte weiße Rosen, Larsson gelbe Tulpen.

„Jetzt wird's eng in der Vase“, sagte Mattsson.

Tove stand auf und holte zwei weitere Vasen aus dem Schrank, während Kajsa und Larsson Munk begrüßten.

„Ihr könnt mich alles fragen, aber nicht, wie es mir geht“, sagte Munk. „Und ich freu mich, dass ihr gekommen seid.“

Larsson holte zwei weitere Stühle und stellte sie ans Bett. Als sich Kajsa setzte, strich er ihr kurz über den Rücken. Munk bemerkte es. Kajsa und Achatz? Wie sollte das passen? Er ist 30 Jahre älter.

Tove setzte sich nicht wieder hin. „Ich gehe dann mal“, sagte sie, lächelte, beugte sich vor und küsste Munk auf den Mund.

„Ich rufe dich an“, sagte Munk und lächelte auch. „Heute Abend.“

Pontus Mattsson stand auf, blickte auf Kajsa und Larsson und sagte, dass nun die Zeit der Polizisten gekommen sei. Vermutlich hatte er etwas Lustigeres sagen wollen, aber es war ihm nichts eingefallen.

„Ich rufe dich an“, sagte Munk zu Mattsson. „Aber nicht heute Abend.“

Tove und Mattsson verließen das Zimmer.

„Wie …“, begann Kajsa.

„Nicht fragen, wie es geht!“, rief Munk und hielt sich die Ohren zu.

„Ich wollte fragen, wie du dich in die Arbeit einbringen

willst", sagte sie, „Leila meinte, du würdest die Computer von Alma Hendriksson und Britta Sartorius durchforsten."

Munk holte sein Handy unter der Bettdecke hervor. „Ich hatte keinen anderen Platz, weil hier überall Vasen stehen", sagte er. „Ich war gerade dabei, mir die Dating-Portale anzusehen, auf denen Alma Hendriksson unterwegs gewesen ist. Übrigens mit dem Profilnamen A.H. 33."

„Adolf Hitler", sagte Kajsa. „Wie praktisch, dass Alma Hendriksson die gleichen Initialen hat. Und die 33?"

„1933. Das Jahr seiner Machtübernahme im Deutschen Reich", antwortete Munk.

„Mit wem hat sie in dem Dating-Portal Kontakt aufgenommen – mit Goering124?", sagte Larsson. „Die Zahl könnte Hermann Görings Gewicht sein."

Munk lachte. „Ich hatte gerade angefangen", antwortete er. „Bisher gab's nur einen johan51."

„Klingt nicht nach Nazi", sagte Larsson.

„Ich geh die Namen durch, ich schätze, es sind um die 50, und wir gucken uns erst mal die auffälligen an."

„Schick mir bitte die Daten von Britta Sartorius auf mein Handy – ich könnte ja schon mal in die reingucken", sagte Kajsa.

Munk schickte ihr die Daten.

Larsson stellte sich neben Kajsa und schaute ihr über die Schulter. Munk ertappte sich dabei, ihn aus den Augenwinkeln zu beobachten, ob er sie berührte.

„Britta Sartorius hat sich auch auf einem Dating-Portal herumgetrieben", sagte Kajsa.

Für einige Minuten herrschte arbeitsame Stille im Zimmer mit der Nummer 67 des St. Göran-Krankenhauses auf Kungsholmen. Munk blickte mit leicht zusammengekniffenen Augen auf sein Handy und scrollte das Bild nach unten. Kajsa sah auf ihr Handy, und Achatz Larsson, der ebenfalls auf Kajsas Mobiltelefon guckte, hatte seine Hand auf ihre Schulter gelegt.

Plötzlich lachte Munk auf. „Unfassbar", sagte er, „unfassbar, wie sich Alma Hendriksson auf diesem Portal anpreist. Hört mal: ‚Das Holz vor der Hütte ist da, aber wo ist der Mann, der Feuer entfachen kann?'"

Kajsa und Larsson prusteten los. „Passt doch zu ihr", sagte Kajsa. „Britta Sartorius macht das weniger primitiv. Aber auch das ist lustig."

„Lass hören", sagte Munk.

„Also, Sartorius schreibt: ‚Ich kann mich für die Künstler der Wiener Moderne genauso begeistern wie für indianische Hochkulturen. Ornamente lösen in mir ein sexuelles Verlangen aus, das ich gerne mit einem Partner teilen möchte.'"

Munk grinste. Dann suchten sie weiter.

„Hmmh", murmelte Munk plötzlich und kniff die Augen noch weiter zusammen. Er schien etwas gefunden zu haben. Larsson blickte zu ihm hinüber. Kajsa starrte weiterhin auf ihr Handy.

„Hmmh", murmelte Munk noch einmal. Er überflog einen Chat. Dann schaute er auf. „Hier ist was Interessantes", sagte er, „Alma Hendriksson hatte Kontakt mit einem Polizisten, der sich ‚supercop59' nannte."

Kajsa hob die rechte Hand, als würde sie sich – wie in der Schule – zu Wort melden. Ihr Blick ruhte auf einem Namen auf ihrem Handy.

„Den habe ich auch!", rief sie. „Supercop59! Und es geht hier nicht nur um Liebe …" Sie überflog die Textnachrichten. „Es geht – ich nehme an, das sind verschlüsselte

Botschaften – um Menschen, die Tiernamen tragen, und die Rache verdient haben. Und – das ist offenbar unverschlüsselt – um einen Sultan."

Nachdem Kajsa ein paar Dialoge zwischen Sartorius und dem „supercop59" vorgelesen hatte, holte Munk sein Handy aus dem Nachttisch und wählte eine gespeicherte Nummer.

„Leila", rief er ins Handy, „such mir alle Polizisten raus, die im Jahr 1959 geboren sind!"

Im Polizeipräsidium in Stockholm hatten sich fast alle Personen versammelt, die in Schweden in der Exekutive etwas zu sagen hatten: der Premierminister, der Innenminister, der Außenminister, der Justizminister, der Polizeipräsident, der Chef der Sicherheitspolizei und der Leiter der Mordkommission. Sie saßen im größten Konferenzraum, den das Präsidium zu bieten hatte, und Polizeipräsident Lasse Bosse Ström hatte den gepolsterten Stuhl, auf dem er gewöhnlich saß, dem Premierminister überlassen. Überhaupt verhielten sich die Polizisten eher kleinlaut und devot. Denn sie, vor allem der Chef der Sicherheitspolizei Säpo, Sören Bertahos, hatten es nicht geschafft, das Attentat auf den Sultan zu verhindern. Nach dem Tod des Sultans war in seinem Reich ein Aufstand losgebrochen, an dessen Ende die Herrscherfamilie aus dem Land gejagt worden war. Es war noch offen, ob sich im ehemaligen Sultanat eine Demokratie etablieren würde. Zu heterogen war die Zusammensetzung der Rebellen, unter ihnen waren Studenten und Oppositionelle, aber auch Soldaten und tief Religiöse – der Sultan hatte sich in den Jahrzehnten seiner Herrschaft viele Feinde gemacht.

Vor allem aber hatte es nach dem Tod des Sultans verheerende Auswirkungen auf die Weltwirtschaft gegeben. Das Sultanat fiel als Lieferant des kostbaren Erdöls erst einmal aus. Nicht nur Schweden spürte das, auch das restliche Europa oder die USA. Und nicht zuletzt bestand die Gefahr eines Flächenbrandes in der Nachbarschaft des Sultanats. Oppositionelle in der Region fühlten sich ermuntert, ebenfalls gegen ihre Herrscher aufzubegehren. Und diese Herrscher hatten ebenfalls Öl, das sie in den Westen lieferten.

Der Premierminister hatte diese Gemengelage gerade thematisiert – und natürlich hatte er darauf hingewiesen, dass „jede Demokratiebewegung in jeder Ecke dieser Welt" willkommen sei. Aber man müsse auch an die Wirtschaft denken, und an den Wohlstand. Der Premierminister war Sozialdemokrat, also ging es ihm auch um Arbeitsplätze. Er begann gerade über die Versäumnisse der Polizei bei der Bewachung des Sultans zu sprechen, als das Handy in der Hose des Säpo-Chefs piepte. Sören Bertahos holte es so geräuschlos wie möglich heraus und blickte verstohlen auf die Textnachricht, in der Folgendes stand:

Sören Bertahos geht in eine Kneipe. „Ein Kurzer", sagt er an der Bar. „Das sehe ich", antwortet der Wirt, „aber was wollen Sie trinken?"

„Herr Bertahos."

Der Säpochef reagierte nicht. Er starrte auf sein Handy.

Die Stimme des Premierministers wurde lauter und durchdringender. „Herr Bertahos!"

Sören Bertahos blickte auf. Das Handy hielt er immer noch in der Hand. Der Premierminister konnte es nicht sehen, denn Bertahos hielt die Hand unter dem Tisch.

„Äh, ja", brachte Bertahos heraus.

„Die Sicherheitspolizei war mit der Bewachung des Sultans auf dem Gutshof in Harpsund beauftragt", sagte der Premierminister. „Und die Sicherheitspolizei hat versagt. Sie sind ihr Chef…"

Bertahos räusperte sich.

„… wir sind sehr gespannt darauf, was Sie uns zu den Geschehnissen in Harpsund zu sagen haben."

Bertahos stand auf, was keinen großen Unterschied machte. Der kleine Mann war im Stehen kaum größer als im Sitzen. Allenfalls konnte er damit demonstrieren, dass ihm der Ernst der Lage bewusst war.

„Die Spurensicherung", begann er, „hat mittlerweile

herausgefunden, dass sich der Sultan auf ein Furzkissen setzte, das dann explodierte."

Im Konferenzraum entstand Unruhe. Manche tuschelten, und einige kicherten sogar.

„Ruhe!", rief der Premierminister. „Pietät scheint Ihnen ein Fremdwort zu sein."

„Wir wissen, dass es ein Furzkissen war, weil …", fuhr Bertahos fort.

„Kein Details", unterbrach ihn der Premierminister. „Ich finde, wir sollten zum Kern der Frage kommen: Wie konnte das Kissen auf dem Stuhl platziert werden, wo der Sultan doch von Ihnen und Ihren Spitzenleuten strengstens bewacht wurde, Herr Bertahos?"

Wieder piepte das Handy in der Hose von Bertahos. Diesmal hörten es die anderen.

„Stellen Sie das aus!", sagte der Premierminister streng.

Aber Bertahos konnte nicht anders – er musste die Nachricht lesen.

Stehen 22 Zwerge in der Kneipe. Kommt einer rein und fragt: „Was ist los? Ist der Kicker kaputt?"

„Herr Bertahos!" Der Premierminister stand nun vor dem Säpo-Chef. „Stecken Sie das Handy weg!"

Bertahos ließ das Mobiltelefon in seiner Hosentasche verschwinden und blickte zum Premierminister nach oben.

„Und?", sagte dieser.

Bertahos war verwirrt. Worauf bezog sich das „und"?

Der Premierminister wiederholte den Satz, den er zuvor gesprochen hatte.

„Wie konnte das Kissen auf dem Stuhl platziert werden, wo der Sultan doch von Ihnen und Ihren Spitzenleuten strengstens bewacht wurde, Herr Bertahos?"

Bertahos rutschte auf seinem Stuhl herum. Wieder piepte sein Handy. Er ignorierte es.

„Ich weiß es nicht“, sagte er.

„Haben Ihre Leute den Gutshof rund um die Uhr bewacht? Jedes Zimmer? Jede Abstellkammer? Jeden Tisch und jeden Stuhl?“

Bertahos blickte auf den Boden.

„Jeden Stuhl?“, rief der Premierminister.

„Nein“, murmelte Bertahos. „Offenbar nicht.“

„Warum nicht? Es war so befohlen!“

Bertahos schwieg.

„Wo waren Sie, als der Sultan getötet wurde?“

Bertahos räusperte sich. „Ich ... ich war in Stockholm“, sagte er. „Bei mir zu Hause. Ich konnte doch nicht rund um die Uhr in Harpsund sein.“

Der Premierminister machte noch einen letzten Versuch. „Können Sie mir sagen, was bei der Bewachung schiefgelaufen ist?“, fragte er.

Bertahos schüttelte den Kopf.

„Ich nehme an, Sie haben mit allen Polizisten gesprochen, die vor Ort gewesen sind?“

Bertahos nickte.

Der Premierminister ging an seinen angestammten Platz zurück. „Wir setzen einen Untersuchungsausschuss ein“, sagte er dann zum Innenminister, der links von ihm saß.

Dann wandte er sich an Polizeipräsident Lasse Bosse Ström.

„Ich würde Sie bitten, Herrn Bertahos zu suspendieren, bis die Vorgänge geklärt sind.“

„Selbstverständlich, Herr Premierminister“, sagte Ström und stand auf.

Ström war froh, dass es nicht ihn erwischte, sondern Bertahos.

„Kommen Sie“, sagte er zu Bertahos, „wir gehen in mein Zimmer, um alles Nötige zu regeln.“

Er siezte Bertahos. Bisher hatten sich Ström und Bertahos geduzt.

„Ich brauche Sie hier noch, Herr Ström“, sagte der Premierminister. „Wir müssen über die allgemeine Lage sprechen – keiner von uns weiß, ob das schon der letzte Mord gewesen ist. Und ich würde gerne wissen, wie der Stand der Ermittlungen ist. Soweit ich weiß, wurde noch kein Mordfall geklärt – nicht der Mord an den Musikern, nicht der Mord am Sultan und nicht der Mord an Ihrem Kollegen Grip.“

Ström blickte auf Halldor Selander, den Chef der Mordkommission. Selander war kompetent, er war es, der für gewöhnlich den Stand der Ermittlungen präsentierte.

„Ich würde es gerne von Ihnen wissen“, sagte der Premierminister, der Ströms Blick zu Selander bemerkt hatte.

Ström wusste, dass es eng für ihn werden würde. Die Politik brauchte Verantwortliche für das Desaster von Harpsund, die ganze Welt blickte momentan auf Stockholm. Und der Säpo-Chef war ein Bauernopfer, mehr nicht. Es ging jetzt um ihn, den Polizeipräsidenten. Und Ström wusste, dass er keine gute Figur abgeben würde. Er war nie ein Freund von Detailarbeit gewesen. Dafür hatte er doch seine Leute.

„Äh, kann ich gehen?“, fragte Sören Bertahos.

Der Premierminister, für gewöhnlich ein Mensch mit Stil und Anstand, machte nur eine Handbewegung, als müsste er eine Fliege verscheuchen. Bertahos nickte in alle

Richtungen und verschwand durch die Tür. Draußen angekommen, holte er sofort sein Handy aus der Tasche und las die Textnachricht.

Ihnen bleibt nicht mehr viel Zeit.

Bertahos steckte das Handy schnell wieder in die Tasche. Wer war das? Was wollte er?

Bertahos verließ das Präsidium und ging auf die Straße, um an der frischen Luft einen klaren Gedanken zu fassen. Irgendjemand machte sich über seine Körpergröße lustig. Zweimal. Und dann schickte er … ja was? Eine Drohung. Eine Warnung? Er wusste nur, dass es um sein Leben ging. Er musste Kontakt mit diesem jemand aufnehmen. Bertahos nahm sein Handy aus der Tasche und tippte:

Wie lange habe ich noch Zeit?

Die Antwort kam umgehend.

Zehn.

Was heißt zehn? Jahre? Wochen? Monate?

Neun.

„Haben wir genug, um ihn festzunehmen?", fragte Kajsa.

Munk blickte noch einmal auf den Chatverlauf. Er schüttelte den Kopf.

„Britta Sartorius machte ihm viele Komplimente und viele Andeutungen, was man als verschlüsselte Aufforderungen zu den Morden verstehen kann, aber das reicht auf keinen Fall. Es sei denn, wir erkennen den Code, den beide möglicherweise benutzen."

Munk blickte auf. „Wir haben immerhin einen Verdächtigen", sagte er. Dann schaute er in den Raum hinein. Eine ungeheure Wut stieg in ihm auf. Es könnte Grips Mörder sein. „Kajsa, Achatz, prüft nach, wo er bei den Morden gewesen ist. Beim Mord an den Musikern, beim Mord am Sultan, beim Mord an – Grip." Er blickte Kajsa und Larsson an. „Und wo er gewesen ist, als auf mich geschossen wurde."

„Sollen wir ihn auch vernehmen?", fragte Larsson.

„Nein, er ist Polizist. Wir checken erst mal alles andere – Lebensumstände, sein Umfeld. Motive. Wir halten uns vorerst fern von ihm."

Als Kajsa und Larsson das Zimmer verlassen hatten, stand Munk auf und zog sich an. Er hatte nicht vor, sich von dem Mann fernzuhalten, der möglicherweise Grip getötet hatte.

Es war nichts passiert. Bertahos hatte auf sein Handy gestarrt und zugesehen, wie die Person, die ihm drohte, heruntergezählt hatte: neun, acht, sieben, sechs, fünf, vier, drei, zwei … Bei eins hatte Bertahos das Handy weggeworfen und sich die Ohren zugehalten – als ob er erwartete, das Handy würde explodieren. Eine Übersprungshandlung.

Aber es war nichts passiert.

Nach einigen Minuten, in denen er den Schrecken verarbeiten musste, hob Bertahos das Handy wieder auf. Er blickte auf das Display.

„Eins", stand dort.

Es fehlte die Null. Was hatte das zu bedeuten? Jemand machte ihm Angst. Wer? Und was wusste dieser Jemand? Und warum verspottete er ihn? Bertahos schlich zurück ins Polizeipräsidium. Er ging in Munks Büro, denn er wusste, dass es frei war. Er musste hier in Ruhe einen kühlen Kopf kriegen.

Plötzlich klopfte es an der Tür. Bertahos fuhr zusammen. Er griff nach seiner Pistole. Als er sie in der Hand hielt und auf die Tür richtete, sagte er vorsichtig „Herein".

Es war Halldor Selander.

„Hier sind Sie!", sagte Selander.

Bertahos senkte die Pistole augenblicklich und versteckte sie hinter seinem Rücken. Aber Selander hatte sie natürlich gesehen. Er schaute Bertahos fragend an.

„Äh, das …", stotterte Bertahos.

Sollte er Selander sagen, dass er bedroht wurde? Besser nicht.

„Ich bin etwas nervös", sagte er, „der Sultan, meine Fehler …"

„Geben Sie mir bitte die Pistole", sagte Selander ernst.

„Sie sind suspendiert. Ström ist ebenfalls abgesetzt. Bis ein Nachfolger gefunden ist, bin ich sowohl Polizeipräsident als auch Leiter der Ermittlungen in den Mordfällen Sultan Daix, Per Henrik Grip, Ali Mercaniler und Haissam Zolt."

Bertahos sah Selander an, als habe er ihm nicht folgen können. Waren es die vielen Namen oder waren es die Suspendierungen?

„Was bedeutet das?", fragte er. Bertahos meinte seine Suspendierung.

„Geben Sie mir erst mal die Pistole", sagte Selander.

Bertahos tat, wie ihm geheißen.

„Sie sind suspendiert, bis der Untersuchungsausschuss zum Tod von Sultan Daix Sie entweder belastet oder entlastet hat. Fest steht, dass Sie nicht mehr auf den Posten des Säpo-Chefs zurückkehren werden."

Bertahos senkte den Kopf.

„Ihren Dienstausweis bitte", sagte Selander und hielt die Hand hin.

Bertahos holte den Ausweis aus seiner Jackentasche und wartete wie ein ertappter Schuljunge auf weitere Anweisungen.

„Das wär's erst mal", sagte Selander.

Als Bertahos nicht reagierte, zeigte Selander mit der rechten Hand zur Tür.

Bertahos setzte sich wie eine Lokomotive ganz langsam in Bewegung, und als er fast schon die Tür erreicht hatte, stolperte er über eine Unebenheit am Teppich. Er fiel auf die Nase.

Grip hätte sehr darüber gelacht, dachte Selander. Ihm war nicht zum Lachen zumute.

Casper Munk steckte seine Pistole in die Seitentasche der Lederjacke und verließ das Krankenzimmer. Gott sei Dank, dachte er, hatte Selander den Kollegen, der zu seinem Schutz vor der Tür postiert war, wieder abgezogen. Offenbar hatte Selander die Gefahrenlage neu bewertet. Munk hatte gerade ein paar Schritte im Flur zurückgelegt, als seine Kollegin Leila Andersson um die Ecke bog. Munk erschrak. Leila sollte nicht wissen, dass er auf eigene Faust handelte. Keiner sollte es wissen.

„Ich wusste es", sagte Leila.

Aber sie machte keine Anstalten, Munk zum Umkehren zu bewegen. Stattdessen drehte sie sich um und ging zum Aufzug.

„Komm, wir fahren gemeinsam zu ihm", sagte sie. „Ich weiß doch, dass du dich sowieso nicht aufhalten lässt."

Munk folgte ihr in den Lift. Einerseits war er verärgert, dass er die Sache nicht alleine erledigen konnte. Andererseits freute er sich, dass Leila ihn gewähren ließ. Und dass sie dabei war. Es war immerhin Leila.

„Keine Selbstjustiz, auch wenn er vermutlich Grip getötet hat", sagte Leila im Aufzug. „Wir nehmen ihn fest, bringen ihn aufs Präsidium und verhören ihn – falls Halldor es zulässt, dass wir ihn verhören; und falls er es zulässt, dass du in deinem Zustand dabei bist."

Munk nickte.

„Bist du sicher, dass er zu Hause ist?", fragte er.

„Yes", erwiderte Leila. „Ich habe einen Sender in seinem Auto versteckt, als er beim Treffen mit den hohen Herren der Politik und der Polizei gewesen ist."

„Mein Auto steht in der Tiefgarage", sagte Leila, als sie unten angekommen waren.

Munk setzte sich auf den Beifahrersitz und schwieg während der Fahrt nach Djursholm. Der Mann, den sie für den Mörder von Grip hielten, wohnte in einer der besten Vorort-Gemeinden von Stockholm. In Djursholm, das nördlich von Stockholm lag, lebten Banker, Architekten und Künstler, die es zu Wohlstand gebracht hatten. Björn Ulvaeus von ABBA hatte hier auch ein Haus.

Leila stellte das Auto im Vendevägen in der Nähe der Djursholmer Bibliothek ab. Das Haus, das Leila und Munk suchten, war nur etwa 50 Meter davon entfernt.

„Lebt er alleine?", fragte Munk.

„Ja", erwiderte Leila. „Die Frau ist vor vielen Jahren gestorben, weswegen er sich ja auf den Dating-Portalen herumgetrieben hat."

„Das machen Leute auch, wenn Sie verheiratet sind", sagte Munk.

Das Haus lag hinter hohen Bäumen versteckt. Die beiden Polizisten kamen von der Seite auf das Gebäude zu.

„Ich nehme die Vordertür, du die Veranda", sagte Munk und holte seine Pistole aus der Jackentasche.

Leila nickte, holte ebenfalls ihre Waffe hervor und bog in Richtung Veranda ab. Munk näherte sich langsam der Haustür. Die großen Häuser in Djursholm hatten im Gegensatz zu den Wohnungen in der Innenstadt keine Nummerncodes. Man brauchte einen Schlüssel, wenn die Tür verschlossen war.

Munk drückte vorsichtig gegen die Klinke. Die Tür ging auf. Er sah durch den Flur ins Wohnzimmer und auf eine Fensterwand, die in den Garten ging. Leila stand davor und fuchtelte aufgeregt mit den Armen. Mit einer Hand deutete sie ins Wohnzimmer hinein. Sie rief etwas, was Munk nicht verstand. Munk sicherte den Flur, drang ins Wohnzimmer vor – und sah sofort, warum Leila, die draußen stand und nicht hereinkonnte, so außer Rand und Band war: Sören Bertahos hing mitten im Zimmer in einer Schlinge. Neben ihm lag ein umgekippter Stuhl.

Bertahos röchelte und zappelte.

Munk stand davor – und tat nichts.

Leila trommelte mit den Fäusten gegen das Fenster.

Munk starrte auf Bertahos.

Bertahos röchelte.

Leila trat mit ihren Schuhen gegen die Verandatür. Das Glas hielt stand. Leila zog die Pistole und zielte auf die Tür.

Da ging Munk einen Schritt nach vorne und packte die Beine von Bertahos. Er hob den dicken Mann ein Stück nach oben, sodass das Seil schlaffer wurde und Bertahos wieder atmen konnte.

Leila steckte die Pistole ein, eilte ums Haus herum, lief durch die Haustür und den Flur ins Wohnzimmer und brüllte Munk an.

„Warum hast du gewartet?"

Munk drehte den Kopf zu Leila. „Er hat Grip getötet."

Leila holte ihr Handy aus der Tasche, rief den Notarzt und die Kollegen an und half anschließend Munk, Bertahos von der Schlinge zu befreien. Sie legten ihn aufs Sofa. Bertahos röchelte.

„Ich habe das nicht gesehen", sagte Leila zu Munk. „Wenn die Kollegen kommen, sage ich, dass du ihn sofort heruntergeholt hast."

Munk nickte, verließ das Haus und blieb schweigend im Garten stehen. Er bemerkte kaum, wie die Kollegen und der Notarzt kamen, der sich um Bertahos kümmerte. Munk dachte an Grip. Und daran, dass er den Mann gerettet hatte, der Grip getötet hatte. Er ging in eine Ecke des Gartens, hinter einen Busch, und übergab sich.

Eine knappe Stunde später saßen Halldor Selander, Leila Andersson und Casper Munk mit Sören Bertahos im Vernehmungsraum des Polizeipräsidiums auf Kungsholmen. Leila und Munk hatten Selander von den Kontakten zwischen Bertahos und Sartorius berichtet, und Selander hatte eingewilligt, Bertahos zu verhören; und er war damit einverstanden, dass Munk dabei sein durfte, obwohl er krankgeschrieben war. Und obwohl Munk derjenige war, der am meisten unter Grips Tod litt – und deshalb am meisten Wut auf Bertahos hatte. Dass Munk Bertahos zunächst in der Schlinge hatte hängen lassen, das wusste Selander nicht.

Bertahos hatte sich offenbar von seinem Suizid-Versuch erholt, zumindest körperlich. Er saß mit gesenktem Kopf am Tisch und schwieg.

„Sie können einen Anwalt anrufen, Herr Bertahos“, sagte Selander.

Bertahos hob den Kopf und schaute Selander an. Seine Körpersprache war defensiv, er ließ die Schultern hängen und blickte drein wie ein Hund, der nicht geschlagen werden wollte.

„Ich brauche keinen Anwalt“, erwiderte Bertahos. „Jedenfalls jetzt noch nicht. Ich sage aus, was ich auszusagen habe.“

Leila bemerkte, dass Munk unruhig wurde. Sie wusste, dass er ein mögliches Geständnis von Bertahos, dass er Grip getötet habe, nur schwer würde ertragen können.

„Sie geben also zu, die beiden Musiker Ali Mercaniler und Haissam Zolt, den Polizeibeamten Per Henrik Grip und den Sultan Daix getötet zu haben?“, sagte Selander.

Bertahos blickte Selander mit seinen Hundeaugen an. „Ich habe geahnt, dass Sie mir das vorwerfen werden“, erwiderte er. „Aber ich habe niemanden getötet.“

Leila blickte Munk an. Munk rutschte auf seinem Stuhl herum. Aber er sagte nichts.

„Was wollten Sie dann aussagen?", fragte Selander.

„Ich habe Britta Sartorius geholfen, den Sultan zu töten, das ist alles", sagte er. „Und deshalb wollte ich mich jetzt umbringen, aus Gewissensgründen."

„Geholfen? Geht es etwas genauer?", fragte Selander weiterhin sehr ruhig.

„Der Sultan war in Harpsund", erwiderte Bertahos. „Meine Leute waren für seine Bewachung zuständig. Ich habe dafür gesorgt, dass der Raum, in dem der Sultan später in die Luft flog, für einen Moment unbewacht war. So konnte Britta – oder einer ihrer Helfer – das Kissen dort platzieren."

„Wie haben Sie dafür gesorgt?", fragte Selander. „Und wie konnte Sartorius – oder einer ihrer Helfer – das streng bewachte Gelände wieder verlassen?"

Bertahos blickte auf die Tischplatte. „Dazu möchte ich momentan noch nichts sagen", erwiderte er.

„Sie lügen!", rief Munk. „Sie haben das Kissen auf den Stuhl gelegt! Und Sie haben die Musiker und Grip getötet."

Bertahos schüttelte den Kopf. „Nein, nein, nein."

„Doch!"

Bertahos schaute Munk an. „Ich war abhängig von Britta Sartorius und ich habe getan, was sie wollte, aber ich habe niemanden getötet."

„Warum waren Sie abhängig?", fragte Selander.

„Ich habe sie geliebt …"

„Herrje, jetzt wird es ein Schnulzenroman", rief Munk.

„Casper, ich führe das Verhör", sagte Selander ruhig. Selander blickte auf Bertahos, was heißen sollte: Fahren Sie fort!

„Sie haben sicher unsere Chats gelesen“ sagte Bertahos. „Ich bin nicht stolz darauf.“

Selander blickte auf die Papiere, die vor ihm auf dem Tisch lagen. Leila und Munk hatten die Ausdrucke mitgebracht.

„Sie bezeichnen Britta Sartorius als ‚supersexy Amazone mit dem Gesicht einer unschuldigen Nymphe‘“, las Selander vor. „Und dann dichten Sie. ‚Wie gern wäre ich eine Träne von dir: In deinen Augen geboren, über deine Wangen wandern und auf deinen Lippen sterben‘.“

Leila grinste. Munk verzog keine Miene.

„Ich war 20 Jahre unglücklich verheiratet mit einer Frau, die mir immer das Gefühl gab, ich sei ein unscheinbarer, kleiner, dicker Versager“, sagte Bertahos. „Und dann interessierten sich auf diesen Dating-Portalen andere Frauen für mich …“

„… unter anderem die rechtsextreme Alma Hendriksson“, warf Selander ein.

„Ich habe sie nie getroffen“, sagte Bertahos. „Ich hatte ohnehin bald nur noch Augen für Britta Sartorius. Als sich diese schöne Frau für mich interessierte, vermeintlich für mich interessierte, fühlte ich mich wie ein Teenager.“

„Erbärmlich“, sagte Munk. „Ich habe auch als Teenager keinen solchen Mist verbreitet: supersexy Amazone!“

Selander ignorierte Munks Kommentar. „Haben Sie Sartorius je getroffen?“, fragte er.

Bertahos nickte. „Sie sagte, wir könnten ein Paar werden, falls ich ihr einen Gefallen tun könnte.“

Munk schüttelte fassungslos den Kopf. „Wie bescheuert sind Sie!“, rief er. „Das ist ja alles billiger als jeder Privatfernseh-Dreck.“

Selander hatte Verständnis dafür, dass Munk diesen Mann hasste. Aber jetzt griff er ein. „Casper, wenn du weiterhin alles kommentierst, musst du leider gehen“, sagte er, „ich meine das ernst.“

Munk hob beschwichtigend die Hände.

„Noch einmal zum Mitschreiben“, sagte Selander in seinem Selander-Duktus. „Sie sagen, Sie seien von Britta Sartorius abhängig gewesen und hätten deshalb dafür gesorgt, dass irgendjemand das Furzkissen, das später explodierte, auf den Stuhl des Sultans legen konnte.“

Bertahos nickte.

„Sie möchten aber keine Details verraten?“

Bertahos nickte.

„Dann sind wir momentan bei Beihilfe zum Mord.“ Es war keine Frage, sondern eine Feststellung. Selander nahm die Papiere, die vor ihm auf dem Tisch lagen, und stand auf.

„Ich habe noch etwas“, sagte Munk ruhig.

Selander setzte sich wieder. Er arbeitete schon seit vielen Jahren mit Munk zusammen und wusste, dass sein Kollege so einen Satz nur sagte, wenn er etwas Wichtiges mitteilen wollte. Aber Munk sagte zunächst nichts, sondern zog einen Umschlag aus der Seitentasche seiner Lederjacke. Der Umschlag war einmal geknickt. Munk entfaltete ihn und zog eine Zeichnung heraus. Es war die Karikatur, die Britta Sartorius in ihrer Wohnung hinterlassen hatte. Munk legte sie auf den Tisch.

„Was sehen Sie?“, fragte er Bertahos.

„Zwei Cowboys“, erwiderte Bertahos, „einer trägt die Kleidung von Lucky Luke und sieht aus wie Sie. Sie stehen vor einer Wand und werden gleich von einer Kugel getroffen, die der andere Cowboy abgefeuert hat.“

„Wo wird mich die Kugel treffen?“

„Am Kopf.“

„Erinnert Sie das an etwas?“

„Sie wurden tatsächlich von einer Kugel am Kopf getroffen.“

Munk nickte. „Wie sieht der andere Cowboy aus?“

„Man sieht ihn nur von hinten.“

„Beschreiben Sie, was Sie erkennen“, sagte Munk.

„Sieht aus, als trüge er eine Uniform – wie von der Kavallerie im Wilden Westen.“

Munk nickte. „Was noch?“

Bertahos schüttelte den Kopf.

„Der Mann ist kleiner und dicker als der andere Cowboy“, sagte Munk.

„Das könnte auch die Perspektive sein“, erwiderte Bertahos.

„Ich glaube nicht, dass das die Perspektive ist“, sagte Munk. „Britta Sartorius hat einen kleinen, dicken Mann in Uniform gezeichnet, der auf mich schießt. Das sind Sie!“

Bertahos hob abwehrend die Hände. „Das lesen Sie heraus“, sagte er. „Das wird keinem Richter reichen.“

„Ich habe noch etwas“, sagte Munk. „Schauen Sie sich die Kugel genauer an.“

Bertahos beugte sich über die Zeichnung. „Ich kann nicht viel erkennen“, sagte er. „Sieht ein bisschen aus wie ein kleines Auto.“

„Ach, ein kleines Auto“, antwortete Munk. „Mit einer Aufschrift, oder?“

„Das kann ich nicht erkennen“, sagte Bertahos.

„Wer stellt in Schweden Miniaturautos her?“

Bertahos hatte Schweißperlen auf der Stirn. „Woher soll ich das wissen!“, rief er.

„Das weiß jedes Kind", sagte Munk scharf. Er wandte sich an Selander. „Haben wir eine Lupe im Präsidium?", fragte er.

Selander tippte eine Nummer in das Telefon, das auf dem Tisch stand. „Jari, bring bitte eine Lupe", sagte er.

Wenige Minuten später stand der Kriminaltechniker Jari Huskonen mit einer Lupe im Raum.

„Gib sie ihm bitte", sagte Munk und deutete auf Bertahos.

Der frühere Säpo-Chef nahm die Lupe und warf sie wie ein trotziges Kind auf den Boden. Selander hob sie auf und schaute durch sie hindurch auf das kleine Auto auf der Zeichnung.

Er erkannte die Initialen S.B.

„Das Unternehmen SB bilproffs AB, kurz SB, stellt in Schweden Miniaturautos her", sagte Munk. „Britta Sartorius nahm sich die künstlerische Freiheit, anstelle einer Kugel ein Auto mit den Initialen SB, SB wie Sören Bertahos, zu zeichnen. Das belastet Sie schwer. Sie haben auf mich geschossen! Und auf Grip!" Munk sprang auf und packte Bertahos an der Kehle. Der dicke Mann lief sofort rot an und röchelte. Munk drückte zu.

„Aufhören!", rief Selander und stürzte sich von hinten auf Munk.

Huskonen kam ebenfalls hinzu, packte Munk an den Armen und mit vereinten Kräften schafften es Selander und Huskonen, Bertahos von Munk zu befreien. Munk ließ sich auf einen Stuhl fallen und sah Bertahos hasserfüllt an.

„Bist du wahnsinnig!", brüllte Selander Munk an.

„Ich war es nicht", brachte Bertahos hervor. „Ich habe nicht auf Sie geschossen. Und auch nicht auf Grip."

Munk sprang auf, rannte zur Tür, riss sie auf und verschwand im Flur. Er achtete nicht darauf, dass ihm

Selander ein „Casper“ hinterherrief. Munk rannte hinaus auf die Straße, er spürte einen stechenden Schmerz in seinem Kopf. Er musste sich beruhigen. Aufregung schadet, hatte der Arzt gesagt, als würde Munk in einem Büro arbeiten und dürfte sich nicht darüber aufregen, wenn ein Kollege über den Chef tratschte.

Sein Freund war getötet worden!

Und er saß dem Mörder gegenüber!

Wie sollte er sich da nicht aufregen!

Der stechende Schmerz in seinem Kopf wurde nicht schwächer. Munk lehnte sich an einen Laternenpfahl und sprach sich leise immer wieder ein Wort vor: Ruhe. Ruhe. Ruhe. Dann wurde ihm schwarz vor Augen.

Als Munk wieder aufwachte, lag er in seinem Klinikzimmer. Leila Andersson saß an seinem Bett.

„Ich soll dich von Tove grüßen", sagte Leila. „Sie ist schon im Flieger und wird in zwei, drei Stunden hier sein."

„Sie muss nicht immer gleich kommen, wenn ich in Ohnmacht falle", sagte Munk. „Ich falle doch ständig in Ohnmacht."

„Vermutlich wirst du nicht mehr in Ohnmacht fallen", sagte Leila. „Der Arzt meinte, dass du eigentlich wieder relativ stabil bist, Gott sei Dank. Dein Kopf ist so weit in Ordnung. Die Sache im Polizeipräsidium war eine emotionale Ausnahmesituation."

„Wer hat mich hierhergebracht?"

„Ich bin dir hinterhergegangen", sagte Leila. „Ich habe gesehen, wie du an diesem Laternenpfahl zusammengesunken bist."

„Hat Bertahos gestanden?"

Leila schüttelte den Kopf und nickte fast gleichzeitig, was kurios aussah. „Nicht den Mord an Grip, und nicht den Schuss auf dich", erwiderte Leila, „Er sagt, Britta Sartorius wolle die Schuld auf ihn lenken ..."

Munk wurde ungeduldig, er ging dazwischen. „Du sagtest, nicht den Mord an Grip und nicht den Schuss auf mich ..."

„... Bertahos hat nach Rücksprache mit seinem Anwalt zugegeben, das Furzkissen auf den Stuhl des Sultans gelegt zu haben", sagte Leila. „Er hat also einen Mord zugegeben. Er begründete es damit, von Sartorius emotional abhängig und deshalb in gewisser Weise unzurechnungsfähig gewesen zu sein."

Munk wartete, dass Leila weitersprach.

„Wir gehen immer noch davon aus, dass Bertahos alle

umgebracht hat", sagte Leila. „Wenn er einmal für Sartorius tötet, dann macht er es auch öfter. Und er hat keine Alibis."

Munk nickte.

Leila stand auf. „Ich muss zurück zur Arbeit", sagte sie.

„Danke, Leila."

Als Leila das Zimmer verlassen hatte, fühlte sich Munk leer. Grip war tot. Bertahos war gefasst. Bertahos hatte den Sultan getötet, weil Sartorius, die vom Sultan gedemütigt worden war, es so gewollt hatte. Vermutlich hatte er die anderen auch getötet. Warum hatten die Musiker sterben müssen? Hatte Sartorius es in ihrem Brief erwähnt? Munk hatte es vergessen. Er versuchte sich zu konzentrieren. Aber er kam nicht drauf. Was war mit ihm los? War in seinem Kopf doch irgendetwas kaputt gegangen? War er einfach nur überfordert und erschöpft?

Munk nahm die Fernbedienung. Er musste sich ablenken. Seinem Hirn eine Pause gönnen von all den Gedanken. Und seiner Seele auch.

In TV4 lief ein Fußballspiel. West Ham United gegen Leicester City. Passt, dachte Munk, aber dann sah er auf die Uhr am linken oberen Bildrand. 93. Minute. Die Partie war schon in der Nachspielzeit. Munk zappte weiter.

„Der Trauerdrongo in der afrikanischen Steppe ist ein Täuscher und Trickser", sagte eine Stimme aus dem Off, und Munk sah kleine Vögel und Erdmännchen auf dem Bildschirm. Die Drongos mussten die Vögel sein.

„Die Drongos legen die Erdmännchen herein", sagte die Stimme. „Wenn die Erdmännchen gerade dabei sind, die Kadaver von toten Tieren zu verzehren, ahmen die Drongos den Ruf von großen Greifvögeln nach, den natürlichen Feinden der Erdmännchen. Und wenn diese die Rufe hören, hauen sie ab. Und die Drongos können sich über die Tierkadaver hermachen."

Das amüsierte Munk. Obwohl es gemein war, hatte er eine Sympathie für diese Drongos.

„Natürlich merken die Erdmännchen irgendwann, dass keine Greifvögel kommen und sie von den Drongos hereingelegt werden, also reagieren sie nicht mehr auf die falschen Rufe der Drongos", sagte die Stimme im Fernseher, und Munk merkte, wie ihn das enttäuschte.

„Doch die Drongos haben noch einen Joker im Ärmel ...", sagte die Stimme, was, wie Munk dachte, ein unpassender Vergleich war, denn Vögel trugen keine Hemden oder Jacken mit Ärmel.

„... sie ahmen nun den Ruf der Erdmännchen nach, sodass die Erdmännchen meinen, jetzt von Artgenossen vor Greifvögeln gewarnt zu werden. Sie hauen ab, und die Drongos können wieder die Tierkadaver fressen."

Munk war fassungslos. Was für Schlitzohren! Arme Erdmännchen! Da fiel ihm plötzlich etwas ein: Was war, wenn Britta Sartorius nicht nur Sören Bertahos, sondern auch ihn getäuscht hatte?

Und warum beschuldigte Sartorius Bertahos überhaupt? Sie war doch längst „in Sicherheit" im Ausland.

Hat Bertahos wirklich alle getötet?

Und wo waren eigentlich Barbelli und Amira?

An diesem Abend ging um 20.43 Uhr ein Notruf beim Polizeipräsidium in Stockholm ein. Es war der Pförtner des Konserthuset. Man habe eben, beim Beginn eines großen Klassik-Konzerts, zwei tote Frauen in zwei Flügeln gefunden. Der diensthabende Beamte informierte sofort Halldor Selander, den Chef der Mordkommission und Interims-Polizeipräsidenten. Selander trommelte sein Team zusammen und fuhr dann von seinem Wohnort im Nordosten der Stadt zum Konserthuset, das am Platz Hötorget mitten in Stockholm lag.

Ein Arzt und der Kriminaltechniker Jari Huskonen standen neben den Flügeln und diskutierten, als Selander den Saal betrat. Das Publikum saß noch auf seinen Plätzen. Der Chef des Konserthuset begrüßte Selander und erklärte ihm, dass die beiden Pianisten sofort nach Beginn des Konzertes gemeldet hatten, dass ihre Tastenklöppel auf Widerstand stießen; es sei unmöglich, Musik zu machen. Man habe dann in die Flügel geschaut und – der Chef des Konserthuset hatte Tränen in den Augen – die beiden Frauen gesehen, die leblos und gefesselt im Bauch der Pianos lagen. Man habe dann sofort die Polizei und den Notarzt gerufen. Selander bedankte sich und ging zu Huskonen und dem Arzt. Mittlerweile waren auch Leila Andersson, Kajsa Tapper und Achatz Larsson eingetroffen.

„Es sind Amira und Barbelli“, sagte Huskonen.

Selander, Leila, Kajsa und Larsson schauten in die Flügel. Sie sahen, dass die beiden Frauen gefesselt waren, und dass jeweils eine Hand so festgebunden war, dass die Klöppel des Pianos, die eigentlich auf die Saiten treffen sollten, die Hände der Frauen trafen. Selander sah genauer hin. Die Klöppel waren angespitzt. Er bewegte seine Hand …

„Nicht anfassen!“, rief der Arzt.

Selander zog ruckartig die Hand zurück.

„An den angespitzten Klöppeln könnte Gift sein“, erklärte der Arzt.

„Was ist passiert?“, fragte Selander.

„Die Körper sind noch warm“, sagte der Arzt. „Ich denke, sie haben noch gelebt, als das Konzert begann. Vielleicht waren sie betäubt. Ich glaube, dass ihnen mit den angespitzten Klöppeln ein schnell wirksames Gift injiziert worden ist, an dem sie dann sehr schnell gestorben sind.“

„Welches Gift?“

„Das kann ich jetzt natürlich noch nicht sagen.“

„Danke“, sagte Selander und sah sich um. „Wo sind die Pianisten?“

„Der eine wird psychologisch betreut, der andere steht draußen und raucht eine Zigarette“, erwiderte der Chef des Konserthuset. „Es ist aber ausgeschlossen, dass die beiden etwas damit zu tun haben. Das sind die besten Pianisten Schwedens!“

„Der kausale Zusammenhang ist nicht ersichtlich“, warf Leila ein.

„Bitte?“

„Sie suggerierten, dass die beiden nichts mit dem Mord zu tun haben könnten, weil sie die besten Pianisten Schwedens seien“, erwiderte Leila. „Das hieße ja, sehr gute Pianisten könnten keine Morde begehen. Aber darum …“

„Schluss jetzt!“, sagte Selander scharf. „Ich möchte jetzt mit den beiden reden. Und egal, wie ersichtlich dein kausaler Zusammenhang ist, Leila, ich glaube auch nicht, dass die Pianisten etwas damit zu tun haben. Sie haben vermutlich unabsichtlich ausgeführt, was ein anderer oder eine andere vorbereitet hatte. Und dieser eine oder diese eine ist nicht Sören Bertahos – der sitzt bei uns in Untersuchungshaft."

„Sartorius?", fragte Leila.

„Ist im Ausland."

„Wer dann?"

Casper Munk hatte die letzte Stunde im Internet und mit Telefonaten verbracht. Britta Sartorius war im Ausland und hätte es damit bewenden lassen können. Aber sie hatte Sören Bertahos beschuldigt, die Verbrechen begangen zu haben. Warum? Wollte sie den kleinen Mann erniedrigen? Ihn fertigmachen? Oder musste sie den Verdacht auf Bertahos lenken, weil irgendjemand in Schweden noch einen Job zu erledigen hatte? Und welchen?

Mitten in seinen Recherchen hatte Leila angerufen und ihm mitgeteilt, dass Barbelli und Amira tot aufgefunden worden waren. Jetzt wusste Munk, welcher Job noch erledigt werden musste. Er ahnte auch, wer das übernommen hatte. Und er ahnte, warum Barbelli und Amira sterben mussten.

Munk legte den Computer zur Seite, verließ sein Krankenbett und zog sich an. Sollte er versuchen, den Fall alleine zu lösen? Nein. Er beschloss, ins Polizeipräsidium zu fahren. Halldor Selander war nun Polizeipräsident. Er verdiente es, dass man ihn einbezog. Und vielleicht konnten die Kollegen ja auch etwas dazu beitragen, den Mörder zu fassen. Falls er nicht, was Munk befürchtete, ebenfalls im Ausland war. Bei Britta Sartorius.

Munk fuhr mit seinem Saab, den Tove in der Tiefgarage des Klinikums abgestellt hatte, Richtung Polizeipräsidium. Tove! Sie war auf dem Weg in die Klinik. Er musste ihr Bescheid geben. Er konnte sie nicht noch einmal ausschließen. Munk wählte ihre Nummer. Tove war bereits in Stockholm Arlanda gelandet. Munk bat sie, in seine Wohnung zu fahren. Er würde bald kommen, hoffentlich.

Munk stellte seinen Wagen vor dem Polizeipräsidium ab. Wieder dachte er an Grip. Als Grip noch lebte, hatte er ihn, Munk, im Präsidium immer mit einem Witz begrüßt. Das würde nun nie mehr passieren. Munk spürte einen starken Schmerz. Er blieb noch einen Moment im Auto sitzen. Er dachte daran, was Grip ihm zuletzt erzählt hatte, kurz vor seinem Tod. Es war kein Witz, aber es war witzig. Grip hatte ihm erzählt, dass ein Bankräuber eine scheußliche Krawatte getragen hatte, als er eine Bank überfiel. Das war vermutlich Absicht gewesen, denn als die Zeugen hinterher befragt wurden, erinnerten sich alle an die hässliche Krawatte, aber nicht an das Gesicht des Bankräubers.

Beim Mörder, den sie jagten, war es keine scheußliche Krawatte. Es war seine scheußliche Musik. Und deshalb hatten sie ihn als Person nicht wahrgenommen.

Munk verließ das Auto und betrat das Polizeipräsidium. Er ging den Flur entlang zum Konferenzraum der Mordkommission. Als er klopfte, hörte er Selanders Stimme: „Herein."

Munk sah betretene Gesichter, als er ins Zimmer kam. Selander, Jari Huskonen, Kajsa, Leila und Achatz Larsson blickten Munk mit leeren Augen an. Munks Blick fiel auf den großen Bildschirm, neben dem Selander stand. Die anderen saßen. Der Bildschirm zeigte einen Mann in einem Flughafengebäude.

„Die Überwachungskamera des Flughafens Arlanda zeigt uns, dass Bengt Brock unter dem Namen Lasse Kalkhage um 19.50 Uhr sein Ticket vorzeigt, um wenig später mit dem Flieger nach Bridgetown auf Barbados zu starten", sagte Selander, ohne Munk zuvor begrüßt oder einen Platz angeboten zu haben.

Munk setzte sich. „Ihr glaubt also auch, dass Bengt Brock die Morde begangen hat", sagte er. „Ich war mir sehr sicher, nachdem ich alle Teile noch einmal zusammengesetzt und im Internet einige Verbindungen zwischen Brock und den Musikern gefunden hatte. Stichwort Eliteschule im Sultanat. Ich habe nicht viel gefunden, aber …"

Selander räusperte sich und unterbrach damit Munk. Er wollte, dass Leila übernahm. Weil sie offenbar sehr viel wusste. Und weil er ihr den Erfolg gönnte. Munk war einverstanden.

„Leila hat sich die Nacht um die Ohren geschlagen, um zu recherchieren und über Interpol mit den Kollegen im Sultanat zu sprechen", sagte Selander. „Sie hat mit dieser Eliteschule geredet … erzähl doch bitte selbst, Leila."

Leila war nicht stolz, als sie von ihren Ermittlungsergebnissen sprach, sondern bedrückt. Dass Brock, der mutmaßlich fünf Menschen getötet und Munk angeschossen hatte, das Land verlassen konnte, machte ihr schwer zu schaffen.

„Ich will euch nicht mit Details langweilen, mit wem ich gesprochen habe und wer etwas über Brock gesagt hat", begann sie. „Es ergibt sich in jedem Fall folgendes Bild: Als Britta Sartorius im Sultanat lebte und zusammen mit Daix Bilder fälschte, durfte Brittas Sohn Bengt, damals etwa 13 oder 14 Jahre alt, in eine Eliteschule für talentierte Musiker gehen."

„Der Schlagerfuzzi!", entfuhr es Larsson.

„Er war dort heillos überfordert und wurde deswegen von weitaus besseren Mitschülern erst gehänselt, schließlich gedemütigt", fuhr Leila fort. „Haissam stand an der Spitze derer, die ihn demütigten. Zusammen mit Ali, der angeblich schwach und Haissam ergeben war, hat er Brock verprügelt und missbraucht …"

„Was heißt das?", fragte Munk.

Leila zögerte. „Die Leute, mit denen ich im Sultanat gesprochen habe, auch jene an der Schule, haben mir keine Einzelheiten erzählt – vermutlich auch deswegen, weil dort über diese Themen nicht so offen gesprochen wird wie bei uns“, sagte sie. „Aber die Jungen waren in einem Alter, in dem sie die Sexualität entdeckten, und Brock, nun ja, er musste wohl Dinge über sich ergehen lassen.“

„Und Barbelli und Amira?“, fragte Munk.

„Barbelli hatte sich zunächst mit Brock angefreundet, muss ihn dann aber verraten haben.“

„Wie?“

Leila blickte auf die Tischplatte. „Bengt Brock hatte Katzen, vermutlich auch deswegen, weil er keine oder kaum Freunde hatte“, sagte sie. „Und als sich Sartorius und der Sultan wegen der Gemälde-Sachen überwarfen, hat der Sultan auch Brock büßen lassen.“ Leila machte eine Pause. „Der Sultan zwang Barbelli, Brock die Katzen zu entwenden – sie war ja noch manchmal bei Sartorius und Brock zu Hause –, und er steckte die Katzen in einen Flügel …“

Munk ahnte, was kommen würde.

„Amira musste spielen, während die angespitzten und vergifteten Klöppel die Katzen töteten. Und Brock war anwesend, denn Amira und Barbelli hatten ihn quasi zu einem Abschiedskonzert eingeladen, bevor er mit seiner Mutter das Land verlassen wollte.“

Im Konferenzraum des Polizeipräsidiums war es totenstill. Selander blickte aus dem Fenster, Kajsa und Larsson auf den Tisch.

Munk sah Leila an. „Warum hat er sich erst jetzt gerächt?“, fragte er.

Leila zuckte mit den Schultern. „Amira, Barbelli, Haissam

und Ali waren im Sultanat, er in Europa“, sagte sie. „Vielleicht ergab sich erst jetzt die Möglichkeit. Oder es gab andere Gründe. Jedenfalls konnten sich jetzt beide rächen: Sartorius am Sultan, Brock an den vier Musikern.“

Es herrschte wieder Stille.

„Ich habe herausgefunden, dass bei Brock vor Kurzem die Krankheit Chorea Huntington ausgebrochen ist“, sagte Munk.

„Was ist das?“, fragte Selander.

„Man hat, kurz gesagt, psychische und motorische Störungen – Bengt Brock kann nicht mehr lange Musik machen. Mir sind die motorischen Störungen aufgefallen, als wir Brock und Sartorius besucht haben. Außerdem habe ich mir das Video von seinem Auftritt im Stadshuset angesehen – Brock hatte da kaum sichtbare Zuckungen. Und dann hat mein Freund Pontus über Woody Guthrie … aber das würde zu weit führen.“

„Und du meinst, dass Brock immer verzweifelter wurde, was seine Musik anging?“, warf Leila ein. „Und dass er deshalb beschloss, sich an denen zu rächen, die ihn früher quälten, und die in der Lage waren, weiter Musik zu machen, und noch dazu begabter waren als er selbst?“

Munk machte eine Pause. „Kann sein, Leila“, sagte er dann. „Jedenfalls hat Brock vermutlich fünf Menschen getötet, unter ihnen war Grip, der ihn gesehen hatte, wie er Haissam erschoss. Und wir können Brock dafür nicht zur Rechenschaft ziehen.“

Keiner sagte ein Wort. Dann piepte Munks Handy. Er holte es aus der Jackentasche und blickte auf die Textnachricht.

Es ist vollendet. Britta Sartorius und Bengt Brock (zurzeit im Luftraum über dem Atlantischen Ozean).

Munk gab sein Handy kommentarlos in die Gruppe. Die meisten registrierten die Nachricht still. Leila liefen ein paar Tränen über die Wangen.

Munk wandte sich schließlich an Selander. „Gibt es ein Auslieferungsabkommen mit Barbados?“, fragte er.

Selander schüttelte den Kopf.

Munk stand auf. Man spürte, wie erregt er war, dass der Mörder von Grip davonkommen würde. Er ging zu Leila und legte ihr die Hand auf die Schulter. „Sehr gute Arbeit, Leila“, sagte er.

Dann verließ er das Polizeipräsidium.

Zwei Wochen später trafen sich Selander, Huskonen, Leila, Kajsa, Larsson und Munk am Grab von Grip auf dem Friedhof Norra begravningsplatsen in Solna. Tove, Luna und Mattsson waren auch da. Sie standen vor dem Grab und tranken Wein und Bier. Es war eine melancholische Stimmung, aber die Gemeinschaft fing die große Trauer ab. Und sie erzählten sich Witze.

„Als ich dachte, Bertahos habe dich getötet, Grip, da habe ich ihm lustige Textnachrichten geschickt – er sollte an dich denken“, sagte Munk, ans Grab gewandt. „Es ging um kleine, dicke Männer, so wie Bertahos einer ist. Einen Witz habe ich mir für dich aufgehoben …“ Munk machte eine Pause. „Es ist ein kurzer Witz, Grip …“ Er machte wieder eine Pause.

Die anderen lachten, denn Grip brauchte auch immer ewig, bis er seine Witze loswurde. Seine langen Einleitungen waren legendär. Munk parodierte das.

„Und er ist auch gar nicht so gut …“

„Mach schon“, sagte Leila, denn es gab immer jemanden, der Grip antreiben musste. Es war immer ein Spiel gewesen.

„Na gut“, sagte Munk. „Wie heißt ein sehr kleiner Polizist?“

Die anderen schauten erwartungsvoll.

„Sicherheitshalber.“

Alle lachten. Dann hoben sie die Gläser und prosteten Grip zu. Leila weinte leise. Munk nahm sie in den Arm. Nach einer Weile löste sie sich. Die Gruppe warf noch einen Blick auf das Grab, dann gingen sie alle Richtung Ausgang. Kajsa und Larsson verabschiedeten sich und fuhren gemeinsam mit Kajsas Auto in die Stadt. Pontus Mattsson und Jari Huskonen nahmen den Bus, der gerade vor dem Friedhof gehalten hatte. Alle vier hatten Leila und Munk, die Grip am Nächsten gestanden waren, zuvor umarmt. Zurück blieben Selander, Leila, Tove, Luna und Munk.

Sie sprachen nun, vor dem Friedhof stehend, darüber, wie es weitergehen würde. Luna sagte, sie werde zwar nach Wien gehen, aber erst im übernächsten Semester; das sei mit ihrem Professor so abgesprochen. Bis dahin würde sie in Stockholm das Zeichnen üben. Tove sagte, sie werde zurück nach Bergen fliegen und so oft wie möglich nach Stockholm kommen; man werde sehen, was die Zukunft bringe, mit ihr und Casper. Munk nahm es ihr nicht übel, dass sie so offen darüber sprach. Leila und Luna waren Freunde, und Selander, ja, er war auch mehr als ein Kollege, vielleicht so etwas wie ein väterlicher Freund.

„Und was wirst du jetzt machen, Casper?", fragte Leila. „Ich hoffe sehr, dass du bei uns bleiben wirst."

Munk blickte zu Boden. „Ich weiß nicht", sagte er. „Das mit Grip …"

Sie nickte.

„Leila wird – ich hoffe, ich darf das sagen, Leila – die Leitung der Mordkommission übernehmen", sagte Selander.

Munk war kurz irritiert. Nicht, weil er sich selbst erhofft hatte, Leiter der Mordkommission zu werden. Er hatte sie ja eine Zeit lang geführt, als Selanders Frau schwer krank geworden war. Es war nichts für ihn. Er taugte nicht für das Organisatorische. Und ein Teamplayer war er auch nicht. Leila war da viel geeigneter.

Munk war vielmehr irritiert, weil Selander doch aktuell Chef der Mordkommission war. Würde er in Pension gehen?

„Man hat mir angeboten, Polizeipräsident zu werden", sagte Selander, als hätte er Munks Gedanken erraten. „Ström war nach der Sache mit dem Sultan nicht mehr zu halten – die ganze Welt war erschüttert, dass ausgerechnet ein Polizist einen ausländischen Staatsgast getötet hat.“ Selander machte eine Pause. „Wir sind ja unter uns: Lasse Bosse Ström war für den Posten des Polizeipräsidenten ohnehin so geeignet wie …“ Selander suchte nach einem Vergleich. Aber so zuverlässig, bodenständig, fleißig und ehrlich er war – Fantasie hatte Halldor Selander nicht.

„… so geeignet wie ein Elefant fürs Skispringen“, half Munk aus.

Selander lächelte. „Du hattest Leilas Frage noch nicht konkret beantwortet“, sagte Selander in Richtung Munk. „Wirst du bei uns bleiben? Ich würde mich sehr darüber freuen.“

Munk sah Selander in die Augen. „Gibst du mir drei Monate, um darüber nachzudenken, Halldor?“, fragte er. „Ich brauche das wegen Grip. Wegen Brock …“

Selander nickte.

„… und wegen mir selbst auch“, sagte Munk.

Das älteste Rokokotheater Schwedens auf Schloss Ulriksdal im Stockholmer Vorort Solna war mit 400 Besuchern voll besetzt. Casper Munk und Pontus Mattsson hatten diese Bühne gewählt, weil sie dachten, der als Joker mit Schelmenkappe auftretende Humor würde sehr gut in die Rokokozeit passen. Sie hatten zwei Monate an dem Bühnenstück „Wie Klas-Ingmar das Lachen lernte" geschrieben und geübt – und an diesem Samstagabend war nun Premiere. Geplant war, den Misanthropen Klas-Ingmar auf einen zehn Stationen zählenden Kreuzweg zu schicken, an dessen Ende er ein heiterer Lebenskünstler sein würde. Ganz so, wie sie es vor einigen Monaten in einem Kaffeehaus in Stockholm ersonnen hatten. Mattsson würde Klas-Ingmar spielen, schließlich war er selbst einmal ein Misanthrop gewesen. Und ein Hypochonder noch dazu. Munk sollte auf den ersten Stationen der Erzähler sein, er sollte am Rand der Bühne hinter einem Podest stehen und den Fortgang der Geschichte aus einem Buch vorlesen. Später sollte er dann als personifizierter Humor auftreten, im Kostüm eines Jokers aus dem Kartenspiel, mit Schelmenkappe auf dem Kopf. Der Humor sollte Klas-Ingmar, der leichte, aber keine entscheidenden Fortschritte machte, auf die Sprünge helfen.

In der ersten Reihe des Rokokotheaters saßen Tove, Luna, Leila, Kajsa, Achatz Larsson, Selander, Huskonen, Mattssons Frau und Sohn – und Munks Eltern und Schwester. Viele Kollegen aus dem Polizeipräsidium waren da, und auch Personal aus der Hypochonder-Klinik in Bergen, in der Mattsson ins Leben zurückgefunden hatte. Kurz vor Beginn der Vorstellung lugte Munk durch den Vorhang.

„Ein guter Tag, um sich vor vielen Menschen lächerlich zu machen", sagte er zu Mattsson, der sich gerade in einen zu engen grauen Anzug zwängte, er sollte ja aussehen wie ein verklemmter Spießer. Mattsson antwortete nicht.

„Hej, Klas-Ingmar“, sagte Munk. „Hast du gar kein Lampenfieber? Ich schon.“

Mattsson setzte eine schwarze Hornbrille mit Fenstergläsern auf. Munk musste lachen.

„Ich hoffe, die Leute da draußen finden mich auch so witzig“, sagte Mattsson. „Natürlich habe ich Lampenfieber, du Idiot.“

Munk zupfte seinen Gehrock zurecht. „20 Uhr, wir sollten anfangen“, sagte er.

Munk ging als Erster raus, er bekam freundlichen Applaus und stellte sich an sein Podest am – vom Zuschauerraum aus gesehen – linken Rand der Bühne.

Dann kam Pontus Mattsson.

Er war leichenblass, als er auf die Bühne trat, aber die Mischung aus nicht passender Kleidung und fehlendem Selbstbewusstsein hatte etwas Drolliges – das Publikum jedenfalls lachte.

Mattsson mühte sich, er regte sich als Klas-Ingmar über den Urlaub auf, in dem man angeblich die schönsten Wochen des Jahres erlebte, sich aber nichts holte außer einem Sonnenbrand; er kritisierte in der Kneipe das zu warme Bier und monierte im Kino, dass zu viele Menschen Popcorn aßen, was laut und störend sei. Er schimpfte, dass seine Kollegen zu viel schwätzten und zu wenig arbeiteten, und er ätzte, dass seine Jugendfreunde, die er zu seinem 45. Geburtstag einlud, zu viel aßen und zu viel tranken und zu viel lachten.

Aber Mattsson trug das Ganze viel zu hölzern vor, und es half nichts, dass Munk der Geschichte als Erzähler Tempo zu geben versuchte. Das Publikum hörte zu, aber es war fast wie in der Oper: es war ruhig. Munk und Mattsson hatten sich eine Stimmung wie im Fußballstadion erhofft. Stattdessen verließen die ersten Besucher in den letzten Reihen das Rokokotheater in Solna.

In der Pause saßen die beiden geknickt in ihrer Garderobe.

„Das wird nichts mehr", sagte Mattsson, der total verschwitzt war.

„Einmal haben sie wenigstens richtig gelacht", erwidert eMunk. „Als Klas-Ingmar auf der Beerdigung war und lachen musste, weil einem Träger beim Herunterlassen des Sarges in die Grube die Hose riss und er in der Unterhose dastand."

„Ich finde das jetzt gar nicht mehr lustig", sagte Mattsson. „Eigentlich finde ich unser ganzes Stück nicht mehr lustig." Er schüttelte den Kopf. „Wir brechen ab. Wir machen uns nicht weiter lächerlich."

„Wir haben doch noch den Humor, den personifizierten Humor, der reißt das raus", sagte Munk. „Eigentlich sollte er erst bei Station sieben auf die Bühne kommen, aber wir ziehen ihn vor." Munk nahm die Schelmenkappe und das Joker-Kostüm und zog sich um.

„Das bringt doch nichts", sagte Mattsson.

„Wenn wir untergehen, dann mit fliegenden Fahnen", sagte Munk, der jetzt fertig umgezogen vor Mattsson stand.

Mattsson verzog keine Miene. „Wir machen uns noch lächerlicher", sagte er.

„Wir haben nichts mehr zu verlieren", erwiderte Munk. „Wir gehen jetzt raus!"

Als Munk und Mattsson die Bühne betraten, erschraken sie. Der Zuschauerraum war fast leer. Tove, Luna und die

Freunde und Angehörigen waren noch da, dazu einige Kollegen und ein paar, die wohl aus Höflichkeit nicht gegangen waren. Insgesamt vielleicht 40 Leute. Munk spürte, wie Blut in seinen Kopf stieg. Es war ihm peinlich, in einem Kostüm mit Schelmenkappe auf der Bühne zu stehen, vor Menschen, die offenbar nur noch aus Mitleid einen halben Abend für ihn opferten. Er fühlte sich wie Obelix, der in dem Band „Der Kupferkessel" in Rom auf der Bühne stand, um Geld zu verdienen, aber so nervös war, dass er an den Bühnenrand ging und nichts anderes herausbrachte als „Die spinnen, die Römer". Munk hatte seinen Text vergessen. Was ihm in den Kopf kam, war ein Witz von Grip.

„Ein Mann nimmt einen Hammer mit in die Wüste", begann Munk. „Wegen der Löwen." Pause. „Der Mann sagt: Wenn er einen Löwen trifft, wirft er den Hammer weg, damit er schneller weglaufen kann."

Totenstille im Saal.

Dann lachte Luna. Und dann Tove. Danach Leila, Kajsa, Selander, Larsson und Huskonen. Und schließlich alle im Saal. Munk wusste nicht, ob sie über den Witz lachten oder darüber, dass er mit einer Schelmenkappe auf dem Kopf einen schlechten Witz erzählt hatte. Oder ob sie über die ganze Situation an sich lachten. Aber es war ihm egal. Er erzählte noch einen Witz, den er von Grip hatte, und das Publikum lachte wieder, diesmal noch lauter und noch länger. Und schließlich berichtete er von einem verzweifelten Appell eines dicken Komikers, der bei seiner Sendung in die Kamera blickte und sagte: „Wer auch immer eine Voodoo-Puppe von mir hat – bitte hören Sie auf, sie ständig zu füttern!"

Wieder lachten die Leute.

Und Klas-Ingmar lachte auch. Mattsson alias Klas-Ingmar

erzählte nun auch Witze, manche waren gut, manche schlecht, und Munk kommentierte das, und irgendwann kommentierte Mattsson die Kommentare von Munk, und sie waren beide schlagfertig, und das Publikum lachte immer mehr und immer lauter, und jedem war klar, was die Botschaft dieser improvisierten Vorstellung war: Humor lässt sich nicht erzwingen. Humor ist da. Oder auch nicht.

Und schließlich erzählte Munk den letzten Witz, den ihm Grip vor seinem Tod erzählt hatte, angeblich sei es der beste Witz der Welt; und Munk dachte, welch eine Ironie, dass dieser Witz vom Tod handelte.

„Zwei Jäger sind draußen in den Wäldern, als einer von ihnen kollabiert", begann er. „Er scheint nicht mehr zu atmen. Seine Augen sind glasig. Der andere Mann holt sein Handy aus der Tasche und wählt den Notruf. ‚Ich glaube mein Freund ist tot!', ruft er ins Telefon. ‚Was soll ich tun?' Der Mann am anderen Ende der Leitung antwortet: ‚Beruhigen Sie sich. Als Erstes müssen Sie sichergehen, dass er tot ist.' In der Leitung wird es still. Dann hört man plötzlich einen Schuss. Der Jäger nimmt das Telefon wieder zur Hand und fragt: ‚Okay, und jetzt?'"

Dann fiel der Vorhang.

Postskriptum: Britta Sartorius und Bengt Brock wurden gut drei Monate nach ihrer Flucht in ihrem Haus auf Barbados tot aufgefunden. Sie wurden erschossen. Nach dem Täter wird noch gefahndet.

Lasse Blom

Lasse Blom ist das Pseudonym von Gerhard Fischer. Er liebt Stieg Larsson, Henning Mankell und wegen des Humors und der Spannung skurrile Krimis. Sein Wunsch ist es, seine Fantasie zu Papier zu bringen. Er schreibt dann am Nymphenburger Kanal, im Zug, im Kaffeehaus oder einfach zu Hause.

Im richtigen Leben hat er Geschichte und Politik studiert, war Nordeuropa-Korrespondent der SZ und lebte einige Jahre in Stockholm. Heute arbeitet er als Redakteur der Süddeutschen Zeitung in München.

Nicht nur die Pippi-Darstellerin Inger Nilsson, die Krimi-Legende Maj Sjöwall, schwedische Elchjäger und die isländische Elfenbeauftragte hat er getroffen und über sie geschrieben. Er schaute auch zu, wie die Fußballer Grönlands den Ball ins eiskalte Meer schossen und so entstanden erfolgreiche Bücher über den Fußball und seine Spieler.

Wieder zurück in München, blieb ein Teil von ihm in Skandinavien und er schreibt nun Schweden-Krimis.

Der erste Teil um Kommissar Casper Munk

Lasse Blom
Opfer ohne Blut
Schweden-Krimi
TB-Preis: 9,99 €
ISBN TB: 978-3-948346-02-7

Hörbuch-Preis: 9,95 €
ISBN: 978-3-948346-19-5

„Opfer ohne Blut“ ist der erste Krimi um Kommissar Munk, seine beste Freundin Luna, Oma Andersson und ihre Enkelin, die Polizistin Leila, Hauptkommissar Halldor Selander und den Kriminaltechniker Jari Huskonen.

Der Schauspieler Greger Lind hat gerade den Vertrag seines Lebens unterschrieben: Er soll den charismatischen Ex-Regierungschef Olof Palme spielen, der vor mehr als 30 Jahren erschossen wurde.

Zeitgleich wird in einem Stockholmer Grand Hôtel eine Edelprostituierte tot aufgefunden. Die Todesumstände sowie das Motiv sind rätselhaft.

Hat Greger Lind sie etwa mit seinem eigenen Körpergewicht erdrückt? Oder hat jemand falsche Spuren gelegt, um ihm den Mord in die Schuhe zu schieben und damit seine Karriere zu zerstören?

Und was hat ein fast 100 Jahre zurückliegendes Verbrechen, bei dem ebenfalls eine Prostituierte erdrückt wurde und ein Stummfilmstar der 1920er-Jahre unter Verdacht geriet, damit zu tun?

Kommissar Casper Munk und sein Team nehmen die Ermittlungen auf. Bald gibt es einen zweiten Toten. Und dann werden Teile einer dritten Leiche entdeckt – mit einer überraschenden DNA.

Caspar Munk sucht den Mörder unter Staranwälten, Schauspielern – auch ein Pantomime gerät unter Verdacht – und Zuhältern. Er stößt dabei auf das geheime Doppelleben des ersten Opfers und findet ganz nebenbei, während er in diesem immer mysteriöser werdenden Fall ermittelt, sein privates Glück – in einer Hypochonder-Klinik in Norwegen …

Der zweite Teil um Kommissar Casper Munk

Lasse Blom
Opfer ohne Gewissen
Schweden-Krimi
TB-Preis: 9,99 €
ISBN TB: 978-3-948346-23-2

Ein neuer Fall für Kommissar Casper Munk

Ganz Schweden wird von der Nachricht erschüttert, dass Rune Katt, der ehemalige Star-Fußballtorwart der Nationalmannschaft, in seiner Hütte nahe Grisslehamn erschossen wurde. Warum ist die tödliche Kugel farblich bemalt?

Kommissar Casper Munk übernimmt den Fall. Als großer Fan des Torwarts muss er bald feststellen, dass Katt nicht der war, für den er ihn gehalten hat. Ihm war es offenbar ein großes Vergnügen, seine Nächsten gewissenlos zu quälen und zu demütigen.

Seinen ehemaligen Trainer hat Katt ohne Grund als homosexuell geoutet und seine Ex-Freundin, die als Sámi in Lappland lebt, wurde immer wieder von ihm tyrannisiert.

Deutet die bemalte Kugel auf die Regenbogenfahne der Schwulen- und Lesbenbewegung hin oder auf die Farben der Sámi, die Ureinwohner Europas?

Als beide Spuren kalt bleiben, denkt sich Munk, der gerade zum Hauptkommissar ernannt wurde, einen Plan aus, um den Mörder endlich aus der Deckung zu locken. Einen Plan, durch den er nicht nur seinen Job, sondern auch sein Leben riskiert …

„Opfer ohne Gewissen" ist der zweite Krimi um Kommissar Casper Munk, der mit seinem Team Halldor Selander, Leila Andersson, Jari Huskonen, Per Henrik Grip zu seinen begeisterten Leserinnen und Lesern zurückkehrt. Hinzu stößt die ebenso kluge wie hübsche Kajsa Tapper, die auch den Kommissar überrascht und dessen bisherige Beziehung auf die Probe stellt.

MAXIMUM

Kriminalromane

Arne Dessaul

Ihr letztes Stück

Ein Bochum-Krimi

KB-Preis: 15,00 €

ISBN KB: 978-3-948346-40-9

LIEBE, EIFERSUCHT UND GIER –
am Bochumer Schauspielhaus ist der Teufel los

Die Kulturredakteurin der *RZ* (*Ruhrzeitung*) Leonie Gratz wird auf bestialische Weise ermordet. Musste sie wirklich sterben, weil sie regelmäßig die Aufführungen am Bochumer Theater verreißt?

Wo steckt der Vater von Intendant Leo Kaufmann, der seinen bisher größten Coup – er möchte den *Kaufmann von Venedig* mit einem strahlenden Helden Shylock inszenieren – plant und dabei auf breite Ablehnung stößt?

Und mit wem verbringt der untreue Starschauspieler Veit Grosser seine Nächte?

Kriminalkommissarin Lisa Bertram hat in ihrem ersten Fall in Bochum alle Hände voll zu tun, Licht ins Dunkel zu bringen und weitere Verbrechen zu verhindern. Ihr zur Seite stehen Privatdetektiv Mike Müller mit seiner rauen, zynischen Schale und Ex-Kommissar Helmut Jordan. Nach seinem Aus bei der Kripo Wolfenbüttel ist Jordan mit seiner Lebensgefährtin Jutta Langner nach Bochum gezogen, die genau gegenüber vom Schauspielhaus das Restaurant *Sommernachtstraum* eröffnet hat.

MAXIMUM

Spionage-Krimis

Jörg Rönnau

Der Käpt'n - Jenseits der See

Ein Spionage-Krimi

TB-Preis: 9,99 €

ISBN TB: 978-3-948346-00-3

»Beim Klabautermann, der Bengel wird sein Leben auf dem Meer verbringen«, hatte sein Vater bei seiner Geburt prophezeit. Johannes Wilhelm Kröger, geboren im April 1849, wurde Seemann und ist es geblieben, bis er am Vorabend des Ersten Weltkriegs endgültig abmustert. Jetzt soll sein wohlverdienter Ruhestand beginnen, aber von Ruhe kann keine Rede sein. Ganz in der Nähe seines Kapitänshäuschens hat sich eine rätselhafte Frau niedergelassen, die ihn ebenso fasziniert wie das lebensgefährliche Geheimnis, das sie umgibt. Und während er Wiebke Schritt für Schritt näherkommt, lässt er in seinen Mußestunden noch einmal die Begegnungen mit den großen Literaten seiner Zeit aufleben: Von Arthur Conan Doyle über Theodor Storm und Mark Twain bis Thomas Mann. Sie alle lernte er auf seinen Fahrten als Käpt'n der *Northern Clipper* kennen, und seine Erinnerungen sind ein Panoptikum der internationalen Abenteuerliteratur in ihrer vielleicht größten Epoche.

MAXIMUM
Spionage-Krimis

Jörg Rönnau
Kriegsgold
Ein Spionage-Krimi
TB-Preis: 9,99 €
ISBN TB: 978-3-948346-12-6

Eine explosive Mischung aus Diebstahl, Mord und Rache – und zugleich ein spannender Blick in die Geschichte!

Mehrere grässliche Leichenfunde zwischen Kiel und Eckernförde halten die Mordkommission in Atem. Denn dass es sich hier um eine Mordserie und nicht um bloße Unglücksfälle handelt, steht sehr bald fest. Wo aber liegt das Motiv für den oder die Täter? Und sind noch weitere Menschen in Gefahr? Während Hauptkommissar Hinnerk Matthiesen und seine Kollegen den Spuren nachgehen, die zum Kieler Marinestützpunkt Tirpitzhafen führen, macht ein pensionierter Polizeibeamter die Ermittler auf den lange zurückliegenden Mord an einem Marinesoldaten aufmerksam. Der Mann hatte nach dem Verbleib einer großen Menge Goldbarren geforscht, die in den letzten Kriegswochen 1945 mit einem U-Boot in der Ostsee verschollen waren. Die Umstände seiner Ermordung weisen so große Parallelen zu den aktuellen Geschehnissen auf, dass Matthiesen nicht an Zufall glaubt. Er folgt den verschlungenen Pfaden einer jahrzehntelangen, irrwitzigen Schatzsuche und begibt sich damit selbst in höchste Gefahr.

maximum-verlag.de
/MaximumVerlag
@maximumverlag